风雅漫谈

FENGYA MANTAN

沈雁杭／著

中国铁道出版社
CHINA RAILWAY PUBLISHING HOUSE

图书在版编目（CIP）数据

风雅漫谈：诗经 / 沈雁杭著. —北京：中国铁道出版社，2018.10

ISBN 978-7-113-24736-2

Ⅰ.①风… Ⅱ.①沈… Ⅲ.①《诗经》—诗歌研究 Ⅳ.① I207.222

中国版本图书馆 CIP 数据核字（2018）第 156843 号

书　　名：风雅漫谈——诗经

作　　者：沈雁杭　著

责任编辑：奚　源　　　　电　话：（010）83545974

装帧设计：闰江文化

责任印制：赵星辰

出版发行：中国铁道出版社（100054，北京市西城区右安门西街 8 号）

印　　刷：三河市宏盛印务有限公司

版　　次：2018 年 10 月第 1 版　2018 年 10 月第 1 次印刷

开　　本：880mm×1230mm　1/32　印张：8.5　字数：245 千

书　　号：ISBN 978-7-113-24736-2

定　　价：48.00 元

目录

CONTENTS

周南、召南

邶风、鄘风、卫风

王风

郑风

齐风

魏风

唐风

秦风

陈风

桧风、曹风、豳风

小雅、大雅

壹

【周南　召南】

真情真美

关关雎鸠，在河之洲。窈窕淑女，君子好逑。

《诗经》开篇四句，早已超出“诗三百”所承载的范围，融入了历史、生活与思想。不仅仅是四句张口即来的诗句，而是化作点滴细流，在不经意间影响着每一个人。

也因此，《关雎》的地位不仅在《诗经》，亦不仅限于文学。它代表着一种起始，人类从蒙昧走入文明的一个起点。而当三千余年的岁月须臾而过，回首历史上的风云变幻，红尘男女总逃不出“窈窕淑女，君子好逑”的藩篱。或许，这是一种宿命；或许，一切的历史始于那一场相遇与相伴。这，是繁衍从原始升入文明的过渡与标志。

关关雎鸠，在河之洲。窈窕淑女，君子好逑。
参差荇菜，左右流之。窈窕淑女，寤寐求之。
求之不得，寤寐思服。悠哉悠哉，辗转反侧。
参差荇菜，左右采之。窈窕淑女，琴瑟友之。
参差荇菜，左右芼之。窈窕淑女，钟鼓乐之。

（关雎）

雎鸠是一种水鸟，朱熹谓之“生有定偶而不相乱，偶常并游而不相狎”。想象一下这样的画面，大约是赏心悦目的：“关关”是两鸟的鸣叫声，在春水间相伴而游的水鸟，鸣声宛如歌唱，岸边柳枝低垂，斜阳细碎，清风摇着柳条，搅乱清波如醉。这一幅画面便宛如一首诗篇，而这诗篇恰被灵犀之人所得，浅浅吟唱，由水鸟而思人，遂引发了涵盖千古的情事。

古人谓此诗有教化之功，《毛诗序》说它讲的是“后妃之德”。古人讲究母仪天下，帝王家里的妻妾要为天下的家庭做榜样。而今人不再相信美丽的《关雎》与帝王的三宫六院有关联，但诗中所表达的情感却深深影响了后世之人。

参差荇菜，左右流之。窈窕淑女，寤寐求之。
求之不得，寤寐思服。悠哉悠哉，辗转反侧。

这是一种心理上的表现，也是情感的最隐秘、最真挚的那一面。男子遇到心中所爱，但爱不易得，不但为之神魂颠倒，且夜夜难眠。这大概是爱的起始状态，也是爱情萌动之时。一切未有定，需等待，需试探，需冥思苦想。这也是最难挨却最快乐的心灵体验，不确定，不明白，不能泰然处之。这恰是最动人之处，一切的爱尽在夜深时涌动于心，心中只有那一张面孔。

若说教化之功，大约也不是完全没有，末了两段总要算是一篇恋爱技巧小课文。

参差荇菜，左右采之。窈窕淑女，琴瑟友之。
参差荇菜，左右芼之。窈窕淑女，钟鼓乐之。

只有爱是不够的，还要有行动。怎样的行动？《诗经》里关于恋爱的诗比比皆是，有相似处，但每一首又各有特色。《关雎》所写的只是形形色色中的一种，但编诗者却将此篇列于《诗经》之首，或许是此篇代表了编诗者所认定的最合理、最和谐、最合法的恋爱方式，即精神共融。

琴瑟与钟鼓都是礼乐之器，在先秦，是贵族士大夫阶层才会欣赏玩味的生活方式。吃饭要有伴奏，这大约是那个时代的礼仪规范。而以此来作为追求爱人的方式，也暗含着当时人对于婚姻真谛的理解，孔子说它“乐而不淫”是有道理的。虽言男女情事，却无肉欲的挑动和刺激，这的确是可以放在台面上的最适宜的爱情文学。后人受此影响，将精神和谐作为幸福家庭的首要，将男子思恋女子并主动追求作为标准的恋爱方法。《关雎》要算后世中国男女的第一堂爱情课，在欲望被压抑的千年岁月里，因孔子的追捧，人们仍可大胆唱诵《关雎》，这也算桎梏中的偷欢吧？

《关雎》雍容典雅、文采斐然，是爱情婚姻的最高境界，又像是一种规范。但我们实乃凡夫俗子，也不能事事都做得格调不凡。更何况，当遭遇爱情的挫折时，并不是所有人都有《关雎》中这位男子的好运气，比如《汉广》：

南有乔木，不可休思。汉有游女，不可求思。
汉之广矣，不可泳思。江之永矣，不可方思。
翘翘错薪，言刈其楚。之子于归，言秣其马。
汉之广矣，不可泳思。江之永矣，不可方思。
翘翘错薪，言刈其蒌。之子于归，言秣其驹。
汉之广矣，不可泳思。江之永矣，不可方思。

乍一看上去，《汉广》与《关雎》相似，都是男子追求女子不得而感到迷惘心碎。但不同的是，我们大致可以推断《关雎》的结局是令人喜悦的，而《汉广》却不是。因为，爱人结婚了，但新郎不是我。

《关雎》中说“窈窕淑女，寤寐求之”，而《汉广》的主角则十分不幸，甫一开篇就面对一个现实：“汉有游女，不可求思。”因何不可求？下一段告诉我们答案：“翘翘错薪，言刈其楚。之子于归，言秣其马。”在先秦，“归”字专指女子出嫁。很显然，他爱的人是没有可能嫁给他了，而更不幸的是，他不但不能躲避，且要为她喂马。

这真是一种不幸的体验，眼看着心爱的人出嫁，从此在情感上成为彻底的陌路人。而他曾经那么真挚地爱过她，虽然不曾明白地说出来，但一定在心中念过千百回了：“汉之广矣，不可泳思。江之永矣，不可方思。”汉水之广，他无法横渡。也许姑娘就要嫁到汉水对岸去，情感上的距离化作地理上的距离，人越走越远。而在诗人心中，真正不能跨越的是两人的关系。从此以后，他们之间将不仅是江水阻隔，礼法较之江水，更远上千里万里。

但他的情感却是真诚而浓烈的，即使是在自己最痛苦的时刻，仍要照顾好姑娘在娘家的最后一次出行。他们究竟是什么关系？终究很难猜测。看起来似乎男方的身份比女方低些，那么距离则更加显大。上升到了阶级的层面，现实就更加残酷。

从《关雎》到《汉广》，诗人的赤诚感染着读者，这也恰是《诗经》的最美之处。尽管题材会有重复，故事时有套路，但我们不曾听见陈词滥调。思念是真的思念，爱也是真的爱，即使是那些辞藻华丽的篇章，也绝无堆砌之扰。而我们被这种美所吸引，感受着三千年前古人的爱恨情仇，就像昨天刚刚在我们自己身上发生一样。一切并不遥远。

百年好合

也许与古人崇尚繁衍生息有关，《诗经》开篇的《周南》里，大多充盈着祥和的气息，仿佛春晚的开场，只听鼓乐喧天、鞭炮齐鸣。《周南》中，歌唱爱情、赞颂婚姻的诗篇占大多数。古人较为统一地将其理解为咏唱后妃贤德，反复强调不妒忌。今人观之未免哂笑，然而若置身于古代，又不得不慨叹男权社会下统治者的良苦用心。有人说，从生物学角度看，一夫多妻最利于繁衍，也许这就是在医疗条件和生产力都极其落后的古代，男人有权利占有更多女性资源的原因吧？

《桃夭》《螽斯》《樛木》是《周南》中的三篇咏叹婚姻与繁衍的诗，场面热闹，文辞通俗。乍一看三篇似乎说的是同一件事，但细细观来各有特色。

《桃夭》是三者中最著名的：

桃之夭夭，灼灼其华。之子于归，宜其室家。
桃之夭夭，有蕡其实。之子于归，宜其家室。
桃之夭夭，其叶蓁蓁。之子于归，宜其家人。

“桃之夭夭，灼灼其华”，已当之无愧成为千古佳句。清人方玉润品评首段说：“艳绝。开千古词赋香奁之祖。”“夭夭”指桃树年轻美好，“灼灼”形容桃花鲜艳美丽。八个字下来，一幅艳桃图已如在眼前了。而此间桃树又岂止是桃树，更像是一个青春年少、身着红艳嫁衣的美人，一派艳丽繁华之境已幻化为现实，读者宛在其中。

先秦时代，婚礼多在春日，故以桃花起兴作比，不但符合现实，也在文辞意境上大放光彩，是文学上的首创。后世以桃花喻女子者不在少数，而将桃花与婚恋相关联也从此成为国人的文化传统。但论典雅，论通俗，能将大雅大俗结合得如此巧妙——抒情可以，祝词亦可以——想来也只有《桃夭》了。

据说，直到民国时代，农家嫁娶仍有唱《桃夭》的，可见此诗的地位。而细读其词，的确是一首贺新婚的诗。

“之子于归，宜其室家”两句，说明姑娘正出嫁，也许正在娘家梳妆，马上就要登车了。此时，母亲和姐妹们都围拢在新娘身边，有的依依不舍，有的充满向往，但无论怎样，她们共同的心愿是新娘在夫家生活幸福。

二段三段由桃花言及果实和桃叶，意境宕开一笔，说的不再仅仅是婚嫁的事了。古人对婚姻的期待是原始的，即多子多孙。而多子多孙的目的也十分明确，即人丁兴旺、大富大贵。在生产力落后的时代，人是第一生产力，人数的多寡决定了一个家庭乃至一个家族的福祸兴衰。桃树果实丰满圆润，不但口感香甜，且有益于身体健康。家族繁衍子嗣，当然也应该像桃树结果一般，孩子红润而健康，长大于国于家皆有利。而桃叶繁茂，光泽艳亮，于繁花落后装点桃枝，又仿佛是滋润着整棵桃树，就像家庭中的每一个成员，受家族的恩惠，反之也为家族作出贡献。

也许今人会觉得“宜其室家”令女子地位十分被动，仿佛女人出嫁就是为了取悦夫家。这是因为现代社会的结构以及观念起了极大的变化。在古代，女子属于夫家，于娘家而言，自然会有此类嘱托。说到底，无非是希望女儿将来可以活得幸福，少生波折麻烦。即便是今日，女儿出嫁前，做父母的也同样会嘱咐些类似的话，倒也不必抠文辞而过于较真。

《樛木》一诗的名头要逊色许多，也许令人感到陌生。但它的文辞也是热烈的：

南有樛木，葛藟累之。乐只君子，福履绥之。
南有樛木，葛藟荒之。乐只君子，福履将之。
南有樛木，葛藟萦之。乐只君子，福履成之。

葛藟的藤缠在樛木之上，以木比夫，以藤比妇，相互缠绕，难舍难分，于是福气自来。这是美好的愿望，也被后人所传承，不由得想起李白的《古意》：

君为女萝草，妾作菟丝花。
轻条不自引，为逐春风斜。
百丈托远松，缠绵成一家。
谁言会面易，各在青山崖。
女萝发馨香，菟丝断人肠。
枝枝相纠结，叶叶竞飘扬。
生子不知根，因谁共芬芳。
中巢双翡翠，上宿紫鸳鸯。
若识二草心，海潮亦可量。

“百丈托远松，缠绵成一家”也许是对《樛木》最好的传承与注解。李白借助古意，又将夫妇间缠绵的爱情倾诉到了极致。然而，《樛木》一诗中有一个细节，却是与李白的《古意》有着极大的不同。

缠绕樛木的是葛藟。葛藟是两种植物，葛经常出现在《诗经》里，是当时纺织物的重要原料。某些部分也可入药或食用，今天仍有葛粉，十分常见。而藟则是另一种植物，看起来像葛，但更像野葡萄。于是问题来了，既然是两种植物，那么它们所代表的就应该是两个人，而樛木只代表一个男子，一男配两妇，且紧紧缠绕在一处，这样真的会带来福气吗？在今天，答案是否定的，而有趣的是，即便在古代，答案也不是肯定的。

《毛诗序》说此诗：“后妃……无嫉妒之心焉。”虽然今人不能断定此诗一定与后妃有关，但我们已可以看出，《毛诗序》如此强调“无嫉妒之心”，表明了一男配多妇造成的社会现象，即争风吃醋。嫉妒当然是坏情绪，不但折磨自己，更会危害他人乃至社会。一男多妇的配置造成了资源的抢夺，为了争夺有限的资源，女人们自然会发生争执乃至内斗，表面上是情感作祟，内在原因是利益纷争。男性为了繁衍自己的子孙而更多收拢女性资源，而女性对有限资源的抢夺又会使战火波及男性，使其身心不得安宁。于是，男性不得不开展思想教育工作，从说唱艺术开始，给女性洗脑。从古至今，类似的教材和教育真不少，然而从现实效果来看，收效甚微。

螽斯羽，诜诜兮。宜尔子孙，振振兮。
螽斯羽，薨薨兮。宜尔子孙，绳绳兮。
螽斯羽，揖揖兮。宜尔子孙，蛰蛰兮。
（螽斯）

螽斯即蝈蝈，大家应该不会陌生。这种昆虫的鸣叫，是有关夏天记忆的一部分。有趣的是，会叫的螽斯只限于雄性而非雌性，也许，人类发现这一特点后，联想到了现实中男女的求偶与婚配。“窈窕淑女，君子好逑”，螽斯不也一样是雄性鸣唱来吸引雌性？它们自带天然的奏乐，无需钟鼓琴瑟，也许是它们的一种精神享受吧？而用数量庞大的昆虫群体来象征子孙繁衍不息，也恰是对新婚夫妇的美好祝福。

读《诗经》，总要感叹古人与自然联系紧密，他们对花鸟鱼虫等生物的观察细致入微，且加以合理的联想，化入美妙的文辞，最终发展成独具一格的文学形式。今天，我们已很难做到这些，对自然的了解多来自于书本网络。即使短暂接触了自然，开发过度等问题也阻碍了我们与大自然真正的亲密接触。但总也不忍批判，因为人工开发恰恰是为人服务的一种，书上的自然固然可亲，但真实的自然却不尽然。这也许是一种悖论吧，我们总难免跳入自己造就的牢笼。

思归第一篇

古典诗词中的怀归之作，《卷耳》当为第一篇。

> 采采卷耳，不盈顷筐。嗟我怀人，寘彼周行。
> 陟彼崔嵬，我马虺隤。我姑酌彼金罍，维以不永怀。
> 陟彼高冈，我马玄黄。我姑酌彼兕觥，维以不永伤。
> 陟彼砠矣，我马瘏矣，我仆痡矣，云何吁矣。
>
> （卷耳）

登场的是一位妇人，一只臂膀抱着箩筐，在野地里采摘一种叫卷耳的野菜。然而，她的劳作总是心不在焉，一筐采摘未满便已无心再干。她将箩筐放置在行人车马常来常往的大道上，舒展衣袖，望向远方，面色带着哀伤，泪水已在眼中打转。紧接着器乐伴奏响起，她就要拉开唱腔了。

是的，《卷耳》的开场的确好似一出折子戏的开场，从第二段开始就是妇人的唱词。然而，她所唱的内容却并非自己的凄苦心境和不幸遭遇，细听她的唱词，是在以男人的口吻说着出行在外的艰辛。

她的男人走在山坡上，人困马乏，似乎再也无力前行了。他暂时停步，拿出精美的酒器，来上一杯润润喉咙，恢复体力。可是，再甜美的酒水也不能改变此时所处的困境：马已累得病瘦不堪，身边跟着的仆人也已呈即将瘫倒之势。景象凄凉，想到男人这样的处境，妇人不免洒下眼泪数行，伴奏急管繁弦，令我们这些观众也心痛不已。

于是难免心头生出疑问：这个妇人是谁？她的丈夫又是谁？为什么出行在外？这些都是有趣的问题，大家一定已经发现，故事中的夫妻两人似乎并不简单。首先，妇人的丈夫不但有马还有仆人，这在相似题材的《国风》诗篇里是不多见的。无论是《击鼓》《伯兮》还是《东山》，出行在外的都是来自中下层的征人。征伐艰苦是可想而知的，妇人在家中的思念之苦也可以理解。其次是妇人需要到野地里摘野菜。《秦风》中固然有《小戎》一篇，从中可以看出贵族妇女对在外领兵的丈夫的思念，然而那种思念中是没有底层百姓所遭受的贫病穷困之苦的。而《卷耳》一篇，看第一段时妇人身份会被认为是穷人，其后从她所想象的丈夫的处境中可以看出在外的艰辛，同时我们又不能忽视，他所使用的酒器是镶金的。那么，这对夫妇究竟是何人呢？

古人较为一致的看法是，妇人是后妃，而她思念的人是周文王。这种看法固然是来自背景的推断，但从丈夫使用的名贵器物以及他的配备来看，这种推断是有根据的。从全文内容看，诗中所体现的生产力状况应当还在周早期，妇人即使贵为后妃也还要参与采摘等劳作，或许这也是周文王的后妃所应有的品德。作为天下妇女的表率，首领的女人应当做得更多。她的丈夫应该是坐在马车上，因为西周时马还不是坐骑，只用来拉车。他的仆人或许也在车上，承担着为他驾车的任务。此时他们正赶往何方？不知道，也许是赶往疆场，但如此疲惫的状态，看起来更似归途。也许风沙漫天，人与马都不堪折磨，再难支撑，大有“断肠人在天涯”之叹。

清方玉润评此诗时提到了杜甫的《月夜》，言其“脱始于此”。那么《月夜》里又写了些什么呢？

今夜鄜州月，闺中只独看。
遥怜小儿女，未解忆长安。
香雾云鬟湿，清辉玉臂寒。
何时倚虚幌，双照泪痕干。

读罢我们发现，与《卷耳》中的妇思夫相对，《月夜》恰是夫思妇，是以己推想妇人及儿女此时的情态，借此抒发思念之怀。

借想象中的家人来抒怀，的确是一种高妙的写法。看似作者此时不在场，已从情景中抽离，然而读者所能看到和感触的却是通过作者的想象而来。那些情景能够从黑暗中呈现，恰是被作者想象的光芒照耀所致。仿佛作者是太阳而诗中所见是月亮，当我们看到那些场景时，我们感受的其实是作者的心。

《诗经》中的第一篇思念之作便如此技巧高绝，令人赞叹，从创作技法上看是上好的佳作。原本大段的诉苦是会令读者厌倦的，但假以想象的翅膀，让个人变多人，让情感变情景，让思绪变活动，整个画面便立体起来，有声有色、活灵活现。配合着场景的转换和人物的多样化，读者近距离感受了出场人物的艰难，从而产生了强烈的代入感，心情便也跟着起起伏伏。创作技法之高妙在于不见痕迹，《卷耳》在情感和技艺两方面为后人开了先河，而置身于形势一片大好的《周南》系列中，又是别开生面，宕开一笔，令人耳目一新，于欢畅中窥见人生之不易。

傅斯年认为，《周南》《召南》是一题，不应分为两事。他的看法是有道理的，从文风和内容上看，《周南》与《召南》非常相似。如要说不同，大概是《周南》更偏重于传统喜庆，语言较为保守；而《召南》则较注重人情冷暖，用词和描写都十分开放大胆。

《召南》中的许多篇章没有逃离附会后妃之德的解说，但有两首却无论如何无法牵强，那就是《摽有梅》与《野有死麕》。而难得的是，两首诗不但是情诗，且在《国风》内独领风骚。无论是文辞抑或主题，极尽奔放不羁之能事，虽有《郑》《卫》之说，然与此二首相比，亦不足道。

先说《摽有梅》，此诗贵在一个真字，但真不足以形容它的独一无二。《摽有梅》的与众不同之处在于它以女子的口吻大胆说出了自己的欲望。

摽有梅，其实七兮。求我庶士，迨其吉兮。
摽有梅，其实三兮。求我庶士，迨其今兮。
摽有梅，顷筐塈之。求我庶士，迨其谓之。

摽音 biào，朱熹解释为落，即落下的意思。但这里的梅究竟是指梅花还是梅子，其实是可商榷的。一般来说，大多解释为梅子纷纷落地。也许梅子一如苹果，果实成熟之后会噼噼啪啪地掉下来。曾经有一颗苹果砸中了科学家的头，从而带来了万有引力的故事。而三千年前，几颗梅子落下来，入了未婚女郎的法眼，触动了她的伤心事，于是唱出了流传千古的诗。两种果物都落得恰到好处，流芳百世。

为什么我说也可能是梅花？因为梅花盛开之后的确是纷纷扬扬地

飘落，特别是有风吹来，花瓣飘飘洒洒，有香雪海之美誉。这样的情景极易触动诗人情怀，感发内心所思，画面美轮美奂，富有诗意。而除此之外，花瓣飘落后，春天正式来临。在周代，这恰是男女出游相会，寻找另一半的法定时节。姑娘小伙春情萌动，眼看花落春来，梅树就要结果，心里自然是不能不期待的。

而我们的女主人公，显然不只春情萌动这么简单，从后面的内容看，她似乎已是一位标准“剩女”了。

果子结出许多颗了，春天已经来临，但显然中意的小伙还没出现。姑娘尚在等待，在期盼，快来吧！趁着良辰美景，命中要嫁的那个人，究竟在何方呢？紧接着，梅子可以装满一筐了，可是那个人还是没有出现，姑娘的语气似乎也没那么欢快了，隐隐地听得到哀叹。时光匆促，转眼就是一年。而女孩子是不耐光阴的，过了青春，婚姻就是件难事，想要找到满意的人更是难上加难。特别是在周代，法律规定到了婚龄必须出嫁，如果在家啃老，父母是会受到官方惩罚的。父母有压力，女儿自然也随之承担压力。她的苦可不仅仅是找不到另一半的心理诉求，背后还有对“违法”要面临的惩罚的恐惧和忧虑。在古代，女性的第一任务是结婚生子，不容置疑。有这样的社会捆绑和道德约束，再加之周代的法律规范，三千年前的这首诉求诗就显得有些沉重了。

《国风》中我们常能看到女性诉说内心情感的诗篇，但如此直抒胸臆却只有《摽有梅》。傅斯年谓之“乃是一篇《关雎》别面”，很有道理。《关雎》唱的是男性对女性的追求和思慕，道出了求偶者如何喜悦又如何折磨。有女性处于弱势地位的原因，社会道德要求女性在表达感情时应该委婉、含蓄，甚至最好保持缄默。因此，文学里也很难看到女子大胆诉说内心的作品，《郑风》中虽有女性恋慕男性之事，但都曲折婉转，低低切切，一唱三叹，令人回肠百转。《秦风》粗犷豪迈，但当女性开口时，也只婉转地道出“乱我心曲”，只留一段回味。南国之地虽说得文王教化，但并未脱去原始质朴的抒发与表达，特别是《召南》中的爱情，大胆热烈，读之难免耳热心跳。

比如《野有死麕》：

野有死麕，白茅包之。有女怀春，吉士诱之。

林有朴樕，野有死鹿。白茅纯束，有女如玉。
"舒而脱脱兮！无感我帨兮！无使尨也吠！"

乍一看题目难免一惊。中国人讳言死，特别是在诗词界，不会轻易使用死字，更别说如此赤裸裸地放在标题里。但展读全诗，发现诗的主题与死亡全然无关，而是一首大胆直白的艳情诗。

所谓艳情诗，也许常会令人想到花间词一类，写些钗环粉黛，说些男女亲昵之景。读起来香艳扑鼻，但用词婉转含蓄，只将读者引入情景，立即停笔做点到为止，其他全由读者自己去想象。而《野有死麕》却截然不同，作为诗词界横空出世的第一篇艳情诗，它的描写是直白的。没有大量形容词的堆砌，开篇就是简单的白描，而在结尾处，以人物语言传递信息，直接将画面呈现于读者眼前。

麕音"君"，现在叫獐子，是一种小型动物。既然说它已经死了，想必是打来的猎物。猎人用白茅将猎物包好，似乎是要作为礼物。送给谁呢？当然是一位妙龄少女。猎人爱上她，想要以此为亲近的赠礼。姑娘样貌如何？诗中说"有女如玉"，以玉比之，定然是位美人。这也是诗词界以玉喻人的始祖。后世凡提到玉人，就知道一定是一位妙龄姝丽。虽然在这里只是简简单单的四字比喻，然而已能感受到一种古朴之美。远古时代不必雕琢，简洁的叙述让读者更贴近那些人物与故事。

第一段与第二段已将故事场景、人物关系以及来龙去脉交代好了，接下来就正式进入主题。小伙子如何追求美少女？他的爱能被接受吗？这样的情节后世有千百种写法，而在这里却是第一次："舒而脱脱兮！无感我帨兮！无使尨也吠！"语言的变迁让现代人对这句话感到陌生和迷茫，然而当翻译成现代汉语后又会对它大吃一惊：慢点！慢点！别解我的巾子！别把狗吵得叫起来！

这是在干吗？画面仿佛进入暗场。漆黑的夜幕下似有人影，隐约听得见女子娇滴滴的说话声，而她的话更引起我们的猜想。或许已经猜到了，小伙子正"动手动脚"，而美少女显然是半推半就。不由联想到千年后的戏剧《牡丹亭》中的《惊梦》一段，竟有类似的一幕：

则为你如花美眷，似水流年。是答儿闲寻遍，在幽闺自怜。转过这芍药栏前，紧靠着湖山石边。和你把领扣松，衣带宽，袖梢儿揾着牙儿苫也，则待你忍耐温存一晌眠。是那处曾相见，相看俨然，早难道这好处相逢无一言？

（山桃红）

汤显祖描写也是大胆，不但写了，而且写得清楚明白，但词句妙丽，全然没有猥琐低俗之态。《野有死麕》亦是如此，与《惊梦》相比，更多了古朴之美。但先秦与明毕竟是两个时代，这造成了《野有死麕》写实，而《惊梦》只是写虚——所有的欢爱都不过是少女杜丽娘的一场春梦而已。我们在做梦时总是大胆的，毫无禁忌，恰如贾宝玉梦中游太虚幻境而学会男女之事。在充满禁忌的宗法社会，梦是唯一自由的港湾，更可为现实中的人带来启发。但上溯几千年回到那个遥远的时代，当先民们还可以大胆地追求、勇敢地诉说时，那些并不华丽的词句背后是鲜活而真实的人世百态。后世再未出现如《野有死麕》这般采用白描手法大胆却纯朴的艳情诗。当人们的思想被束缚时，本能地会为性爱添加罪恶因子，也因此在书写时注入太多污浊的情景，使得性爱愈发难堪。

贰

【邶风 鄘风 卫风】

邶、鄘、卫，与卫诗

风诗又被称为十五国风，但其中有三国之诗同属一国，这就是邶、鄘、卫，“其诗皆为卫事”（朱熹《诗经集传》）。看起来有些奇怪，其实有它自己的历史原因。

武王已克殷纣，复以殷余民封纣子武庚禄父，比诸侯，以奉其先祀勿绝。为武庚未集，恐其有贼心，武王乃令其弟管叔、蔡叔傅相武庚禄父，以和其民。（史记·卫康叔世家）

河内本殷之旧都。周既灭殷，分其畿内为三国，《诗·风》邶、鄘、卫是也。邶以封纣子武庚；鄘，管叔尹之；卫，蔡叔尹之。以监殷民，谓之“三监”。（汉书·地理志）

话说周武王克商建周之后，善待殷商遗民，将商纣的儿子武庚安置在了殷商旧都之内，以诸侯之礼待之。但武庚毕竟是前朝遗老，武王不能放心，于是安排自己的两个弟弟管叔和蔡叔在武庚附近的鄘地和卫地，联合监视武庚的日常，以防他蓄谋叛乱。按照《汉书·地理志》的说法，邶、鄘、卫三地原来同属“殷之旧都”，周武王将它一分为三，一份给了武庚，另外两份分给了管叔和蔡叔。三地首领“谓之三监”。但关于“三监”也有不同的说法。《帝王世纪》的说法是，“自殷都以东为卫，管叔监之；殷都以西为鄘，蔡叔监之；都以北为邶，霍叔监之：是为三监。”这里的记载将邶地的武庚换成了周武王的另一个弟弟霍叔，如此说来倒也合情合理，但武庚去了哪里却没有交代。

周武王的安排可谓用心良苦，既考虑了遗老遗少们的故国情怀，又为新王朝的维稳做了部署。可惜人算不如天算，万没料到遗老遗少们还未动作，周王室内部先乱了起来，差一点让刚刚稳定的政权昙花一现。

武王既崩，成王少。周公旦代成王治，当国。管叔、蔡叔疑周公，乃与武庚禄父作乱，欲攻成周。（史记·卫康叔世家）

管叔、蔡叔群弟疑周公，与武庚作乱畔周。周公奉成王命，伐诛武庚、管叔，放蔡叔。以微子开代殷后，国于宋。（史记·周本纪）

周武王建国后不久病逝，儿子成王年少，于是武王弟周公旦出来主持朝政。当年打天下时，武王的弟弟们都驰骋疆场，个个有功。武王在时，弟弟们不敢造次。但他一死，眼看着二哥手握大权，侄子像个傀儡，而兄弟们只得到豆腐干大的领土，还要负责看管殷商遗民，心里便不是滋味。未知是武庚看准了这个时机，有意来挑拨是非，还是兄弟们看准了武庚的势力不可小觑，想拉他下水。总之，最后殷商遗老和周室新贵走到了一起，向周公旦发起猛攻，扬言要清君侧，至于真实的目的，也许大家已有猜测。

几股势力联合起来虽不可小觑，但最后的赢家还是周公旦。他是个手腕狠利的人，对待叛乱一事不留情面，杀了武庚和弟弟管叔，流放了蔡叔，并重新分封。先以商纣的弟弟微子开代殷，建一个诸侯国，命名为宋，继而“封武王少弟封为卫康叔”（《史记·周本纪》）。卫康叔也是武王的弟弟。司马贞《史记索隐》中引东汉宋忠的说法，认为“康叔从康徙封卫……畿内之康，不知所在也。”也就是说，武王的弟弟封原来被安置在王畿之内的康地，因“三监”叛乱而得到了一块更广阔的土地，从而来到殷商故地，建立卫国，成为卫国的第一代国君。关于邶与鄘的处理，历来公认的说法是一同并入了卫地，但究竟于何时则不可晓。故朱熹在《诗经集传》里说：“邶、鄘地既入卫，其诗皆为卫事，而犹系其故国之名，则不可晓。”也就是说，既然三地合并了，三国之风都说的是卫康叔立国之后的事，却又为何不统称为卫风而要分别冠名，朱熹也不明其缘由。后世虽然接受三地之诗皆为卫诗的说法，但也说不出具体缘由。

邶、鄘、卫为一体的说法有一个重要依据，便是《左传·襄公二十九年》中的一段记载：

吴公子札来聘，见叔孙穆子……请观于周乐……为之歌《邶》《鄘》《卫》，曰："美哉，渊乎！忧而不困者也。吾闻卫康叔、武公之德如是，是其《卫风》乎？"

在听过《邶》《鄘》《卫》之后而总结《卫风》，说明三地风诗所咏唱的内容均属同一国别，后世根据吴公子札的总结评述将这段记载视为最重要的依据。

公子札来自吴国，虽不至于"文身断发"，但地处南蛮，文化的深度和广度是不能与中原相比的。鲁国请吴公子听《诗》，一方面作为礼节性的待客，另一方面恐怕也有炫耀中原文化的心理。从史料来看，吴国公子对这次音乐会十分受用，不但听了全套的国风，且对每一风都有概括性的评述。可见这位公子虽然远在南蛮之地，但对文学艺术却有着较高的理解力和领悟力。《左传》对他的评语做了详细的记载，一方面予以肯定，另一方面也暗示吴国公子的评价之合意与中肯，颇似今天新闻中常被引用的"外国政要评价"。

吴公子札用"渊"与"忧而不困"来概括卫诗，给予了卫诗相当高的赞誉。但他的话太过简洁，卫诗三十九篇，想要领略它的美与真还需从头细说方可。

静言思之

《柏舟》一名，有两首诗冠之。一首出自《邶风》，另一首出自《鄘风》。《邶风》中那首《柏舟》较有名，譬如下面这句：

> 我心匪石，不可转也。我心匪席，不可卷也。

广义卫风三十九首，其实还是各有侧重。相比较而言，《邶风》的基调是最苦闷的。十九篇中，只有《简兮》的调子较为昂扬欢悦，充满动感和倾慕之情。其他十八篇的诗作，或悼念亡妻（《绿衣》），或送亲人出嫁他国(《燕燕》),或战场上思念家中苦守的妻子(《击鼓》),或约会却苦等心上人不至（《静女》），或咏唱为亲情道义而死的兄弟（《二子乘舟》），等等。通读《邶风》，只觉得胸中沉郁，音调哀绝,一字一句都将人类内心情感的痛苦发挥咏唱到极致。开篇之作《柏舟》所咏唱的是得不到理解的孤寂心灵的哀叹，是对社会环境的无奈和哭诉,更是在痛苦之上的对人性的责难及中国式郁郁不得志的呼喊。

> 泛彼柏舟，亦泛其流。耿耿不寐，如有隐忧。微我无酒，以敖以游。
> 我心匪鉴，不可以茹。亦有兄弟，不可以据。薄言往愬，逢彼之怒。
> 我心匪石，不可转也。我心匪席，不可卷也。威仪棣棣，不可选也。
> 忧心悄悄，愠于群小。觏闵既多，受侮不少。静言思之，寤辟有摽。
> 日居月诸，胡迭而微？心之忧矣，如匪澣衣。静言思之，不能奋飞。

从诗的叙述中我们可以看到这样一个形象：一个人心中苦闷不能入眠，却无酒以消愁。他乘着小船漂荡在水流上，埋怨着亲人们的不理解和不支持，痛斥着身边小人们对自己的侮辱和伤害，越想越郁闷。

自己是一身正气，宁折不弯，怎么看怎么顺眼，怎么瞧怎么出众！可是，却被困于小人的包围和亲人的疏离中苦苦不能自拔，想要振翅高飞却总是“怎么飞也飞不高”。

这样的一个形象，或许你我都不陌生吧？也许他是身边认识的某个人，也许他就是我们自己。不论这位先秦的诗人是男是女，在当代，这样的忧诉和苦闷可适用于任何人。因为我们绝大多数人都是不成功的，是感喟于社会的蹂躏的。

“忧心悄悄，愠于群小。觏闵既多，受侮不少。”这是社会环境的写照。我们惊讶地发现，社会虽然剧烈变迁，历史走过近三千年的岁月，但似乎人心并未有太大的变化。每个人离开家庭后无论在学校或是职场或是社会其他层面上，这四句诗中所表达的社会现实都是我们每个人所经历过的。而中国人的特点是社会环境影响家庭环境，即一个人如果在社会上没有地位也就约等于失去了家庭中的地位。因此，我们在《柏舟》中看到这位诗人“亦有兄弟，不可以据。薄言往愬，逢彼之怒。”有人借此句推测诗人是一位被丈夫抛弃的女子。因为《卫风·氓》中的女子就是被抛弃后回家，提到家里的亲人时有这样一句：“兄弟不知，咥其笑矣。”古代女子没有独立的社会地位，在夫家受了气也只能找娘家人撑腰。而如果连娘家人都不出面，那便再无出路了。

无论《柏舟》的诗人是生活中受挫的男子还是婚姻中受伤的女子，跨越时代的藩篱，这首诗给我们的触动仍然鲜活。我们常说人心不古，但其实人心从古至今从未变过。一人得道鸡犬升天，一人遭难举家唾弃的事例不断上演。中国人趋利和善自保的性格在久远的古代就已经注入血液里，直到当代也没有根本性的改变。而在认知人性的基础上，《柏舟》首次尝试了自我反思。《诗经》中充满了爱与怨，对自身的反思是不多的。《卫风》中的《氓》也遵循了《柏舟》的风格，亦是先揭露人性再形成反思。

但对于这种反思，我们却要保有一种客观的态度。因为尽管诗人尝试了反思，但不代表他反思的内容是客观的、公正的。《氓》亦如此。为了谈谈这一话题，先将《氓》全文录入：

氓之蚩蚩，抱布贸丝。匪来贸丝，来即我谋。送子涉淇，至于顿丘。

匪我愆期，子无良媒。将子无怒，秋以为期。

乘彼垝垣，以望复关。不见复关，泣涕涟涟。既见复关，载笑载言。尔卜尔筮，体无咎言。以尔车来，以我贿迁。

桑之未落，其叶沃若。于嗟鸠兮，无食桑葚。于嗟女兮，无与士耽！士之耽兮，犹可说也。女之耽兮，不可说也。

桑之落矣，其黄而陨。自我徂尔，三岁食贫。淇水汤汤，渐车帷裳。女也不爽，士贰其行。士也罔极，二三其德。

三岁为妇，靡室劳矣。夙兴夜寐，靡有朝矣。言既遂矣，至于暴矣。兄弟不知，咥其笑矣。静言思之，躬自悼矣。

及尔偕老，老使我怨。淇则有岸，隰则有泮。总角之宴，言笑晏晏，信誓旦旦，不思其反。反是不思，亦已焉哉！

《氓》的故事很有名，内容也简单。全诗以被弃女子的口吻叙述她恋爱和婚姻破裂的经过。在驱车回家的路上诉说胸中愤懑和对丈夫的不满，从而反思自己的言行与内心。

《柏舟》与《氓》都与河流有关，可见在先秦诗歌中水已成为承载和排遣内心愁绪的一个象征性的载体。这对后世的诗歌创作影响非常深远。李白的“抽刀断水水更流，举杯消愁愁更愁”，李煜的“问君能有几多愁，恰似一江春水向东流”，都是承袭了先秦诗歌的象征手法，在后世用他们时代的语言将其拓展和发扬光大。回到这两首诗中，水就像心中的苦，绵长不断，絮絮叨叨说个没完，却怎么说也无法使痛苦减半。人在痛苦之后要么痛斥他人，要么自我反思，这两首诗都有做到，想法和做法也完全一致。

两位诗人先是痛斥社会环境的险恶：“愠于群小”与“士也罔极”。然后抱怨亲人的无情（前文已述），进而剖白自我：“我心匪石，不可转也。我心匪席，不可卷也。威仪棣棣，不可选也。”“自我徂尔，三岁食贫。淇水汤汤，渐车帷裳。女也不爽，士贰其行。”虽然说法不同，遭遇各异，但总结起来中心思想很简单：我没有错！我搜肠刮肚地自我检讨了一番的结果是，我没有错！

可是，果真如此么？一个人在社会中遭遇的所有不快，都是他人和社会的责任吗？

当然，两位诗人的遭遇一定有其现实性，我并不否认他们所遭遇的不公是暴虐的，也并不认为他们“罪有应得”。我们每个人的不幸遭遇都有外界的“恶”成其缘由，而这种“恶”绝大多数是出于利益的冲突，进而产生矛盾。与《氓》中的女子相比，我个人对《柏舟》中的“愠于群小”持有一定的保留意见。遭遇排挤和侮辱固然令人愤怒，但中国文人往往将这种痛苦崇高化，导致失去了对自我的正确认知。不合群乃至遭受排挤也许并不全是社会环境的错，当事人自己的脾气、性格与为人处世的方式往往也是很大诱因。人固然有恶之心，但人是社会动物，为了更好地协作与生存，从趋利的角度考虑，不会无缘无故将恶夸大张扬。而那些特别显著的不容于群体，时常满腔忧愤的人则往往性格偏执、思想激进甚至天真。而更可怕的是，他们有时也只是维护自身的利益而已，是地地道道的双重标准人群。

《柏舟》与《氓》固然感人，但思想性也存在较大的局限。或者说这种局限并非历史的局限，而是人性的局限。但两首诗对后世的影响又是深远的，这种深远并非词句意象上的因袭，而是思维方式与认知的承袭。孤高的文士与悲苦的弃妇成为文学史上的两大主题，如今，弃妇形象随着时代发展慢慢消亡，而孤高文士的自我标榜依然如火如荼，根植于每个自谓保有知识的人的心中，不分男女。

开后世之先：生离死别的哀思

按佛教的说法，人生有八苦：生、老、病、死、怨憎会、爱别离、五阴炽盛、求不得。先秦时期中华大地上还没有受到佛教的影响，但这不代表中国人就没有承受普遍存在的这八种痛苦。在中华传统中，于一切痛苦之上最令人感喟的无外乎生离和死别两类。古代交通落后，通信系统和技术都不能快速有效地传递信息，而社会与人性又承载着太多的变数，因此离别就显得尤为艰辛。“少小离家老大回”，这样的故事一定不只是贺知章一人经历过。尽管古代出门离家的人并不占大多数，但在战乱年代和尚武的时代里，离别也常常成为较易产生共鸣的社会话题。死别则是每个人都会经历的，无论何时何地，也不管古今中外。我们一生中都会送别父母，也会在人生的不同阶段送别朋友和配偶，更悲惨的是白发人送黑发人。总之，死是每个人都绕不过去的，死别也就成了最绝望最无可挽回的悲伤。

卫风中有分别叙述生离死别的两篇名作，非但感情深厚、哀婉凄切，更开后世生离死别诗之先河，可谓离别诗与悼亡诗的鼻祖。

燕燕于飞，差池其羽。之子于归，远送于野。瞻望弗及，泣涕如雨。
燕燕于飞，颉之颃之。之子于归，远于将之。瞻望弗及，伫立以泣。
燕燕于飞，下上其音。之子于归，远送于南。瞻望弗及，实劳我心。
仲氏任只，其心塞渊。终温且惠，淑慎其身。先君之思，以勖寡人。

（邶风·燕燕）

整首诗的文辞非常美，形容燕子飞翔时分别用了“差池其羽”“颉之颃之”“下上其音”三种描写。从外貌、动作和声音三处入手描写燕子的动人，而这种动人所传递出的却是一种哀婉之情，因这种高飞远去的不可掌控所带来的悲伤牵出了后面送别的情节。以燕子起兴，形象贴切，寓意美好，哀而不伤。

《毛诗序》的解读是“卫庄姜送归妾”，但没有确切的史料为佐证。诗中所写似乎是兄长送别姊妹。因全诗结句有“先君之思，以勖寡人”，说明送别者为男性。而告诫离别者以“先君之思”，则似可以说明两人是同辈关系。西晋文学家左思在他的《悼离赠妹诗二首》中就以《燕燕》之情全景再现了自己与妹妹左棻的离别情景。诗中有“燕燕之诗，伫立以泣。送尔涉涂，涕泗交集。云往雨绝，瞻望弗及”的描写，哀婉之情令人动容。

从文本分析，我们发现生离在文学上所需要展示的要素在这首远古诗作中已十分完备了。首先，以燕子远去的手法兴起离别之意是开创，被后世传承发展。“落花人独立，微雨燕双飞”就是非常优美且有独创特色的传承。我们可以从这句诗中看到《燕燕》中送别妹妹独自伫立的兄长，也可以同时体味到这绵延千古的情思中的哀怨与孤独。其次，离别时人之常情的流泪也在诗中得到了动人的书写，“泣涕如雨”和“伫立以泣”用字贴切传神。特别是“伫立以泣”，不但叙述了当事人送别妹妹时的动作和状态，其意境也在后世发展成独立的文学意象。“执手相看泪眼，竟无语凝噎”，是柳永传唱不衰的名句，也是对“伫立以泣”最好的继承与发挥。继而，目睹离别人的远去，站在原地送行的人却不舍其背影，仍旧向远处望着，直到再也看不到半点踪迹。“瞻望弗及”就是最简练的表达。同样，“山回路转不见君，雪上空留马行处”，“孤帆远影碧空尽，惟见长江天际流”，则在其基础上将意境与送别者的情思发挥描写到极致。最后，眼看去者不可追，留下的人唯一能做的只有千方百计自我安慰。“先君之思，以勖寡人”，便是最好的结尾。对于这一句，后世则有更多样的继承之上的发扬：“不用诉离殇，痛饮从来别有肠”，是一种无奈；“请君试问东流水，别意与之谁短长”，似乎带着淡淡的责难；“与君离别意，同是宦游人”，则是天涯倦客间的共鸣。一句引发后世千重万种的化用，而化用之中是对离别之苦的不同品读。

《燕燕》被清人王士祯评为“万古送别诗之祖”，《邶风》中排在它之前的《绿衣》则可看作悼亡诗之开山。一生离，一死别，在卫风中被抒发得淋漓尽致，不但受历代诗人膜拜，更引领着后世此类题材诗歌的传承和发展。

广义上来说，悼亡诗指悼念或怀念死去的人，可以是父母、亲朋、手足、夫妻、挚爱，等等。但从知名的悼亡诗作来看，悼念亡妻的作品占有可观的比例。这些作品不但在此类题材内是佼佼者，更有相当一部分被后世奉为美谈佳话，传唱不衰。因此，我们一听到“悼亡诗”三个字，往往第一意识是悼念亡妻爱侣，而这一支的后世诗歌则基本传承于卫风中的《绿衣》。

绿兮衣兮，绿衣黄里。心之忧矣，曷维其已！
绿兮衣兮，绿衣黄裳。心之忧矣，曷维其亡！
绿兮丝兮，女所治兮。我思古人，俾无訧兮。
絺兮绤兮，凄其以风。我思古人，实获我心。

诗意简单明朗，一位男子看着自己的绿色衣服思念起逝去的妻子。想起她在世时如何体贴自己，为自己量体裁衣，可是她却已经离世了。每每想起，心有不甘，质问苍天为何夺走她的性命（推测当为英年早逝）。这位思念亡妻的男子应该是一位贵族，穿戴上不但色泽鲜明，且有衣（上衣）、有裳（下衣）、有里（内衣），配套齐全。而绿衣从商代开始就是贵族男子的家常衣之一种（另有缟衣和玄衣）。更重要的是着装中有一部分是丝织品。在先秦，丝织品是只有贵族才能享用的奢侈品。即使在今天，真丝制品依然价格不菲，普通人家拥有一套真正的桑蚕丝服装也会十分珍视。

这样富足的人家，按理说不缺媳妇。贵族男子想再娶如意娘子不是难事，更别说他一定不是真的单身，想必媵妾是有的。按当代人朴素的价值观，有钱人因为资源太丰富，选择权大于一般人。逻辑上看，这样的人比较容易薄情，不懂珍惜。然而，从大量流传下来的诗词来看，情况并非如此。富有往往并不能与薄情画等号。

以衣喻人是古代悼亡诗的一大特色，这一点倒并非一味地传承文学意象，更多的也与古代现实生活息息相关。缝缝补补历来是女人所长，也是女性表达爱意、男性感受爱意的最直接方式。即使在今天，女人很少动针线的时代，这仍然是不能磨灭的爱的传递通道，饱含着爱情与亲情的双重感动。哪怕是偶一为之，也带着浓浓的温情。

但与送别诗鼻祖《燕燕》不同的是，《绿衣》在悼亡诗中虽然属开山之作，但却没有形成模式化的套路。悼亡诗中除了《绿衣》传承缝衣之外，后世的发挥则更显多样化，并不是每首诗都要拿衣裳做文章。“空床卧听南窗雨，谁复挑灯夜补衣”，是难得的传承佳作。而在千古悼亡名作《江城子》中，苏轼看到的是“小轩窗，正梳妆”，梦中重逢的场景并不是妻子在缝衣服。再如陆游的“伤心桥下春波绿，曾是惊鸿照影来”，尽管两人被迫离婚，但深深印在陆游心里的形象是沈园中的临水佳人。再有纳兰性德的《金缕曲》，他所感触的是“忍听湘弦重理”，并希望“待结个、他生知己”。当然，来生的概念来自佛教的影响，《绿衣》中没有也是正常的。从以上三篇名作可见，在后世的悼亡诗中，女子的意象已经渐渐从功能型转化为审美型，并从审美型逐渐向知己型过渡。

之所以没有固定下文学意象，我猜测有两个原因。其一是《绿衣》的内容相对简单，男子看见衣服想起亡者，感慨一番，仅此而已。不似《燕燕》中先起兴，继而讲述送别的场面和动作，抒发情感的同时打造画面感，最后来个总结发言，是一个完备的流程。而现实生活中，送别场面也逃不过这一串套路，能增加的，比如饮酒和插柳则可以看作流程上的装饰。但《绿衣》除了意象，其他方面并不完备。缝衣只是思念的一个承载方式。因每个家庭的不同，所侧重的思念载体也自然多种多样，随着时代的发展呈现不同的面貌，丰富了悼亡诗的内容和情感表达。《绿衣》的内容固然相对狭窄，但它为后世开了一个好头。尽管意象单一，但其表达的情感却真挚而动人。悼亡重在一个“悼”字，物是其次，情为其首。这一点被后世诗人很好地传承了下来。

爱情爱情，一个人的事情

卫风的整体基调可以用忧与讽来概括。忧是人性的集中体现，生离死别，求不得放不下，怨憎会等人类的忧愁苦怨在卫风中都有或直白或深沉的表达。而讽则集中体现在对卫国宫廷淫乱与君主昏庸的讥讽上，有政治讽喻的特点。

卫风中的爱情逃不开整体的大环境，大抵是苦涩孤独的。这种苦涩的来源是与爱人的分离。我们在诗中常常看不到爱人的完整形象，站在我们眼前的只有咏唱者本人。爱情是他们在孤独中寄向远方的思念，而收信人则不知停留在何方，对读者、对咏唱者来说都遥不可及。

击鼓其镗，踊跃用兵。土国城漕，我独南行。
从孙子仲，平陈与宋。不我以归，忧心有忡。
爰居爰处？爰丧其马？于以求之？于林之下。
死生契阔，与子成说。执子之手，与子偕老。
于嗟阔兮，不我活兮。于嗟洵兮，不我信兮。

（邶风·击鼓）

读前几句没什么稀奇，也看不出与爱情有什么关系。但当那著名的四句告白映入眼帘的时候，大概所有人都会心领神会。其知名程度已经随着各路言情、仙侠、古装、偶像剧的滥用而成为耳熟能详的爱情金句。而将其世俗化并成就世俗之名的大约是源自张爱玲在她作品中的引用。在经历过战乱生死之后，她对这四句诗的理解应当是远高于如今生活在和平中的人的。

关于《击鼓》的解读存在两种说法，一种是思念远方的妻，一种是同性战友的告白。两种解读都有道理，也符合《诗经》一贯的众说纷纭、莫衷一是的现实情况。毕竟时代久远，作者不详，重情感表达而轻故事叙述的吟咏模式总是让表达者与被表达者面目模糊，因此存在多种释义的情况是正常的。

我个人比较支持思念家乡的妻子这一说法。按照这一思路来解读的话，诗歌的大意是这样的：青年士兵离开卫国去参与和陈、宋两国的战斗，心情很沉重，马也跑掉了。面对这些不幸的遭遇，他想起了家乡的妻子，唱出了内心的告白。但路远山隔，归期遥遥，他的思念与爱意恐怕难以传递吧？全诗前半段说明自身的经历和目前所处的环境，后半段则抒发情感，由叙事转抒情。

全诗从头至尾，我们只看见一个人，就是苦痛的士兵，或者说歌唱者本人。他说起的那些忧伤的过往，他念叨的那匹马以及思念的远方爱人都不在他近前，同样也与我们千年后的读者隔着遥远的距离。我们想象着他一路走来的辛苦，体味着他的“忧心有忡”，期待着他赶快找到自己的战马。更感慨他有家难回，生死难料，甚至暗暗担忧他是否还有回家见到妻子的那一天。出征与戍防所造成的离别之苦在《诗经》中并不鲜见，甚至成为一种主要题材。歌咏角度也很全面，既有来自守候者的忧思和哭诉，也有离家士兵的牵挂与劳苦；有丈夫战死沙场后的悲戚，也有老迈归程的哀怨与伤痛。总之，围绕军哥军嫂的悲催故事有各种各样的解读与剖析。但《击鼓》的特别之处在于我们在字里行间读到的不仅仅是对当权者的不满、对战争的痛诉以及对远人的思念，在这一切“陈词滥调”之上我们读到了爱情，而这种爱的表达并不以号啕大哭或蓬头垢面来展现。它的用词是朴实的，情感是哀婉的，而哀婉中是浓浓的爱意，是相爱的人彼此间最想听到的那句：我愿与你天长地久，永不分离！

这样的愉悦和信赖在有情人之间常能百发百中，是面对命运和人生时最动听的狂妄之词。

尽管这愿望不理性，尽管它的表达在残酷的现实面前显得那么苍白无力，但这种期盼，这种诉求，这种不现实的承诺却最打动人心。

带着朴素的浪漫色彩，它是痛苦灵魂的安慰剂。我们谁也不知道他的结局，更不知道他思念的人在他吟唱的这一刻在做什么、想什么、遭遇什么，最终会有怎样的结果。但这不妨碍他去思念、去爱、去表达他的情感。这种感情仿佛《河广》中的“谁谓河广？一苇杭之”，虽然夸大其词，显得自不量力，但感动我们的恰恰是这种夸大。因为感情太强烈，诉求太执着。没有人喜欢冷冰冰的机器，也没有人喜欢过于悲观理性的行为，我们即使看穿了现实的嘴脸，也不能嘲笑他的情真。也许他比我们更明白，不是吗？“于嗟阔兮，不我活兮。于嗟洵兮，不我信兮”，就是最好的证明。没有对爱人的赞美，没有对欢爱场面的刻画，也没有大篇幅诉说求而不得的苦恼，然则这渴盼带着绝望的回响，尤显动人。

这样孤独的渴盼中生发的喃喃诉说，让我们感受到了比求爱与求欢更感人肺腑的情思。这种裹挟着泥浆与鲜血的告白，让我们看到了一个苦难征程上为爱坚守的灵魂。

卫风中几乎没有歌咏美好爱情的诗篇，许多流传后世被言情小说引用的“爱情金句”其实最初并非爱的剖白。譬如前文提到过的“我心匪石，不可转也。我心匪席，不可卷也”，或者“瞻彼淇奥，绿竹猗猗。有匪君子，如切如磋，如琢如磨”，其原始意图都不是歌咏爱情。《击鼓》中的四句是少有的例外，但却比《关雎》或《蒹葭》这一类的爱情名篇要沉重得多。但卫风中也有一首相对较为轻快的作品，即《静女》：

> 静女其姝，俟我于城隅。爱而不见，搔首踟蹰。
> 静女其娈，贻我彤管。彤管有炜，说怿女美。
> 自牧归荑，洵美且异。匪女之为美，美人之贻。
>
> （邶风·静女）

静女是一位美丽的姑娘，也是诗歌咏唱者的心上人。说好在城角等他，可是他兴奋地去赴约却找不到她。小伙子难受极了，浑身躁动不安，心里想象着姑娘的芳容，手里握着她赠送的彤管和白茅。小伙子觉得白茅很美，可又觉得其实不是白茅美，它看起来美是因为那是姑娘送的。

诗名虽叫《静女》，但通篇下来，我们没有看到静女。不但我们没有看到，小伙子也没看到。明明说好的相会，却不见人影。小伙子急，我们也急。在等待中，为了排遣不安与寂寞，他看看手里的彤管，想想姑娘的模样，心里还会生出些愉悦，暂时缓解不安。而我们读者却仍旧对静女爽约感到不解，期待故事的后续，然而诗篇到这里却结束了。我们不知道小伙子最终是否以遗憾收场，但作为读者，我很遗憾。后来她来了吗？后来他们终成眷属了吗？后来他们白头偕老了吗？谁知道呢！诗人不想说。

与诗经著名的“君子好逑”模式不同，诗中的静女并不是诗人苦求不得的。虽然诗中的男子并没有明确告诉我们，姑娘是否爱他或接受了他的爱，但至少没有疏远他或是拒绝他。既然约在城角这样的隐蔽处，想必还是有些额外想法的。小伙子没有“寤寐思服”，也无需“溯洄从之”，他的焦灼不是心上人的不可求，而是暧昧中的不确定。候人不来，有点尴尬，有点烦躁，有点心烦意乱，但并不忧伤。整个情景带点幽默，或许是他来早了呢，或许姑娘有事耽搁了，或许根本就记错了地方。即使今晚见不到，想必一定还会有其他相见的机会，一时的“搔首踟蹰”不代表一定是悲剧的结果。

整部卫风三十九篇里，鲜有相互爱慕的喜悦（《桑中》是个例外，而且略有淫风之色，后文会有解读）、执手出游的欢快，或面对面的告白。有爱的人总是郁郁独行的，被爱的人要么在阴间，要么在战场，要么在大殿中央，要么在远方。总之，大多数是见不到的，要靠想象来填补思念。仿佛婚恋的事是靠一个人的孤独意念来完成，仿佛情感的生发与表达永远有起点无终点。整体而言，卫风中对人类七情六欲的体会与阐释是比国风其他作品要深刻的，爱情也相对显得更深沉苦涩。卫风并不淫荡，如果淫荡就是男欢女爱，我倒希望这三十九篇诗作可以更“淫荡”一点，因为爱情不该是一个人的事情。

公室之劳

在《诗经》所描写的各类群体中，有高高在上享受生活的贵族，也有被奴役、被驱使的贫苦艰辛的底层民众。这两大群体构成了《诗经》中所体现的社会的两个层面。其咏唱的主题，展现的生活面貌，蕴含的艺术价值都有极大的差别，也形成了鲜明的对立。然而，容易被人所忽视的是，两大群体中还夹杂着一个少数群体，他们在身份上属于中层偏上，但在日常工作生活上却无缘享受上层阶级的悠闲和富贵。他们同样要劳作，虽然社会地位远高于底层民众，但劳作中所感受到的艰难辛苦一样不少。这一群体颇有些类似今日的公务员或上班族。在《诗经》中为他们代言的便是《北门》：

出自北门，忧心殷殷。终窭且贫，莫知我艰。已焉哉，天实为之，谓之何哉！

王事适我，政事一埤益我。我入自外，室人交遍谪我。已焉哉，天实为之，谓之何哉！

王事敦我，政事一埤遗我。我入自外，室人交遍摧我。已焉哉，天实为之，谓之何哉！

全诗一开篇，扑面而来一股忧愁悲戚之风。全诗的用词并不晦涩，也较少艺术上的修饰，看得出是真正的肺腑之言。从他亲口所述得知，他的忧愁有两方面的原因：其一，他在工作上压力过大，具体表现为工作（王事加政事）繁重，造成他超负荷劳作；其二，他在家里受到责难，其原因是他从工作中所获得的酬劳过低，导致生活“终窭且贫”，简直有家徒四壁的悲哀。这不成比例的付出和回报让他处于内外交困之境，在痛苦中发出喟叹："已焉哉，天实为之，谓之何哉！"

作者将一切痛苦困厄的根源归结于天。关于这一点，历来的看法是，"知其无可奈何，而归之于天，所以为忠臣也。"（朱熹《诗经集传》）这一说法的源头同样来自《毛诗序》，即"刺仕不得志也。言卫之忠臣不得其志尔。"也就是说，解读之人将作者困苦原因看成是忠臣的不得志，而他怨责苍天的行为一方面表现了他的"忠"，另一方面道出了国君的昏庸。

古人这样理解有可以自洽的逻辑。首先，他们认定卫国是一个混乱的诸侯国，国君都是昏庸淫乱的。这从大历史来看，不能算错。自《春秋》开篇以来，卫国就一直在内乱，国君鲜有清明者。国力则因不停歇的内乱而江河日下，到《春秋》后半时已然羸弱不堪；其次，自汉代儒家成为统治阶级的法理正统以来，大力强调忠君，其君臣关系已远非春秋时的模样。这样看来，古人秉承这一传统而坚持这一解读的逻辑也是合情合理的。

然而，如果抛开后世以儒学思想为基准的解读，单纯回到诗的本身，回到春秋初年的卫国。在儒家还未生根发芽的时代，在统治制度远别于后世中央集权制的时代，诗作者这一番苦叹的用意是否真是为了讽刺昏庸的国君不懂得任用自己，进而通过怨责苍天来表达忠心，这一点是值得商榷的。

从文字本身来看，作者痛苦的焦点在于"终窭且贫"和"莫知我艰"。贫是他一切痛苦的根源。如果他衣食丰足，那么繁重的工作压力至少可以从心理上得到缓解，他的家人更不会抱怨责备。而有趣的是，在春秋时代，在朝为官的大夫阶层并非后世那般是靠俸禄生活的。大夫们皆有封邑，建制模式一如诸侯国，只是级别和所能享受的礼制待遇要远逊于国君。那么这位作者极有可能是一名负责某些具体工作的小吏，他有可能来自级别较为低下的士阶层，有一定的文化和办事能力，在政府部门承担一定的职能，负责某一类工作。但由于出身低微，负责的工作处于低端，他的工作内容庞杂劳累。他每天要被呼来喝去，不但工作量大，且时常遭受苛责。更可悲的是因职位低贱，工资也较低。随着年龄的增长，养家糊口的责任越来越重，微薄的薪资越发难以承受，那些繁重的工作便愈发令人焦虑疲惫。他的地位和级别还谈不到忠君这一层面，他的文辞里也没有透露甘为君主抛洒热血的衷肠。他的抱怨直接而具体，就是为回报不及付出而不甘。

“莫知我艰”则是他精神上的创痛。这里面所触及的对象，除了家人之外，当然也包括差使他的上级，而这位上级基本不可能是国君，更可能是来自于上层的大夫或官员。他们掌握着治理国家的具体权力和任务，但并不需要负责具体工作，只定下工作方向和目标，并向下分派任务。诗作者是接到任务的这一级，也可能是这一级之下，毕竟工作不可能是由一人完成的。不可忽视的是，越是向低端延伸，工作量便越大，压力也就越重，酬劳相应越低，抱怨之声不可避免。

然而又能向谁抱怨呢？又能责怪谁呢？责怪国君或上级都是他所惧怕的，这会直接影响他的生计，剥夺他赖以生存的最后谋生路径。如此说来，也只能抱怨苍天，也即抱怨自己的命运。如果生在公侯家，如果长于士大夫家，也许就不会遭遇如此辛劳。看着那些人锦衣玉食，整天优哉游哉生活，他当然羡慕且嫉妒。可迫于现实的考量，也只得怨命不好了。

方玉润评“室家势利之情如画，可谓摹写殆尽”，一语中的，而这势利的缘由当然有可能出自卫国社会的动荡、国君的昏聩和大夫们的吝啬。但倘若处在太平盛世，这样的情景和生活是否就不存在呢？想想当今辛劳奔波的社会各阶层的人们，《北门》的身影似乎仍没有消失。客观来说，所谓“得志”只是一个理想状态，任何社会形态里都有得志和不得志之人。安定祥和的社会中也许不得志之人的整体比例会缩小，但不代表就彻底消失。其中复杂的社会和人性的原因当然无法一语道尽，而群体中所暴露出的现象和迷思则总有相似相通之处。也因此，《北门》的特别之处不仅限于它描摹了春秋时代一个不大被关注的阶层，更连通了当下有着相似处境的社会群体。《北门》之痛仍在，或重或轻。也许就在我们身边，又或许，我们也是《北门》之一员。

政治讽喻里的乱世红颜

从这一节开始，有相当篇幅会涉及卫国历史上一段著名的故事以及故事的女主角，也就是卫宣姜。关于这位传奇女子，《诗经》中有大量诗作围绕她的故事展开，而她的故事又充满了悲喜、争斗和血雨腥风。因此，有必要先简要交代一下宣姜的生平，以便后面多篇叙述的分析和讨论。

宣姜是齐僖公之女，原与卫宣公的太子伋子订婚，却在嫁到卫国后被卫宣公占为己有。太子伋子是卫宣公与先君庄公的侍妾夷姜私通所生。未婚妻被父亲霸占后，太子与母亲夷姜皆失宠，夷姜自杀。宣姜为宣公生子寿与朔，并欲废太子伋子而立寿为太子。宣公派杀手杀伋子，消息为寿所知，寿与伋子兄弟情深，替伋子赴死。伋子得知后赶去现场，同被杀害。不久宣公病死，公子朔继位为卫惠公。而惠公年幼，齐国逼迫太子伋子的弟弟卫昭伯与宣姜结合。后卫惠公被逐逃亡齐国，卫国大臣拥立夷姜的次子黔牟继位。卫惠公在齐国流亡七年后，在齐襄公的帮助下杀回卫国重登国君宝座。又数年后，宣姜与卫昭伯的两个儿子也先后即位，就是卫戴公与卫文公。

这样的宫廷乱剧前无古人后无来者，在华夏五千年历史上仅此一桩。让我们通过卫风中两首著名的讽喻诗来走近宣姜人生中两个重要的节点。

新台有泚，河水瀰瀰。燕婉之求，籧篨不鲜。
新台有洒，河水浼浼。燕婉之求，籧篨不殄。
鱼网之设，鸿则离之。燕婉之求，得此戚施。

（新台）

《邶风·新台》是卫风里非常有名的一篇。新台是一座宫舍别馆，是卫宣公霸占宣姜后为其修造的。根据诗中内容判断当在黄河之滨，应该是地道的河景房。从“新台有泚（cǐ）”和“新台有洒（cuǐ）”我们可以看到，这座别馆造型华美高大，又坐北朝南，地理位置极佳。住在这里的人不但可以沐浴温暖的阳光，更可领略黄河之水浩浩汤汤的激扬与壮阔（“河水瀰瀰”，“河水浼浼（měi）”），按照常理判断，住在里面的人一定幸福极了，是美好的“燕婉之求”。然而，诗中为我们描绘的却并非如此，在三次曼妙的“燕婉之求”后，我们看到的竟是“籧篨（qúchú）不鲜”“籧篨不殄”“得此戚施”，不禁内心感到不安与叹惋。籧篨和戚施通常解释为蛤蟆，朱熹的解释为“丑疾”。总而言之，是在描述卫宣公的外貌，一个丑陋的老头。宣姜心中之苦可想而知。有一种解读是，河水寓意了宣姜痛苦的眼泪，这一象征用法也被后世诗歌所承袭。这种解释是通的，符合现实的逻辑。“燕婉之求”本该是令人愉悦的，然而宣姜的婚姻却令她痛苦不堪。这一事件的背后亮出了人性的侧影：卫宣公的荒淫无耻，太子伋子的忠厚懦弱，宣姜的悲痛无助，以及隐藏在这些人背后始终没有发声的齐僖公——他出于政治考量的默许纵容。一桩联姻，四张面孔，面目各不相同。是时代的悲歌？是命运的安排？还是人性的鞭挞？

宣姜的故事从这里开始，后面一系列的悲剧陆续上演。或许是报复，更多则是为了自身地位的巩固，宣姜选择除掉太子伋子。她很成功地说服了卫宣公。也许根本不需要说服，夷姜母子因宣姜而失宠，宣姜又生下两个儿子，父亲始终为了夺妻之事在儿子面前尴尬为难，两人不过是一拍即合罢了。

礼义廉耻在春秋已有很健全的规范，但踏破这些规范的人地位高高在上，而政治方面的考量与权衡又让同等地位的人纵容了这些丑事的发生和发展。而广大的卫国臣子百姓却为此感到羞耻，作诗讽刺丑行。以此为开端引发的亡国之恨其实距离他们并不遥远了。

墙有茨，不可扫也。中冓之言，不可道也。所可道也，言之丑也。
墙有茨，不可襄也。中冓之言，不可详也。所可详也，言之长也。
墙有茨，不可束也。中冓之言，不可读也。所可读也，言之辱也。

《鄘风·墙有茨》所讽刺的“中冓之言”接近宣姜故事的尾声，也是她人生中的另一个重要节点——再嫁卫昭伯。此时卫宣公已死，太子伋子与公子寿也死了，剩下的是宣姜和公子朔母子二人。公子朔成为新的君主。按照后世的制度，宣姜终于可以安稳做她的“太后”，后宫之中无人能及，只要笼络好辅政的大臣就可以了，最多与辅政大臣闹一点绯闻而已。然而，当时的执政者们却不这么看，他们又动起了脑筋，打算让宣姜与已故太子伋子的幼弟卫昭伯结为夫妻。按照后世的利益考量来看，这个想法除却乱伦的丑行，于继承制度上也是不可取的。宣姜与卫昭伯都还年轻，仍旧可以生儿育女，如果生了儿子，那么极有可能成为卫惠公传嗣时的重大威胁。而卫昭伯是太子伋子的弟弟，一旦他有野心废年幼的惠公自立的话，会引来更多的宫廷血案。因此从这一层面上来看，逼迫卫昭伯与宣姜通婚会引来极大后患。对于这桩婚姻，卫昭伯起初不同意。我想他不同意的原因有二：一则是道德礼法，这个不必深谈；另一原因则更为直接，他也是夷姜的儿子，自己的母亲为何自杀他比谁都清楚。有这样的家恨在身，卫昭伯当然不可能欢欢喜喜地答应。然而，在齐僖公与卫国内政大臣的双重重压下，他被迫屈从。有趣的是，两人一共生了五个孩子，从这一点来看应该是夫妻和谐的。杀兄之恨与害母之仇就这样一笔勾销了？转变的契机是什么？是宣姜的美貌迷乱了他的心性？是她内心痛苦的剖白引发了他的同情？是长期的生活令两人找到了内心的慰藉，竟发现原来你才是我要等待的那个人？正所谓也许就因为要成全他们，一个国家倾覆了。“传奇里的倾国倾城的人大抵如此。”

宣姜真正做到了“一顾倾人城，再顾倾人国”。然而，在这一系列的故事里，宣姜始终是模糊的。我们从另一篇《君子偕老》中看到了她绝世的容貌却看不清她的心。就像史籍中的许多传奇女子，只有故事没有灵魂。在所有的激烈斗争与碰撞中，宣姜想些什么，感受了什么，如何转变，我们始终不知。如果新台丑闻可以让我们猜到她当时悲痛欲绝，那么《墙有茨》的政治压迫下她的第一反应又是什么？是高兴？因为终于嫁给了一个适合的同龄人，三十几岁不必守寡终老；是悲戚？又一次被命运欺压，却总是不能反抗，只能眼睁睁沦为牺牲品；

是麻木？卫宣公那老蛤蟆都忍了，卫昭伯还有什么不能忍的；是认同？父亲齐僖公的决策是对的，两害相权取其轻，这样会活得更安全，果然最爱自己的是爸爸！到底是什么，史籍保持沉默，我们也无从考据。只能庆幸他们的孩子个个出色，在国家陷于危难时挺身而出，挽大厦之将倾。而在《君子偕老》中被比喻为天女下凡的宣姜、那个被评为“邦之媛”的宣姜，却在后世两千年里被牢牢地钉在了耻辱柱上，成为旷世谈资。

展如之人兮：来自齐国的绝世容颜

岂其食鱼，必河之鲂？岂其取妻，必齐之姜？

此诗句出自《陈风》，名《衡门》。诗歌用反问来说明一个道理：难道吃鱼一定要吃鲂鱼？难道娶妻必定要娶齐姜？齐姜是齐国姜姓少女的统称。在春秋，姜姓是齐国国君之姓，姜姓少女嫁往各国的宫廷成为煊赫一时的人物。陈国诗人之所以要拿鲂鱼和齐姜作反问，原因必定是鲂鱼味美，齐姜貌美。就仿佛现代人问，吃好的就一定要大鱼大肉吗？就是这个道理。

以上是来自当时“外媒”的评价。卫风中另一首名为《硕人》的诗将对“齐姜”的描摹出神入化：

硕人其颀，衣锦褧衣。齐侯之子，卫侯之妻。东宫之妹，邢侯之姨，谭公维私。

手如柔荑，肤如凝脂，领如蝤蛴，齿如瓠犀，螓首蛾眉，巧笑倩兮，美目盼兮。

硕人敖敖，说于农郊。四牡有骄，朱幩镳镳。翟茀以朝。大夫夙退，无使君劳。

河水洋洋，北流活活。施罛濊濊，鳣鲔发发。葭菼揭揭，庶姜孽孽，庶士有朅。

“手如柔荑，肤如凝脂”不知被多少文人墨客用来夸赞美女；“巧笑倩兮，美目盼兮”则成为千古美人第一赞，旷世无出其右者。这千古一笑勾取后世多少慕名者的魂魄，引发多少遐思，引领几代文学审美。短短八个字中只有六个实字，然而画面鲜活生动，熠熠生辉。

这名女子是谁呢？正是卫庄公从齐国娶来的新娘，后世称之为庄姜。根据《左传》的记载，她是齐国太子得臣的妹妹，也就是齐前庄公之女。《左传》对她的外貌评价很简单，只用了一个“美”字。也许是编年体史书为了省字数，也许是《硕人》这首诗太有名了，怎么写也写不过它。不管怎样，《左传》的记述为诗歌提供了佐证和历史依据。庄姜不但美，且出身显赫，个人道德评价也较高，但比较遗憾的是她无子，性格也孤高。虽然貌美，但很快失宠，一生孤寂无依。

先让我们看看她有多高贵。全诗一开篇就告诉我们她的身份。她的穿着是华美的，她的姻亲关系是复杂但血统高贵的：齐国国君是她的父亲，卫国国君是她的丈夫，齐国太子是她的兄长，邢国国君和谭国国君都是她的姐夫。这样的出身耀目至极。而在生产力极其低下的年代，也只有高等出身的女子才有能力和精力打扮自己、保养自己。即使庄姜相貌平凡，华服美饰也足可以令她压倒一众平头百姓家的女子。所以，这一连串的报名号也从一个侧面证明了她的美。那么，她的形体特征如何呢？够得上美女吗？春秋时代中原对美女的定义又是什么样的呢？

“硕人其颀”告诉我们一个整体的庄姜的轮廓：她的身材是高大的，这也就是为什么称她为硕人的原因。“硕人”一词在春秋时代也是美人的代名词。从这里我们可以看出，齐国的美女标准首先是身材高，而非娇小。我想这有两个原因：一方面齐国地处今山东一带，也许是地理和气候的原因，这一带的人普遍身材较高，据说孔子有接近两米的身高。因此，身材修长的女子被这一带的人视为美是正常的。而另一个原因是，春秋时期医疗水平落后，死亡率也很高，身体弱小的人比较容易夭折，病态不是美，因为人一旦生病可能面临着快速死亡，而死相是很难看的。

外形描述完成之后，具体的细节描述开始了：

手如柔荑，肤如凝脂，领如蝤蛴，齿如瓠犀，螓首蛾眉，巧笑倩兮，美目盼兮。

手像春天里白茅生出的嫩芽那样柔嫩，肌肤像凝脂那样洁白光润；脖子像天牛的幼虫那样又长又白，牙齿像瓠瓜子那样整齐洁白，额头饱满，眉毛弯弯；笑得那么好看，眸子顾盼生辉，迷人极了。这样一套描述下来，庄姜的形象已经十分鲜活了。如今，尽管比喻的客体改变了，但我们对美女的审美是没有改变的。后世形容美女的手不再用柔荑，改用纤纤玉指，形容手指为葱管，但给人的形象感和质感却是相同的。白皮肤则更是千古美谈，所谓“一白遮百丑”，看看今天的护肤品里有多少是美白产品就知道了。长脖子、齐牙齿、宽额头与弯眉毛则将美女的形象定格并保留到今天。硕人这一整体形象作为女性审美的标准依然没有过时，高挑细长的美女仍受到广泛欢迎。

《硕人》的流传千古让我们永远记住了庄姜的样貌，记住了对美女的审美特征。我们已经觉得庄姜很美了，但卫风里的另一篇诗歌告诉我们还有比她更美的女人。她是谁呢？怎么个美法？怎么会比千古美人还要美？

她就是前面说的宣姜。说卫国道卫国，卫国逃不开卫宣姜。卫宣公见色起意霸占了她，那么宣姜一定是非常美了。如何美法？《鄘风·君子偕老》一篇中将她比作天女下凡。庄姜那么美也没有脱离尘世，宣姜却美成了天仙，那她究竟有多美？

君子偕老，副笄六珈。委委佗佗，如山如河，象服是宜。子之不淑，云如之何？

玼兮玼兮，其之翟也。鬒发如云，不屑髢也；玉之瑱也，象之揥也，扬且之皙也。胡然而天也？胡然而帝也？

瑳兮瑳兮，其之展也。蒙彼绉絺，是绁袢也。子之清扬，扬且之颜也。展如之人兮，邦之媛也！

与《硕人》中简单的“衣锦褧衣”不同，《君子偕老》大量描绘了宣姜的服饰。“副笄六珈”是宣姜头上佩戴的首饰，有点类似后来的步摇；“象服是宜”是宣姜身上的服装，镶有珠宝，绘有花纹；“玉之瑱也，象之揥也”又回到发饰上，都是名贵头饰；“瑳兮瑳兮，其之展也。蒙彼绉絺，是绁袢也”，再次回到华美的服装。想象一下满头珠翠身披锦衣的妙龄女郎，雍容华贵，珠光宝气。然而这些还不够，对宣姜的容貌，诗中也有描绘。“鬒发如云，不屑髢也。”古人为了将发髻梳得高挑华美并可以插戴沉重的头饰，常常要戴假发。春秋时期已经有了做工很好的假发，“髢（dì）”就是假发的意思。然而这样司空见惯的辅助物宣姜根本不需使用。她自己的头发又多又好，可以梳成漂亮的发髻，插戴各种头饰，还要那赝品做什么？这里似乎可以窥见宣姜对自身优势的自信和骄傲。“扬且之皙也”说她额头宽广白皙，与庄姜相似。“子之清扬，扬且之颜也”也与庄姜相似，眼睛漂亮，面目姣好。然而接下来作者的赞誉猛地上了一个台阶：“胡然而天也？胡然而帝也？”“展如之人兮，邦之媛也！”

前一句将宣姜比作天仙，后一句夸赞她是邦国美女，简直就是天下第一美人，再没有比她更美的了。将美女比作天女下凡，《君子偕老》首开先河，当为后世诗词创作之祖，完成了一次文学意象的递进。而“邦之媛也”则没有被后世所采纳，为什么？原因就出在这首诗中。

把宣姜夸得这么美，是像夸赞庄姜一样吗？不是的，诗人是在讽刺宣姜，整个诗作看似眼花缭乱，其实却是一篇讽喻。

宣姜的名声在卫国是可想而知的，讽刺她及相关人和事的诗作已成为卫风中的独立主题，俨然自成一派。《君子偕老》也是讽刺诗，讽刺的是她美若天仙却道德败坏，为后世对漂亮女人的偏见开了头。通篇读下来，妖娆妩媚的宣姜仿佛就站在眼前，手上沾有卫国人的鲜血，甚至害死了自己的亲生儿子，后来的亡国之根源也起于她。总之，一切罪孽都推给了宣姜。所谓的“邦之媛也”并非真的在夸她，而是在讽刺她，笑骂她。后世眼中的这位“邦之媛”就是彻头彻尾的祸水，一个女人要是美到“邦之媛”的程度，这个国家就离亡国不远了。

庄姜与宣姜，都是齐国的女人，身世皆不幸，一个守活寡，一个嫁了三个男人（太子伋子是订婚）。按照传统观念，守贞的女人有德，德反衬外貌之美，是为真正的美。不重贞洁的女人则被视为无德，无德会伤损外貌，美也不美。卫风里的一褒一贬让我们看到了从古至今不变的视觉审美和伪变化的道德审美。这正是：

非我红颜甘为虎，笑他须眉自作伥。
不信史籍翻不尽，岂独庄姜与宣姜。

伋子之殇

宣姜的故事里，受伤最深却最容易被忽略的人是太子伋子。

根据《左传》的记载，太子伋子的出生就带着悲剧的意味。他的生母原本是卫庄公的侍妾，史籍里称夷姜。从这个名字来看，她虽也姓姜，却并非来自姜姓中最强霸的齐国。晁福林在《春秋战国的社会变迁》一书中考证她来自夷国。但这一说法也存在争议，因为根据史籍记载，夷国的国姓为妘，不是姜。因夷姜只是史书里一带而过的小角色，所以并没有更多记载可以用来查证她的出身。《左传》记载，卫庄公在世时较喜爱来自陈国的厉妫和戴妫两姐妹，连庄姜都不放在眼里。可见夷姜是几乎没有存在感的。诸侯居住的宫中除了国君还有诸公子，国君冷落的人公子们未必不以为意。于是，夷姜便与公子晋暗通款曲并最终生下了儿子，取名伋子，也称急子。

从《左传》的记载可以得知，公子晋继位前生活在邢国，至于原因则不得而知。卫庄公死后传位儿子桓公，而他的另一个儿子州吁弑君夺位，造成了卫国的内乱。州吁不得民心而被杀，公子晋这才被国人接回继位，也就是卫宣公。卫宣公做了国君，伋子就被立为太子，太子是要娶妻的，宣姜便来到了齐国。

之后发生的事情已在前几节中做了大致的讲述，太子伋子非但没有因荣升太子而获得福祉，反倒因此而不断被卷入争斗和纠纷。他人生的终点，也是他一生中最闪亮的那一刻，被永恒地定格在了卫风之中，这就是《二子乘舟》：

二子乘舟，泛泛其景。愿言思子，中心养养。

二子乘舟，泛泛其逝。愿言思子，不瑕有害。

关于此诗与太子伋子相关的说法，最早来自于《毛诗序》，“思伋、寿也。卫宣公之二子争相为死，国人伤而思之，作是诗也。”《毛诗序》的确附会较多，因没有足够的证据，确实无法保证这首诗的主旨可以脱去附会之嫌。但细读两段的描写，联想太子伋子死前的那些动人的故事，又何必执着于诗歌创作的原始意图呢?

全诗的意象简单而明晰：两个男子乘舟渡河，水波中倒映着依依人影。小船渐行渐远，最终消失在远方。诗人似乎站在岸边送别，抑或是遥想着这样一番离别的情景，心中波澜起伏，感触极深。

从地理位置上看，从卫国赴齐国，路上要渡过黄河。诗人是站在滔滔水岸边遥想这悲情的一幕吧?

说《二子乘舟》是太子伋子人生中的最后一幕，其实也非空穴来风。关于太子伋子之死，《左传》中是这样的记载的：

宣姜与公子朔构急子。公使诸齐，使盗待诸莘，将杀之。寿子告之，使行。不可，曰：“弃父之命，恶用子矣！有无父之国则可也。”及行，饮以酒，寿子载其旌以先，盗杀之。急子至，曰：“我之求也，此何罪?请杀我乎！”又杀之。二公子故怨惠公。

宣姜与小儿子公子朔在卫宣公面前说太子伋子的坏话。卫宣公早已因抢占儿媳而不满太子，加之宣姜又连生两子，卫宣公便生出了杀子之心。卫宣公可谓薄情寡义，心狠手辣，施计骗长子去齐国，欲派杀手将其在路上暗杀。这个计划被宣姜的长子公子寿得知。偏偏公子寿与太子伋子是好兄弟，于是私下向太子透露了这个秘密，并劝长兄逃离。然而，公子寿固然善良却并不能真正挽救长兄。太子伋子拒绝了弟弟的劝告，并说如果要违背父亲的命令，只有在没有父亲的国家方可施行。世上有无父之国吗? 当然没有，所以对太子伋子而言，世间唯有死路一条，再无逃脱之所。所说之言何其悲哉！他的遭遇又令我们想起春秋时代另一位著名的太子——晋献公太子申生。

申生死于骊姬之乱，是被骊姬和晋献公以相似手段迫害而死的。申生原比伋子幸运，他常年征伐在外，手下有一众追随者，都愿跟随他出生入死。申生为人仁厚，在公室中口碑极佳，若反抗将一呼百应。可是当有人劝他去别国避难时，他说了这样一番话：

吾君老矣，非骊姬，寝不安，食不甘。即辞之，君且怒之。不可……被此恶名以出，人谁内我？我自杀耳。（史记·晋世家）

“被此恶名以出，人谁内我？”申生在人生最后一刻发出了绝望的一问，他的话与伋子的是同一道理。天下之人皆有父亲，也因此皆不会怜悯我。而我失去道德的支撑，也将失去生存的意义。也许我们会说伋子和申生都是迂腐而懦弱的，但换一个角度看，他们除了受害于父亲和庶母，也同样受害于所处社会的道德标准和礼制束缚。诚然春秋是个“礼崩乐坏”的时代，但“礼崩乐坏”也有一个较为漫长的过程。伋子所处的时代是春秋早期，五霸尚未登场，天子仍有威严。旧的礼法在崩塌，但仍有人在坚持。伋子是长子，天然负有协助父亲维护一家一国的使命感和责任感。他忠厚、仁爱、懦弱，他是旧时代分崩离希前最后的殉道者之一。无论如何，他完美地承担了自己的责任，守住了那份坚持。

而这坚持中更令人动容的是对弟弟的爱与义。公子寿虽是他的潜在威胁，他却尽到了长兄的责任。公子寿既然违背父母之意来向他告密，一定是平素与长兄关系甚密，早已被长兄仁厚的性情感染，追随着做一个有情有义的人。当长兄拒绝他的提议后，他为了长兄慷慨赴死，这份兄弟之义实乃人间至真。当太子伋子发现了弟弟代他被杀，早已失去生命意义的他从容选择一同赴死。父亲的毒辣是他一生的伤痛，而弟弟的情义则是伤痛中最后的温暖。

宣姜曾是伋子的未婚妻，为何不念旧情，执意要他的命？比较明显的缘由是宣姜已生下两个儿子。此时的她不再是新台里为不幸遭遇而悲叹垂泪的少妇，而是已蜕变为谋生存求发展的国君夫人。曾经有望与她温存一世的太子伋子，眼下正是她坐稳国君夫人宝座的绊脚石。他的生母因她自杀，他岂能放过他们母子？今日忍辱吞下的苦果，将来都会报在他们身上。宣姜有理由这样想，虽然她曾是受害者，但她毕竟是悲剧制造的参与者。从利益层面而言，不管太子伋子口碑多好，表现得多么仁爱忠孝，客观上都是威胁。知人知面不知心，就算他的表现都是真诚的，也难保不为格局利益受人挑唆。宣姜是倔强的，韧性十足的。她不甘于被摆布，要为自己争权利，争活下去的权利。

我想宣姜原本的打算是扶公子寿上位。却不想事情的发展超出预料，最终让小儿子捡了个便宜，登上了国君的宝座。宣姜的心痛过吗？一定会有吧？只是此生心痛已然太多，心已死过千遍万遍，当身份从太子妃转变成国君夫人时，她就已然不是从前的那个人了吧？

伋子死了，寿也死了，紧跟着卫宣公也离开人世。公子朔顺利继位，可他的国君之位却难坐安稳。夷姜的二儿子黔牟为兄报仇，赶走了卫惠公自立，卫国再度陷入争权的混乱局面。国君公子们斗得热火朝天，却都未注意到东方的齐国正日益强大，而身为文王之后的卫国却在日渐衰落，随着周天子的威严一起沉沦。

卫国再没有第二个伋子，他所坚持并为之牺牲的信仰已然崩溃。

行殿幽兰悲夜火，故都乔木泣秋风

清代文史学家赵翼曾有一首七言律诗名为《题遗山诗》。其人其诗虽不甚著名，然诗中尾联却名传史册，常被人引用：

身阅兴亡浩劫空，两朝文献一衰翁。
无官未害餐周粟，有史深愁失楚弓。
行殿幽兰悲夜火，故都乔木泣秋风。
国家不幸诗家幸，赋到沧桑句便工。

以诗叹国家兴亡，《诗经》为起始。从《国风》到《小雅》，慨叹之作不绝，亦有流传千古者。但其中有一首别致之作，名为《载驰》，于诸诗中别开一番天地，自藏一缕悲凉。

《载驰》之与众不同，首先在其作者，其作者为谁？《左传·闵公二年》是这样记载的：

初，惠公之即位也少，齐人使昭伯烝于宣姜，不可，强之。生齐子、戴公、文公、宋桓夫人、许穆夫人。文公为卫之多患也，先适齐。及败，宋桓公逆诸河，宵济。卫之遗民男女七百有三十人，益之以共，滕之民为五千人，立戴公以庐于曹。许穆夫人赋《载驰》。齐侯使公子无亏帅车三百乘、甲士三千人以戍曹。归公乘马，祭服五称，牛羊豕鸡狗皆三百，与门材。归夫人鱼轩，重锦三十两。

许穆夫人是春秋时代一名响当当的女子，然而她的身世比较复杂。她生于卫国，母亲就是历史上有名的卫宣姜。宣姜是个身世悲惨却在历史上不甘寂寞的女子，她的生平前文已有叙述。卫宣公死后，宣姜与卫宣公之子卫昭伯结合，并生下五个子女，许穆夫人便是其中最小的女儿。生长在这样混乱不堪的家庭，面对昏庸无能的国君和江河日下的国事，对祖国怀有热忱的许穆夫人一生都活在忧虑和痛苦之中。她传世的《载驰》也尽述其忧愤的爱国情思，传为诗坛佳话。

载驰载驱，归唁卫侯。驱马悠悠，言至于漕。大夫跋涉，我心则忧。

既不我嘉，不能旋反。视尔不臧，我思不远。

既不我嘉，不能旋济？视尔不臧，我思不閟。

陟彼阿丘，言采其蝱。女子善怀，亦各有行。许人尤之，众稚且狂。

我行其野，芃芃其麦。控于大邦，谁因谁极。大夫君子，无我有尤。百尔所思，不如我所之。

卫国为周文王之后封国，可谓周室宗亲。地理位置近于天子之都，北有邢国，东有鲁国，南有郑国。如此良地，何以亡国？《左传·闵公二年》与《史记·卫康叔世家》对此皆有记载：

冬十二月，狄人伐卫。卫懿公好鹤，鹤有乘轩者。将战，国人受甲者皆曰："使鹤，鹤实有禄位，余焉能战！"……狄入卫，遂从之，又败诸河。（左传·闵公二年）

懿公即位，好鹤，淫乐奢侈。九年，翟伐卫，卫懿公欲发兵，兵或畔。大臣言曰："君好鹤，鹤可令击翟。"翟于是遂入，杀懿公。（史记·卫康叔世家）

卫懿公为惠公之子，从史料记载来看，为人荒淫无度，误国害己。狄人为当时的少数民族，分赤狄、白狄和长狄三种。其中长狄"主要散居于当时的鲁、齐、宋、卫之间。"（孙庆伟《最雅的中国》）依此看，攻入卫国的狄人应该是长狄。许穆夫人与卫懿公的亲属关系比较复杂。卫懿公乃宣姜之孙，惠公之子，如此说来，从母亲一方论，许穆夫人是姑姑。然而宣姜后再嫁卫昭伯，而卫昭伯是卫惠公的异母兄，那么从父亲一方论，许穆夫人就是堂妹了。许穆夫人名不详，许穆是其夫许穆公的谥号。许国弱小，在卫国遭遇亡国时不敢出手营救。在许国听说家国变故后，许穆夫人驾车赶回祖国，却在半路遭遇许国人的拦截，悲愤之下写长诗以咏怀。

许穆夫人是个有远见的人。据《列女传》记载，在未出嫁时，齐桓公与许穆公同来求婚。她敏锐地感知到卫国的悲音，考虑将来若遭遇不测卫国恐怕不能应对，她希望嫁往齐国，从而借两国联姻的契机使卫国得到保护。然而卫懿公没有听从她的建议，还是将她嫁到了许国，果然卫国遭难，许国怕受牵连不敢出手。又怕许穆夫人回到卫国会给许国带来麻烦，追赶她到漕地（言至于漕），试图阻止她。卫国的愚蠢、荒淫和许国的弱小、胆怯，在许穆夫人的生活与诗作中得到了淋漓尽致的体现。

虽然生于荒淫无道的卫国宫廷，但许穆夫人对卫国却有着深沉的爱与眷恋。她的诗作里没有出现讽刺卫国宫廷的内容。也许作为当事人，她比任何人都清楚母亲的苦楚，也一定程度上理解生父在政治内斗中的身不由己。她身为“丑角”的后代，对人性的丑恶保留了相当程度的宽容。也许她在成长中受到了较好的保护和对待，也许她受到的教育让她内心深处保留了最原始的爱国情怀。无论如何，许穆夫人的举动与情感都令人钦佩，巾帼胜于须眉。

齐桓公出手救助卫国，扶立新君文公，卫民最终得以重建家园。然而，许穆夫人人生中痛苦的另一极——许国则永远以卑小的姿态留在了她的诗作中。“许人尤之，众稚且狂”是许穆夫人对许国的评价，也令这个不详于史册的小国留下了永久的污点。许国求婚于卫，想必是想通过联姻得到卫国的庇佑。只是没想到卫国崩溃在前，让许国打空了算盘。卫国的亡国对许国是一个震慑。许国弱小求苟安，心理上难免自私凉薄，虽令人不齿，但合乎情理和逻辑。许国没有能力拯救卫国，许穆公清楚，许国大臣也清楚，只有许穆夫人想不通这个道理。她当初本无意归许，然而在现实面前她又不得不寄希望于许国的援手。“众稚且狂”既是她在悲愤下对许人的责难，另一角度看也体现了她一贯以卫国利益为出发点，因而在矛盾激化时做出利于己方的判断。听来固然凉薄，但不能忽略许穆夫人的婚姻本身就是一场政治交易而非出于情爱。许穆夫人主动建议归齐的理由也绝非恋慕齐桓公的才干，完全是出于政治上利己的考量。“百尔所思，不如我所之”是她对许国的嘲弄和鄙薄。许穆夫人的悲剧在于她的生不逢时和身不由己。她是优秀的、超群的，而她的美好品质却促成了她悲剧的人生。我们站在历史长河这一边看许国，能够抱有一些客观的谅解，但她不能。她的出身和思想注定她不能抽离世外，不能逃脱历史赋予她的痛苦和悲剧。作为历史的见证者，她最终在忧愤中早早离开了人世。

除《载驰》外，《卫风》中的《竹竿》亦极似许穆夫人的口吻。虽然未有史料证明其确为许穆夫人之作，然而其文采与情感都带着浓浓的许穆夫人的风格。即便此诗非其所作，倘若是卫国出嫁的其他女子，亦可见卫国女子所受教育之不凡：

籊籊竹竿，以钓于淇。岂不尔思？远莫致之。
泉源在左，淇水在右。女子有行，远兄弟父母。
淇水在右，泉源在左。巧笑之瑳，佩玉之傩。
淇水滺滺，桧楫松舟。驾言出游，以写我忧。

《竹竿》诗风沉郁，哀而不伤，没有《载驰》的激烈对冲，诗中所呈现的画面宛若天成。悠悠流淌的淇水是卫国人生命的起源和主宰，在卫国人心中享有不可替代的地位，在卫风的多首诗篇中均有提及。著名的《淇奥》就是以淇水边的竹林起兴，咏唱君子的美德。而《氓》中那一对男女冤家则是隔着淇水相望相恋，故事结尾女子遭到抛弃返回家园时又是乘车渡过淇水。《竹竿》中的淇水则与前两首在意境上存在差别，呈现在我们眼前的是一幅静的画面：许穆夫人独自坐着轻舟行于淇水之上，或许心中低低回荡起辉煌绚烂的《淇奥》，渴望卫国再出一位“如切如磋，如琢如磨”的贤君，让卫国重新崛起。“岂不尔思？远莫致之”，令人想起《古诗十九首》中的“馨香盈怀袖，路远莫致之”（《庭中有奇树》），可见对后世创作的影响。而“巧笑之瑳，佩玉之傩”一句，用洁白无瑕的美玉来形容微笑时露出的牙齿，进一步描绘微笑之美，再以佩玉的婀娜姿态来反衬人物美好的仪态，其文辞虽简，却不逊于《硕人》中对人物的描写。方玉润评价：“仙意姗姗，风韵欲绝。”十分精准。

赵翼那句“国家不幸诗家幸”道出多少沉沦往事！以国家之亡而育诗人之兴，于国有悲，于人则苦。然而国家兴亡却成了中国诗人的催化剂，更是中国古典诗词的第一大主题。家国沦丧，无论男女，皆不能免于战火凄怆。《诗经》中咏叹国家兴亡之作虽多，却多半是缅怀衰落的周王室的。许穆夫人文辞风格鲜明，诗作主题不落悯怀宗周之俗套，虽出女子之手，同代男儿实鲜有可与之比肩者。

硕人俣俣，绿竹猗猗：能文能舞的卫国汉子

《硕人》与《君子偕老》让我们看到了传承到今天的对女性的中国传统审美方式。《简兮》与《淇奥》则为我们详细生动地展现了那个年代美男子的身姿。

> 简兮简兮，方将万舞。日之方中，在前上处。
> 硕人俣俣，公庭万舞。有力如虎，执辔如组。
> 左手执籥，右手秉翟。赫如渥赭，公言锡爵。
> 山有榛，隰有苓。云谁之思？西方美人。彼美人兮，西方之人兮。
>
> （邶风 · 简兮）

《简兮》的描写方式与《诗经》的大多诗篇不同，没有以物起兴，而是先闻其声再见其人。当我们听到咚咚鼓声之后，镜头推进，将视线引入高大的殿宇，一名男性舞者站在大殿中央。他的样貌如何？“硕人俣俣”告诉我们他高大健美。“俣俣”是挺拔健美的意思。那么“硕人”呢？在诗篇《硕人》里我们看到的明明是一位绝世美女，怎么这里又用到硕人？在先秦的语言里，“硕人”如同“美人”，是男女通用的，可指男子，也可形容女子，具体是男是女要看全篇所表达的方式和赋予的情感。因此，许多诗篇对被歌咏的对象会有双重解释，比如《陈风》的《泽陂》就是一例。除非出现“淑姬”“淑女”“邦之媛”这类一目了然的词汇，我们都需要仔细阅读全诗才可判断。

舞师开始舞动身姿了！他强壮威武，手里握着缰绳。他左手拿着笛子，右手挥动野鸡的尾羽，脸红扑扑的。舞师的舞蹈是先秦时代比较流行的万舞。先秦的舞蹈对现代人来说已经很陌生了，因此不是特

别容易想象这是怎样一种动作。万舞分武舞与文舞，手持缰绳是武舞，手执乐器和尾羽是文舞。这种舞蹈在大型祭祀场合也常常会看到，比如《商颂·那》中描写的就是万舞。舞师的舞蹈展现的是一种力量美，表现的是男子的阳刚之气。

我们已经从《硕人》和《君子偕老》中看到，对人体美的赞颂不能只停留于对人体器官的表面描述，还要有升华，在更高层面上将这种美意象化。《简兮》同样如此，但诗人的做法更加巧妙：

山有榛，隰有苓。云谁之思？西方美人。彼美人兮，西方之人兮。

起兴这一诗经六艺中的重要手法出现了。“山有 x，隰有 x”是诗经中常用的一种起兴。最有名的要数“山有扶苏，隰有荷华”，也可看出先秦时期中原地带最常见的原生态地貌。回到《简兮》，在短短的起兴之后，来了一句自问自答：想谁呢？想美男呢！那个美男哟！西方来的人哟！我们可以看到这里面突然发生了一个变化，对舞师的描述方式突然间变了。前文是白描，好像一个记者在现场播报，末句告诉我们国君赐他一杯酒为奖赏，似乎整个报道就结束了。但突然间随着起兴的运用，后文变成了抒情，成了一个女子对舞师的思慕。好像报道者现场随机采访了一位观众席上的女子，她兴奋地表达着赞赏和倾慕。读起来似乎转变过快，连唱诵人都变了。有一种说法，最末一句原本是残篇，和前文不搭，但整理时残篇不好入集，就把两篇归为同一首诗了。尽管如此，这仍然可看作是经典的结尾。直抒胸臆的表达中所呈现的舞者洒脱的动作与身影令人迷醉。大开大合的语句运用，宛如热烈喧腾的场面吹来一缕清风，大汗淋漓、头晕脑热之时，顿觉神清气爽。此外，长短句的使用摆脱了整齐句式的呆板和拘泥，增添了错落昂扬的美感。仿佛终于可以不再规规矩矩、缩手缩脚，而可以自由自在地恣意一番了。最后，视线转换，从舞师身上转向大殿里观看他的某位少女（也有一种说法是一同跳舞的女伴），我们看到了她掩藏不住的笑容，含羞带臊，遐思翩翩。舞者此刻不仅在大殿中央，更在少女的瞳孔之中。因为少女的爱慕，健美的舞者变得更美了。

健壮有力的男性展现了阳刚之美，我相信在先秦时代，这是审美的一种主流。能干的汉子是抢手的，柔嫩的少年则不大受欢迎。这种审美并不仅仅局限于中下阶层，从《郑风》中的《叔于田》和《大叔于田》中，我们可以看到贵族男子也同样以阳刚为美。然而，说到贵族男子，仅有外表美是不够的。正如贵族女子不能仅仅以美丰仪为己任，德行才是检验贵族阶层之审美的高级标准。那么先秦时代的贵族男子的道德美又是什么样子呢？《淇奥》为我们做了很好的解答：

瞻彼淇奥，绿竹猗猗。有匪君子，如切如磋，如琢如磨。瑟兮僩兮，赫兮咺兮。有匪君子，终不可谖兮。

瞻彼淇奥，绿竹青青。有匪君子，充耳琇莹，会弁如星。瑟兮僩兮，赫兮咺兮。有匪君子，终不可谖兮。

瞻彼淇奥，绿竹如箦。有匪君子，如金如锡，如圭如璧。宽兮绰兮，猗重较兮。善戏谑兮，不为虐兮。

读起来并不陌生，也不算完全的晦涩。爱好文艺的少女们谁没念过“瞻彼淇奥，绿竹猗猗。有匪君子，如切如磋，如琢如磨？”奥（yù）是水边的弯曲之地，淇就是淇水。这条河在卫风中太有名了，其出现和歌咏的频率要盖过举世闻名的黄河（凡诗中提到“河水”一词均指黄河，参见《新台》和《硕人》）。爱国女诗人借淇水咏叹，被抛弃的妇女借淇水控诉，而道德高尚、容颜俊美的公侯住在哪里呢？自然是距离淇水不远的地方，与青青修竹为伴，以无瑕美玉为友，视勤政爱民为己任。

还记得在鲁国听唱《诗》的吴公子札吗？“美哉”一词被吴公子用了好几次，在分别评价各国的诗篇时，听起来空洞乏味缺少针对性。然而，形容卫风的修辞与审美，这两个字又太贴切了。从《硕人》与《君子偕老》中我们已经领略了卫风的优美雅丽，其词汇量的丰富和运用之灵活是其他国风所不能比拟的。此外，吴国公子还说“武公之德如是”，传统上认为，武公就是《淇奥》一诗所咏唱的男主角。

卫国向来被讽刺为荒淫，然而卫国并非从来如此。《史记·卫康叔世家》载：“武公即位，修康叔之政，百姓和集。四十二年，犬戎杀周幽王，武公将兵往佐周平戎，甚有功，周平王命武公为公。五十五年，卒，子庄公扬立。”卫武公是卫宣公的祖父，据记载“年九十有五，犹箴儆于国……有文章而能听劝谏，以礼自防也……卫之他君，盖无足以及此者。”（朱熹《诗经集传》）在从前，卫国也有过令人爱戴的君主，他清廉勤政，曾经担任过周平王的卿士，是位终生得到美誉的好男子。他的德音福泽后世、传唱不衰。

人们是如何赞颂武公的呢？全诗三段，分别以绿竹起兴。以竹喻君子，开创文学先河，又被后人不断丰满其意象，直到今天也没有中断。我们眼中的浊世翩翩佳公子，无论是外形抑或是内涵品行，都可以与绿竹相提并论。只是在后世的比喻中，这些佳公子倒未必一定是贵族了，高洁的文士或风流的侠客都可以划入此列。回到这首诗，唱罢绿竹，诗人又唱道：“有匪君子，如切如磋，如琢如磨。”这一句传承也很广，今天依然在用。意思是君子像玉器或先秦时代的石骨器，经过打磨，有修养，道德品质高尚。后面一句比较晦涩，因为好多字已经废弃了，总结起来也很简单，就是赞扬他气度不凡、天姿贵重，令人不能忘怀。第二段与第一段略有不同，中间形容君子高洁的那几句换成形容他的外貌。“充耳琇莹，会弁如星”是贵族男子的打扮，是比较具象的描写，与《君子偕老》中女性服饰的描写手法是相同的。卫风对玉器的描写丰富了诗的词汇，仅描绘装饰性的宝石我们就看到了“六珈”“玼”“瑱”“瑳”“琇莹”等，更不要忘记《卫风·木瓜》中的“琼琚”“琼瑶”和“琼玖”，光华夺目、美不胜收。卫国人并没有仅仅停留在器物的描述上，而是将这些词语进一步丰富，结合人性美好的一面加以深化。比如前文提到的许穆夫人在《竹竿》中的“巧笑之瑳，佩玉之傩”，以玉之华美比喻人之神态；再比如“投我以木桃，报之以琼瑶”，以美玉比喻人与人之间的感恩和信任。玉在《淇奥》中达到了最高层次的解读与发挥，人类一切的美好都可以以玉为化身而得到完美体现。诗歌第三段，在以同样手法赞颂君子之后，诗人又列举了君子之德：“善戏谑兮，不为虐兮。”君子懂得适当幽默，温文尔雅绝不残虐。

如此美好的男子，难怪当代有人拿它当爱情诗来读。如果把这看作未来伴侣的标准，大概也是在情理之中吧？中国传统审美中对男性的最高赞誉，《淇奥》一篇全部概括了。“如切如磋，如琢如磨”，与《硕人》的“巧笑倩兮，美目盼兮”，是先人留下的两幅绝世画作，也为后世的文艺表述勾画了轮廓。

淫声多解

在古代，淫的意思大体上分为两类：一类指过度，另一类就是我们仍在普遍使用的有关于男女关系方面的贬义词。过度应该是淫字的原始意义，较多地出现在先秦文献和典籍中。关于男女关系的使用当是过度一义的延伸。因为当我们斥责男女间关系混乱时，通常有指责当事人过度或过分浸染了这种关系的意味。

自汉代中后期开始，官方学术思想受儒家影响呈现一种保守的姿态。这导致学者们在解读先秦文学典籍时也戴上了有色眼镜。于是,《诗经》中那些大胆描写爱情的诗篇多半被打上了“淫”的烙印。其中最为人诟病的就是卫风和郑风，即“郑卫之声”。

其实这一概念原始是将以雅颂为代表的庙堂之音与以郑卫为代表的地方流行音乐相对立而言。因为《诗经》的篇章在先秦时代都是配乐歌唱的，那么乐曲在当时的地位则比词更为重要。孔子喜听庙堂之音，并将之与周之德化相提并论，自然对热烈表达个人情感、描述欢爱细节的地方流行音乐有所微词。在他眼中，男女间的关系要遵循一定的礼仪规范并达到精神共融的完美境界，具体表现在文辞中则要着重克制精神诉求。故《关雎》以其文雅的修辞、审慎克制的情感表达、缺乏现实生活细节描述的描写方式，理所当然地得到了孔子的赞誉。

但在卫国和郑国，由于特定的政治环境和社会氛围的影响，显然人们更注重现实的表达，情感上也更加务实。有时稍欠典雅，但真挚度却不容置疑，反倒更给人以淋漓畅快之感。

如果按照儒家的眼光来衡量，我觉得卫地诗篇中真正可以称为“淫”的应该是《桑中》：

爰采唐矣？沬之乡矣。云谁之思？美孟姜矣。期我乎桑中，要我乎上宫，送我乎淇之上矣。

爰采麦矣？沬之北矣。云谁之思？美孟弋矣。期我乎桑中，要我乎上宫，送我乎淇之上矣。

爰采葑矣？沬之东矣。云谁之思？美孟庸矣。期我乎桑中，要我乎上宫，送我乎淇之上矣。

《毛诗序》果然没有放过它，给予了相当严肃的批评："刺奔也。卫之公室淫乱，男女相奔，至于世族在位，相窃妻妾，期于幽远，政散民流而不可止。"想必是宣姜的故事太有名，令后人受到了相当的刺激，留下了不可磨灭的印象。导致解读一首情诗时也要联想到那段混乱的往事。朱熹认为《毛诗序》的说法源自《乐记》一书中的这样一段话："郑、卫之音，乱世之音也，比于慢矣。桑间濮上之音，亡国之音也。其政散，其民流，诬上行私而不可止也。"按朱熹的解释，"桑间"就是《桑中》。如此说来，《桑中》简直罪过不小，唱出了卫国亡国的序曲。然而，从宏观的卫国历史来看，卫国的灭亡相当之晚。虽然土地不断被蚕食，国力越来越弱，但直到战国晚期，大侠荆轲依然曾寄希望于国君卫元君，可见卫国寿命之长。此时，曾与卫国一起叱咤春秋初年的鲁、宋、郑等皆已亡国，齐国也早已换了新主。后卫国先并入魏，最终亡于秦，显然不是被《桑中》唱衰的。

那么，《桑中》究竟唱了些什么呢？

其实非常简单，就是男子在河边和心爱的女子约会的事。但简单中也存在着复杂，究竟有几个男子？

全诗三段中，我们发现里面提到了三个姑娘的名字，分别是孟姜、孟弋、孟庸。孟不是姓氏，而是排行，即老大。姜、弋、庸才是姓氏，分别代表三位美丽女郎来自的家族。根据朱熹的说法，弋就是姒，这是一个上古大姓，也就是贵族之姓；姜姓更不必说，是齐国、申国、纪国、许国等国公族的大姓，尊贵非凡；庸姓难以考证，但能与前两姓相提并论，想必也是不俗，也许是当地大家族的姓氏。三位贵族女子分别来到沬这个地方与青年男子约会，又同在桑中、上宫等地与心上人悠游，最后在淇水边送别。可见这三位女郎都是勇于追求、全情投入的人，对待爱情毫不马虎，态度令人感佩。在今人看来，这是青年人面对爱情的常态，也许在春秋早期同样为人称道或视之为平常之举，但在汉代经学家的眼中却成了“淫”的举动。而他们的理由总是与当时卫国公室的大历史背景相联系，却丝毫未着眼于文本本身。那么又回到方才的问题，诗中歌唱的男子究竟有几人？

之所以纠结于此，是因为它影响到以今人之眼光重读此诗时，它是否仍有“淫”的色彩。在我看来，这取决于男子的数目。

方玉润在评价此诗时，似认为男子有三人：“三人、三地、三物，各章所咏不同，而所期、所要、所送之地则一，章法板中寓活。”当然，他所说的三人也极有可能是指诗中的三位姑娘。如果与姑娘约会的男子也是不同的三个人，那么这只是一首描写男女约会的普通爱情诗，以不同人的口吻唱出，并没有什么特别之处。与此手法类似的还有《王风》中的《丘中有麻》，在后文中还会专文提到。也许这三名青年男子是朋友，又或是兄弟。他们分别与心上人在相同的地点约会，归来后心情愉悦，相互交流，虽有炫耀之嫌，但源自真情，倒也并不算出格。

但如果所有文辞都出自一人之口呢？那么即使以今人开放的眼光，似乎也并不那么值得肯定了。

一个青年男子，在同一地点，于不同时间，约会不同家族的青年女子，且与她们都有着超出普通关系的男女交往，这恐怕就不能令人欢喜了。而这样的举动也的确符合所谓的“淫”：其一，这种做法是过度的；其二，这种做法有违背道德之嫌。即便古代男尊女卑、一夫多妇，但一个青年男子同时占有多名青年女性且引以为傲、四处张扬，这种行为无论古今中外，都是令人不齿的吧？但有趣的是，这样的男子古往今来都大有人在。

他们都一定受到非议吗？也许并不一定。当他们掌握了足够的文化和语言艺术，他们便会使用这种技能为自己美化和辩护，即所谓“多情才子”。肆意占有变成了怜香惜玉，明明是下作的品头论足却饰以欣赏的标签。他们用优美的文句和言辞来营造一种根本没有存在过的美好意象，以掩盖自己玩弄女性的丑恶嘴脸，却引得少女们奉若偶像，少男们暗暗称羡。那些被他们伤害过的女性只能各自吞咽苦果，成了他们“风流传奇”中的一点谈资。

《桑中》中的男子也是这样的人吗？岁月已逝，早已无从考证。只愿曾经的现实并非如此，愿“诗三百”中的每一篇都是真正的思无邪。

风雅漫谈

【王风】

乱世悲歌

《黍离》一诗，乍一听似很陌生，但有一句却是耳熟能详的：

知我者，谓我心忧；不知我者，谓我何求。

不但是爱好古典的人，即便是对古典不甚感冒的人，想必也不会对这四句挠头。诗中所言之情感与诉求是每个人在人生不同阶段都有过的。当然，经历与情境都不尽相同，但情感是可以相通的。

《黍离》出自《王风》，全文是这样的：

彼黍离离，彼稷之苗。行迈靡靡，中心摇摇。知我者，谓我心忧；不知我者，谓我何求。悠悠苍天，此何人哉？

彼黍离离，彼稷之穗。行迈靡靡，中心如醉。知我者，谓我心忧；不知我者，谓我何求。悠悠苍天，此何人哉？

彼黍离离，彼稷之实。行迈靡靡，中心如噎。知我者，谓我心忧；不知我者，谓我何求。悠悠苍天，此何人哉？

“彼黍离离，彼稷之苗”中的黍和稷都是当时的农作物，是与百姓生命息息相关的口粮。“离离”的意思是排列成一行行，从描述的情景来看，诗人所面对的是庄稼地而不是谷粮仓。在不同情境里写诗，因眼前景物的不同，抒发的感慨也是不同的。如果是在粮仓里，也许诗人会感叹今年又是一个丰收年。又或许如几百年后的李斯那样，见到粮仓里膘肥体壮的老鼠，从此奋发图强，改变了个人与一个国家的命运。然而《黍离》的作者却是站在一片庄稼地里，看到一排排长势还算良好的黍和稷，心中的感慨就很不同了。

中心摇摇 / 中心如醉 / 中心如噎，从文字表述我们可以感受到他的心情很不好。接下来便慨叹出那流传千古的四句名言。那么，他究竟为何如此？正所谓“谓我何求”。

诗人并未描述庄稼的长势，而从每段的首句来看，至少应该是正常状态。那么，诗人到底为何不快呢？这要先从《王风》的“王”字说起。

《王风》既然属十五国风，那必定是一方诸侯国之诗篇。但熟悉春秋战国历史的人都知道，从未曾有过一国名曰“王国”。固然在那个动荡的年代曾经消失过诸如曹国、桧国等一系列小国，也有以古地名命名的诗集，譬如《唐风》，但《王风》却与两者都不符合，那么它又是从哪里来的？

“王，谓周东都洛邑王城畿内方百里之地……晋文侯、郑武公迎宜臼于申而立之，是为平王。徙居东都王城，于是王室遂卑，与诸侯无异。”（诗经集传）

朱熹以简练的语言为我们解释了“王”字的含义，以及东周开始的大致经过。对于西周向东周的过渡，大部分人都很熟悉，今人比较公认的版本来自司马迁在《史记》中的记述：

褒姒不好笑，幽王欲其笑万方，故不笑。幽王为烽燧大鼓，有寇至则举烽火。诸侯悉至，至而无寇，褒姒乃大笑。幽工说之，为数举烽火。其后不信，诸侯益亦不至。

幽王以虢石父为卿，用事，国人皆怨。石父为人佞巧，善谀好利，王用之。又废申后，去太子也。申侯怒，与缯、西夷犬戎攻幽王。幽王举烽火征兵，兵莫至。遂杀幽王骊山下，虏褒姒，尽取周赂而去。于是诸侯乃即申侯而共立故幽王太子宜臼，是为平王，以奉周祀。

平王立，东迁于雒邑，辟戎寇。

平王之时，周室衰微，诸侯强并弱，齐、楚、秦、晋始大，政由方伯。

（史记·周本纪）

周幽王宠爱褒姒，废长立幼。为得美人一笑不惜戏弄诸侯，竟惹来杀身之祸，导致祖宗基业被毁，子孙被迫东迁，“周室衰微，诸侯强并弱”。这就是耳熟能详的“周幽王烽火戏诸侯”的故事，历代读书人都听着这个故事长大，鲜有怀疑。

然而，这个标准说法其实早已被出土文牍所质疑，最有名的当属西晋时期因盗墓而得见天日的《竹书纪年》。该书对上古历史的颠覆性记载引起了不小的争议。尽管它出土较早，但因儒家正统地位的不可动摇，并未被史家正式接纳。时光走进现代社会，一批又一批文物的发现让已不再被儒家典籍捆绑的历史学家们开始认真地重新审视那段历史。近年来最有影响力的当属“清华简”的整理和出版，而由其整理而成的《系年》一书中也出现了与《史记》的记载不同的西周灭亡史。历史学家们发现，这份记载与《竹书纪年》中的记载十分相似。

周幽王取妻于西申，生平王，王或（又）取褒人之女，是褒姒，生伯盘。褒姒嬖于王，王与伯盘逐平王，平王走西申。幽王起师，回（围）平王于西申，申人弗畀。曾（缯）人乃降西戎，以攻幽王。幽王及伯盘乃灭，周乃亡。邦君、诸正乃立幽王之弟余臣于虢，是携惠王。立廿又一年，晋文侯仇乃杀惠王于虢。周亡（无）王九年，邦君诸侯焉始不朝于周。晋文侯乃逆平王于少鄂，立之于京师。三年，乃东徙，止于成周……

我们发现，《系年》中的这段历史缺少了某些戏剧化的情节，然而却远比戏剧更复杂。

周幽王因宠爱褒姒而废长立幼，宜臼（即后来的平王）被逐，奔向母亲的故国西申。据考证，西申并非申国，这一点我们先不去论证。总之，宜臼的逃亡引起了周幽王的不满，出兵攻打西申。西申联合西戎反击幽王军队，导致幽王战死，西周灭亡。然而，幽王死后，第一个正式接掌权柄的人却并非他的儿子宜臼，而是弟弟余臣。他继位的地点也不在老的京师，而是在虢，号携惠王。携惠王在位二十一年，终死于晋文侯之手。而晋文侯杀他的原因，是因为晋文侯在他继位九年后在原京师立了平王。于是一个少有的现象出现了：东周初年两王并立，而这样的局面大约持续了十二年。晋文侯为何要另立新王？有一个较为直接的原因，就是“周亡（无）王九年，邦君诸侯焉始不朝于周。”从这段话中我们可以看出，携惠王是不得民心的，至少是得不到各路诸侯的认可，根本不来朝见。面对这样的局面，携惠王也没有好的办法。当晋文侯不服他的统治而另立平王时，他也毫无还击之力，不得不面对两王并立的局面，直至自己命丧晋文侯之手[①]。

平王初立时还是在老家，但三年后迁徙至雒邑，这才有了东都以及东周的称谓。从这一段纷乱的历史来看，天下大乱已见端倪。进入春秋时代，周王室已然衰落成一方诸侯。在这样的国都里生活着的人们，自然会有着亡国之痛，看到满目山河，是一种今不如昔、物不是人亦非的凄凉心境。“不知我者，谓我何求”，诗人所渴盼的再也不会实现了。

《王风》之内弥漫着幽幽离丧之痛，比《黍离》更直观的表达当属《兔爰》：

有兔爰爰，雉离于罗。我生之初，尚无为；我生之后，逢此百罹。尚寐无吪！

有兔爰爰，雉离于罦。我生之初，尚无造；我生之后，逢此百忧。尚寐无觉！

有兔爰爰，雉离于罿。我生之初，尚无庸；我生之后，逢此百凶。尚寐无聪！

人生之痛千百种，最痛中当有生于和平而长于乱世，即“我生之初，尚无为；我生之后，逢此百罹。”在和平年代出生的人，没有死亡威胁，没有财产侵扰，也没有流离失所、家破人亡。也许生于斯、死于斯，也许胸无大志，一生碌碌无为，但盛世的平庸永远好过乱世流离。当一个人面对杀戮，整日为生死担忧，他生命的绝大部分会被无情浪费掉。除了几个乱世枭雄，大部分乱世人的一生是被残忍无情地消耗掉的。他们的牺牲只换来少数人的功成名就，整个社会的生产力落后或停滞。

《兔爰》的作者大约生长于周幽王前后的周天子领地内。他出生时，周幽王或许还没有见到褒姒。但随着时光的推移，一重危机引发另一重，社会愈发动荡，直至天子被杀，兵荒马乱。作者或许一直跟

① 关于晋文侯杀携惠王与立平王的先后顺序，目前学界争论不一。我个人比较认同李学勤先生的看法，即立平王在携惠王在位时，而杀携惠王在立平王之后（见《初识清华简》）。

随着周王室迁移，也许他曾在携惠王那里避乱，也许他始终跟随着周平王。动荡流离的生活让他自叹人还不如兔子逍遥，然而一介草民能奈天下何？除了跟着天子东奔西走，他又能做什么？心灵上凄苦不堪，忧心忡忡，唯一的安慰就是闭眼睡觉暂时逃避，假装这一切未曾发生。也许梦见儿时是那么欢乐，没有战争也没有颠沛流离。

傅斯年评价此诗："遭时艰难，感觉到生不如死。此"诗三百"中最悲愤之歌。"的确，诗人的表达是激烈而直白的，没有《黍离》中的欲说还休，而是用人生中最简单沉痛的经历告诉了读者他的痛和怨。也许我们会感觉他懦弱无能，但若设身处地换位思考，不幸生在这样的时代，又有谁能够跳出时代波澜，幸福而平静地度过一生？

东周时代开启时的列国形势看似风风火火、才杰辈出，故事好玩又好看，然而他们每一个人都是不幸的，上至帝王，下至百姓，莫不饱受杀戮与抢夺。乱世只在故事里才会异彩纷呈，而那些不幸被卷入乱世洪流的人们，绝大部分只能像《王风》中的诗人们那样慨叹生不逢时。

入骨相思知不知

《王风》中有三首表达相思之情的诗，其情令人感佩：

丘中有麻，彼留子嗟。彼留子嗟，将其来施施。
丘中有麦，彼留子国。彼留子国，将其来食。
丘中有李，彼留之子。彼留之子，贻我佩玖。

（丘中有麻）

正如《诗经》中的大多数诗歌一样，《丘中有麻》以植物起兴，转而念及所思之人。诗人想必是一位女子，关于她的出身，没有更多的证据可以证明，但也许还算不俗。至于她所思念的人，普遍的说法是留氏公子，“子嗟”与“子国”为人名。既然如此，一个女子思念两个男子，似乎有些不合常情。于是，我们大约看到了《诗经》中较为特殊的歌唱形式，即群体抒情。也就是说，唱诗的女子并非一人，少则两人，多则三人。当然也存在其他解读，譬如留是留下来的意思。但反复阅读原文，似乎还是人名更通顺些。而第三段中未出现人名，只是留氏之子的说法，又或许为两女子的合唱。

让我们的眼前出现两位妙龄少女吧！或许她们是一对姐妹，同时爱上了留家的两个男子。相思之情涌动于心，期盼着情郎早日前来相会。麻、麦、李子快成熟了，虽还不到收获的季节，但心中已充满期待。姐妹俩手挽着手来到田间，遥望情郎居住的地方，唱着歌，盼着他们早来。来做什么呢？“将其来食”，来吃顿美食；“贻我佩玖”，饭不能白吃，去女家串门见父母当然也不能空手，要备些礼品。也许，诗句中暗含的意思就是盼情郎早些上门提亲，下聘将她们娶进家门。

诗中的相思不苦，因为有期待。但若期待总不能兑现，相思无尽头，心里便会苦了。比如这一首：

彼采葛兮，一日不见，如三月兮！
彼采萧兮，一日不见，如三秋兮！
彼采艾兮！一日不见，如三岁兮！
（采葛）

这样痛彻心扉的诗句，一直流传至今。清人方玉润评道："雅韵欲流，遂成千秋佳语。"相思之深，证明爱之切。爱欲如火，使人不忍分离，哪怕只是一日。然而，果真只分离了一日吗？是否其中隐藏着某种暗示？也许不止一日吧？又或许，这一日只是分离的开始。因为分离将遥遥无期，故而每一日都那么漫长。即使田间劳作中仍不能释怀，每一种植物都令诗人触景生情，想起远别之人。思念慢慢煎熬着她，不知道究竟要等到哪一日。

比思念更感人的是勇于付诸行动的行动派，但行动派也会面临迷茫，因为世事艰难复杂，爱情不能仅凭一人之力。

大车槛槛，毳衣如菼。岂不尔思？畏子不敢。
大车啍啍，毳衣如璊。岂不尔思？畏子不奔。
穀则异室，死则同穴。谓予不信，有如皦日。
（大车）

按朱熹的解读，大车为大夫所乘之车，毳衣是"天子大夫之服"。看来诗中的男子出身不凡。周振甫的解读则大相径庭，他认为大车是牛车，毳衣是"车上蔽风雨的毡子"。如此看来，诗中的男子又是普通人家之子了。然而无论诗中男子是富贵抑或贫穷，面对此诗，我们不得不有一个疑问，唱诗者是男是女？是男子赶车来发誓，还是女子看见情郎赶车而来说出一番话。抑或是，男女之间的对话？

让我们想象一下当时的场景。诗中的男子赶着车来见心上人，也许女子出于某种原因不能自由与他相见。但这一次，他们还是有机会面对面的。在独处之时，男子告诉她："我怎么不想你呢？只是怕你不敢。怕你不愿和我一起走。"说罢这些话，女子哭了，但仍囿于某些原因，不能和他走。无奈之下，男子道："生时不能同在一室，死后一定要同穴而葬。我向着太阳起誓，我说的都是真心话！"

这样的情景大概是较为合理的推断吧？于是便想起《郑风》中的《将仲子》：

将仲子兮，无逾我里，无折我树杞。岂敢爱之？畏我父母。仲可怀也，父母之言亦可畏也。

男子说："岂不尔思？"女子答："岂敢爱之。"我们都说先秦人是自由恋爱，但恐怕也高估了自由的程度。《诗经》中固然有"士与女，方秉蕑兮"，但也有"取妻如之何？匪媒不得"。男女可以在春天相遇，但权利大多仅限于此。能不能走到婚姻这一步，还要看父母的意思。如果恰巧父母满意，婚姻便可以从自由恋爱发展而来；但如果父母并不满意，便会发生"岂敢爱之"的事。而一旦子女大胆跟着自己的感觉走，毅然决然地私奔，在《诗经》中所看到的结局往往并不如意："大无信也，不知命也！"（《鄘风·蝃蝀》）

所以，一切并没有想象的那么简单。爱情并不能时时如意，更无法保障一生的幸福。像《氓》中的痴情女子，那么义无反顾地去了，到头来落个被抛弃的命运。没有人怜惜她，即使是她自己的家人。追求爱情是危险的，《诗经》中的警世箴言并非告诉青年男女要大胆去爱，而是"于嗟女兮！无与士耽。士之耽兮，犹可说也。女之耽兮，不可说也。"（《氓》）如此痛彻心扉，换成现代汉语，加以润色，稍加女权立场，同样震撼。

《大车》中的男女正在爱与伤的边缘徘徊。他们最终会选择分手，还是选择私奔？我们无法猜测。但或许也可以推测任何一种结局，因为《诗经》中已讲述了类似的故事。令人难过的是，或许无论哪一种结局，都算不上喜剧收尾。

但从文学意义上看，我们要感谢这些曾经为爱痴迷、为爱牺牲的男男女女。因为有他们的果敢和坚持，才有了诗歌史上这些感人肺腑的词句和故事。但我们又不忍心他们遭受的不幸与伤痛，更不能忽视的是，这样的故事从未停歇，只不过是换了面孔、换了当事人，戏码依旧不停上演。

肆

【郑风】

春秋小霸的难念之经

常言道，家家有本难念的经。百姓如此，帝王将相家也是。西周灭亡后，保平王东迁的是郑国的诸侯。郑武公因护驾有功，被周王封为卿士，从而在春秋初年的政治舞台上声名赫赫，也为子孙奠定了基业。但在春秋早期的那段时光里，业绩最辉煌又最有故事的却不是他，而是他的儿子郑庄公，人称“春秋小霸”。

熟悉春秋历史的人没有不知道郑庄公的。因为《左传》开篇就是他的故事，或者说今人所知的春秋时代就是从郑庄公开始的。历史不跟我们说废话，郑庄公甫一出场就是一名狠角色。随着年龄的增长和地位的变化，围绕在他身边的各色人等也尽显人性之多面，而这其中最难捉摸的便是郑庄公的性格与内心。

郑庄公为什么出场就是狠角色？因为，他的出生差一点要了一个人的命，那就是他的母亲武姜。武姜来自申国，姜姓，是诸侯之女。周天子尽管势微，但声望还在，谁先得到周天子的器重谁就率先在新时代登场，郑武公就很好地抓住了这个时机。但此时，他家里却出了点事故，妻子难产，儿子是脚先出来，是倒着出生的。在春秋这样医疗水平极其落后的时代，武姜能否挺过这一关就看她的造化了。也许她身体足够强壮，也许她命硬，总之她没有死，而是母子平安，皆大欢喜。但生产之痛不但伤了她的肉体，更严重地伤了她的心。也许是因为第一次生产就经历了死亡的考验，也许是当时的观念让她对逆生感到恐惧和愤恨，也许是做女人的痛苦无处诉说更得不到慰藉，武姜把所有的怨恨和责难都投射到儿子身上。这个好不容易来到人间的男孩名叫“寤生”，就是倒着生出来的意思。《左传》说：“庄公寤生，惊姜氏，故名曰寤生。”一个惊字，看似简单，懂得的人却少之又少。

寤生得不到母亲的爱，于他而言是无辜的，得到了后世的同情。武姜厌恶儿子，也是无辜的，却得不到世人的理解。人们大抵轻视女人的生产之苦，原因是所有女人都生孩子。虽然说男人上战场也苦，但并不是所有年代都是战争年代，也不是所有男人都需上战场。可物以稀为贵，又是男权时代，战场就比产床更有歌颂的必要。

要求武姜喜欢寤生，无异于一场道德绑架，武姜就偏不信这个邪，将厌恶进行到底。在寤生之后，武姜又生了儿子段。这次一定是顺产，因为段得到了母亲的喜爱，而且是溺爱。为了段，武姜要求废长立幼，被丈夫驳回。她不甘心，在寤生即位后要求给段分封最好的土地，纵容幼子抢占寤生的地盘，甚至招兵买马图谋夺位，自己更准备在都城里应外合。无疑，武姜越来越过分了。她的厌恶已经超出了所有人能承受的范围，也触犯了礼制、法律和道德的禁忌。寤生一举击溃段的军队，抄了他的老家，却没有杀他，而是任他跑到卫国的共地，因此段也被后世称为共叔段。

一出帝王家庭剧里的三个主要人物，我们已看到了武姜的可怜与可恨。她其实是一个极其简单的人，简单到了愚蠢的地步。我想，其一生除了生寤生难产，大概没受过什么苦。丈夫固然没有同意立段为接班人，但也没有费力去改变她的偏心和溺爱，而是纵容了她的任性。丈夫去世，儿子更没有阻拦她一步步的非分之举，而是尽力满足她的所有要求。她的所作所为没有道德约束，不顾国家大局，一味地跟着感觉走，为了舔舐伤口不断地伤害儿子。她是受害者，更是悲剧的始作俑者。

接下来我们再看另一个主要人物共叔段。这也是一个很有趣的人物，尽管他是以骄横谋反的形象出现在史书中，但在民间诗歌里，他却留下了完美的形象。《郑风》中有两首诗，名为《叔于田》和《大叔于田》，《毛诗序》认为“叔”就是共叔段。

为什么叫叔？叔是排序的意思，即伯、仲、叔、季中的叔，翻译成现代汉语可以叫老三，或三哥/三弟。那么大叔又是什么？大通“太”，《史记·郑世家》中记载：“庄公元年，封弟段于京，号太叔。”因此大叔就是太叔。顾颉刚的说法是太代表“位列在前”。因此，杨伯峻认为，段号太叔的意思是他是郑庄公寤生的第一个弟弟。段在这场历史剧中扮演了不光彩的角色，不断地索取以致举兵谋反，史书对他的评语是负面的。但有趣的是《诗经》对他的记载却是相反的。

> 叔于田，巷无居人。岂无居人？不如叔也。洵美且仁。
> 叔于狩，巷无饮酒。岂无饮酒？不如叔也。洵美且好。
> 叔适野，巷无服马。岂无服马？不如叔也。洵美且武。
>
> （叔于田）

> 叔于田，乘乘马。执辔如组，两骖如舞。叔在薮，火烈具举。袒裼暴虎，献于公所。将叔勿狃，戒其伤女。
>
> 叔于田，乘乘黄。两服上襄，两骖雁行。叔在薮，火烈具扬。叔善射忌，又良御忌。抑磬控忌，抑纵送忌。
>
> 叔于田，乘乘鸨。两服齐首，两骖如手。叔在薮，火烈具阜。叔马慢忌，叔发罕忌，抑释掤忌，抑鬯弓忌。
>
> （大叔于田）

《叔于田》形式简短，词义简单，一看便知是赞美共叔段的。他帅气又勇武，把视线中的人全都比下去了。作者眼中只有他一人，其他人形同行尸走肉，根本不配与他相提并论。这样高的赞誉，连享有“小霸”盛誉的郑庄公都未得到。《大叔于田》读起来有些困难，许多词汇已经废弃了，表达方式也有地域特色。但内容并不复杂，讲的是共叔段一次在外打猎的经过：他先是乘马车去野外打猎，“火烈具举”告诉我们这场狩猎仆从众多，场面热烈。紧接着，共叔段袒露上身，亲自上阵与老虎搏斗，并将老虎制服打死，献给国君（袒裼暴虎，献于公所）。接下来诗歌又详细描写共叔段驾驭马车时英姿飒爽、雄姿勃发，手法熟练、运用自如。呈现在我们面前的是一幅撼人心魄的动感美男图。

将两首诗放在一处，共叔段的形象可以说是春秋时代美男子的典范了。《郑风》二十一篇只歌咏了一个男人，就是共叔段。《诗经》与史籍对立的描述让我们看到了一个比武姜更为复杂的人物：他有颜，有勇，有追随者，有爱慕者，有歌颂者。出身的高贵、母亲的溺爱以及方才列举的所有优势让他从小就具备极强的优越感，自视甚高，甚至可以推断他看不起比自己文弱的哥哥寤生。在他的观念里，孔武有力的人才有资格统治一个国家，论才干论勇猛，没有人胜过他。然而，他虽然处处胜过哥哥寤生，却在一点上大为逊色，就是他不够智慧。与在隐忍中成长的寤生相比，他张扬、狂妄、傲慢，忘记了收敛，更看不到权谋斗争的性质。他的处心积虑与蓄势待发全都摆在明面上，让“外国人”（鲁国，《春秋》和《左传》为鲁国人所著）回看这段历史时都无法忍受，只得做春秋笔法。共叔段要的小聪明实在是贻笑大方，夺权像在过家家。上天给了他那么多的优势，却唯独没有给他一个智慧的头脑。或者，也许就是因为优势太多，智慧便在这些优势中萎缩了。

共叔段的失败是必然的，他的骄纵触碰了道德与礼法的双重底线，所以失败来得迅速而彻底。但郑庄公却没有置他于死地，而是留他一命，从中我们又看到了郑庄公的复杂。

郑庄公寤生是这场历史剧中的主角，也是最难看透的人。史籍对他有两种看法：一种说他仁孝，为了孝敬母亲，不断地放任弟弟；另一种说他腹黑，武姜与共叔段的小心思早被他看透，只是他隐忍不发，等待时机，时机一旦成熟便痛下狠手。武姜与共叔段毫无还手之力，迅速土崩瓦解，驱逐的驱逐，逃跑的逃跑，如散沙一般不堪一击。

究竟哪一种说法对，其实没有答案。因为郑庄公已经死了，而知道答案的人只有他一人，别人无论怎么说都是揣测而已。因此，我下面的分析也仅是一家之言。

郑庄公恨谁？按照常理，当然是恨弟弟，一个处处显摆比自己强、得母亲宠爱、屡次三番得寸进尺最后刀兵相见的人，一个赤裸裸的利益争夺者。后世帝王家里无数的兄弟之争等杀红了眼、六亲不认的故事恰恰可以证明这一点。但，在我看来，他恨的人是武姜，而对共叔段，他做到了相当的容忍——留他生路，不惜日后给郑国添乱。

怎么看出他最恨的是武姜？先来看《左传》中的记载：

大叔完聚，缮甲兵，具卒乘，将袭郑，夫人将启之。公闻其期，曰：“可矣！”命子封帅车二百乘以伐京。京叛大叔段，段入于鄢，公伐诸鄢。五月辛丑，大叔出奔共……遂置姜氏于城颍，而誓之曰：“不及黄泉，无相见也！”

省略号之前的部分是郑庄公处理叛乱的经过，干脆利落，有备而来。省略号之后是叛乱平息后他做的第一件事：处理武姜。省略号省略了作者对这段历史的评述。也就是说，叛乱一平息，郑庄公毫不犹豫地惩罚武姜，说的话也绝情。在整个先秦时代，对待母亲能与他相提并论的只有秦始皇一人。当然，赵姬所为不比武姜更令人受用，但秦始皇与郑庄公却完全是两种人。嬴政的残暴是赫赫有名的，而寤生却是以仁君形象见诸史籍，但两人的做法和表现出来的狠劲却如出一辙。无论郑庄公是真君子也好，伪君子也罢，在对待母亲这一问题上恰恰看出了他性情中最真的那一点——恨。恨她偏心，恨她冷漠，恨她屡屡要毁掉自己。郑庄公是男人，又是人子，对于母亲的生产之痛他不可能深有体会。无论如何他都不会接受母亲冷落自己是理所当然的。他幼时一定充满委屈，成长中也一定努力赢得母亲欢心。即位后对母亲的顺从自然可以看作是阴谋，但何尝不是想以妥协来博得母爱？做法固然笨拙，其心可叹。天下人子都期望得到父母无偿的爱，也都期望自己是父母最爱的那一个。如果“郑伯克段于鄢”是郑庄公策划的一个阴谋，那么又是谁给了他这个机会？要知道这个阴谋其实并不算高明，风险系数极高，也极易养虎为患甚至被老虎吃掉。郑庄公等到共叔段触碰到了底线才出手，为的是谁的脸面？他不杀段而让他在卫国挑拨是非，为的又是谁的心？

武姜愚蠢，贪得无厌。她把怨变成恨，最后被恨滋养的幼崽反咬一口，她才知道疼了，人也老实了。

但与历史上杀伐决断的“暴君”不同的是，郑庄公的心是痛的，是无法解释的孤独与苦楚。正如情思细腻的郑国诗歌，他的心也是千丝万缕。我想他是一个不善表达的人，也没有人可以听他大段诉苦，更不可能有心理咨询师对他进行疏导。一切平息之后，最有趣的一幕上演了。《左传》说：“既而悔之。”悔什么？史籍的意思很明白，后悔这样对待生母，做了不仁不义不忠不孝之人。《左传》是鲁国的作品，因此看问题评人格都是用仁义礼智信的标准和眼光，因此在描写郑庄公时下笔颇难，所谓“难之也”。因为在这样的道德体系下，郑庄公的做法是不可理解的，应被挞伐的。但郑庄公又不是昏君，不便如此指责。当一套价值体系无法理解一种心理和做法时，能做的要么是批判要么按照这一价值体系来附会。郑庄公接下来的故事就看出附会的色彩。

郑庄公后悔了，他没有母亲了。人不可能有二母，唯一的一个无论好坏，没了就是没了。一个叫颍考叔的地方官听说国君后悔了，赶忙抓住这个有利时机（又或许是武姜派人游说，此为我个人猜测），觐见国君，借吃肉这件事来套郑庄公的话。不知是借坡下驴还是真情流露，郑庄公说了这样一句话：“尔有母遗，繄我独无！”意思是你有老母可以孝敬，而天下独我一人无母可孝。颍考叔也是有备而来，赶忙帮国君想了个办法，把武姜接了回来，搞了个历史佳话。一个小小地方官借此机会在史书上留下光辉的一页，在国君面前也讨了红利。

《史记》也对这一段做了记载，郑庄公又是这么说的：“我甚思母，恶负盟，奈何？”不知司马迁是怎么听到这句话的，单纯比较两篇记载，《史记》中郑庄公的形象稍显扁平。我们仔细思索“尔有母遗，繄我独无！”这句话所表达的痛楚。想想郑庄公半辈子所遭遇的心灵创伤，思索他做事说话的风格，会仅仅是怕负盟吗？有没有母亲不爱自己的遗憾？有没有母亲只有一个，失去便不可复得的酸楚？有没有即使把母亲接回来怕仍旧得不到母爱的隐隐的恐惧？有没有这些年对挽回母爱失败的痛心、不甘和无奈？有没有上天待我不公的怨愤？这所有的纠结在《史记》里变成了单纯害怕自己被打脸，害怕别人说闲话，有些遗憾。后世，郑庄公“黄泉见母”又成了大孝的标签，则导致郑庄公的人物形象单一化，掩盖了矛盾，让历史成为说教的工具。

“黄泉见母”就像一场政治秀，被《左传》写得光艳照人，颍考叔抖了个机灵就在历史上闪出了智慧的光。他生前得了好处，死后又名垂史册。而郑庄公的心，我们却总是看不清，他是历史的胜利者，却是爱的失败者，到底值不值得？他真的换来了渴望的母爱吗？武姜再无动作，真的是因为母爱爆发吗？如果“大隧之中，其乐也融融”

是一种卑微的期盼，那么“大隧之外，其乐也泄泄”则更像是一句谎言。当然，郑庄公也许别无所求，如果能在谎言中快乐地生活，又何必执迷于真相呢？

就让一切烟消云散吧。

先秦时代的青春剧

我们每个人都年轻过，爱情往往发生在年轻的时候。但年龄的幼小、阅历的不足和青春荷尔蒙的旺盛往往令当事人行事冲动，做事不计后果，情感投入巨大，且容易在一些小事上斤斤计较。

尽管《诗经》里沐浴爱情的男女与今天一样大多是适龄青年，但也逃不开“早恋”现象的发生。这一现象中所体现的爱情之青涩、计较，以及所引发的误会和种种感情纠葛，在《郑风》的两首诗《狡童》与《褰裳》里有着细腻的描写。而这种情感的发生与表达，今人观之仍不陌生，甚至每天都在上演。

彼狡童兮，不与我言兮。维子之故，使我不能餐兮。
彼狡童兮，不与我食兮。维子之故，使我不能息兮。

（狡童）

整首诗读下来，语意并不晦涩，唯一令人疑惑的地方恐怕就是“狡童”一词了。狡童，翻译成时下最流行的词汇，就是“小鲜肉”。这样一说，一切清晰明了：狡童应该是一位十五六岁的少年，懂了些男女情事，有了意中人，但却没有成年，还不到适龄期。按周礼，男子二十、女子十五为成年。男女按照规定的年龄该娶的娶，该嫁的嫁。然而，这就出现了一个问题：生理上，女子成熟较早，十五岁已可以生育，但不代表十五岁的女孩就已老成。而对于男性来说，由于成年的标准规定得晚，一定程度上就影响了其心理成熟。也就是说，在十五岁到二十岁这个年龄段上，男女的心理成熟度都有各自的问题，存在不能匹配的情况，也就是最容易发生矛盾的时段。

诗中的矛盾看起来一点也不复杂。男孩子和女孩子恋爱，有一天不知什么缘故，男孩子不和女孩子说话了，也不和她一同吃饭（猜测可能是表亲恋或邻里恋）。女孩子心里苦闷，吃不下睡不着，唱出这一段带着埋怨的歌。从她的唱词里我们似乎听得到她抽抽搭搭的哭声，看得到她面颊上滚落的泪珠。完全是小孩子的把戏，今天斗气不理你，明天和好了照样手拉手去田野里唱情歌。说不定将来唱“有美一人，适我愿兮”的也是他们。就像我们在十几岁时都会遇到的，男女双方都有些小脾气，都为些小事计较。生活重担还不曾压下来，真正的人生也未曾展开，恋爱是懵懂的。纯情但缺乏打磨，往往只顾自己的感受，缺乏对另一方的宽容和理解。

我们可以猜测，这位诗作者应该是一位出身中上层的女子。否则她不会有闲情考虑是否一起吃饭的事，要么已为人母，要么忙着下地干活，或者苦等出征戍防在外的丈夫归家。她关心的恐怕应该是“硕鼠硕鼠，无食我黍”或“愿言思伯，使我心痗”了。十五六岁的女孩子尚未出嫁，或许是家庭状况较好，父母不舍得轻易许人。又或许是已经看中了狡童的出身，对两人的情窦初开表示默许。女孩是幸运的，但幸运中也会出现小的挫折，经历情感的波澜，但结局也许是美好的“之子于归，宜其室家”。

另有一首《褰裳》，说的也是青春年少时的焦灼：

子惠思我，褰裳涉溱。子不我思，岂无他人？狂童之狂也且！
子惠思我，褰裳涉洧。子不我思，岂无他士？狂童之狂也且！

关于狂童，有两种解释：一种是傻小子的意思，这是比较现代的说法；另一种则是狂妄的年轻人，这一种来自朱熹的“犹狂且狡童也”。似乎后一种更符合全诗的语意，也较为符合年少者容易轻狂的现实。对于这份轻狂，诗中的女孩子是有所不满的。但尽管她口中充满抱怨，却仍是深情款款，有娇嗔的媚态。这首诗的语意也很明了，男孩子没有渡过溱水来看女孩子，于是女孩子便在等待中做着思量：你要是想我，就渡水来看我！你要是不想我，我还找不到别人吗？两段说的都是同一个意思。古代没有如今这样发达的通信工具，在想念对方时无法及时发一个问候或笑脸。诗中的女孩苦苦盼着男孩的到来，也许她身边已有备选，只是还在等着意中人的最后表态，迟迟不愿向备选者抛去绣球。又或许是意中人不善于情感表达，不懂得“最长情的告白是陪伴”这一现代理论，更不懂女孩子希望男孩子更主动、更热情的心理特征。来见女孩子的次数少，话也不怎么会说，让女孩子常常感到情感回报不足，心中暗生怨念。因而有且怨且怜的“狂童之狂也且！”这样的控诉。

男女在爱情中的体验和表达方式往往存在较大差异，这也是矛盾产生的根源所在。恋爱时，女性总希望对方更主动些、更热烈些。如果对方没有做到，心中便会产生不满，时常埋怨，爱耍小脾气。越是年轻越是如此。而男性则恰恰相反，总体上而言较之女性心思粗些，想法较少，对女孩子的“脾气”感到不解，苦于女人心之不可捉摸。对于这种差异化的表现，解读方式有很多，我个人认为这是男权社会对男女社会分工的不同要求造成的。由于男权社会里对女性束缚较多，无论是生产生活，还是精神需求、文化需求以及情感需求上，都对女性有较多的约束。久而久之，女性失去了主动权，特别是在情感表达方面。对爱情羞涩是人之常情，而女性则又被套上一层枷锁，从礼法上受到限制。结果是，女性不敢主动，将希望寄托对方，而对方并不一定完全领悟得到女性的无奈，不能及时回馈。这一现象又反过来作用于女性心理，不能主动又不能行动，说不出做不来，怨气自然就产生了。反过来再看男性，尽管社会赋予他们更多的自由从而使他们拥有主动权，但同时也给了他们许多责任与压力。女人没有抛头露面的权利，那么男人就得扛起生活的重担。无论出将入相还是砍柴种地，男人都要肩负更多的社会职责，也因此分散了他们的注意力，将心思投入到更宏观的层面上去，疏于对细微事物的观察和感受，导致常常在爱情表达方面显得木讷。因为不能行动，女性就常常胡思乱想；因为行动太多，男性就不能把全部心思都放在女人身上，或者在确定他已得到意中人之后，将精力投向其他事物，从而造成了客观上的“冷落”。

当今社会已然是男女相对平等的时代，男人却仍然抱怨女人只知索取，不懂主动。只想当公主，从不关心自己。而女人则沿袭了古老的情感表达模式，希望对方先主动一些。也许，是文化的传承和影响太强大，又许是因为中国还处在次男权时代。也就是说，尽管女性获得了一定程度上的自主权，但整体而言，整个社会并没有从男权社会走出，还处在蜕变的过程中。而这种社会的蜕变与文化的蜕变相互作用，不断碰撞，不断磨合。有人走得快一点，有人走得慢一点，按照各自的成长环境，根据所受教育的不同来选择自己的情感表达方式。也或许还有一种原因，就是完全出自男女生理结构的不同，生理构造与文化传承共同作用于男女心理，让爱情这一微妙敏感而又复杂的情感千回百转，越苦越痛越迷人。

爱恨两难猜

接着前一篇的话题，我们再看这篇《子衿》。在《郑风》中，《子衿》是知名度较高的诗作，不乏为人津津乐道的句子：

青青子衿，悠悠我心。纵我不往，子宁不嗣音？
青青子佩，悠悠我思。纵我不往，子宁不来？
挑兮达兮，在城阙兮。一日不见，如三月兮。

也许读到“挑兮达兮，在城阙兮”时你忽然想起了《静女》。那个青年男子同样等在城门，却怎么也盼不来心上人。他“搔首踟蹰”，而她“挑兮达兮”（走来走去）。她心里念着他，嘴上埋怨着他的不来见，诉说着自己的苦心，描述着不能相见给她带来的心理缺失。然而，那句“纵我不往，子宁……”才是全诗的重点。一语道破了女性复杂多变的心理。两句话的意思是，就算我不去看你，你就不来个消息/来看我？这是一句看似不讲理的埋怨。理论上说，男女相悦，无论谁都有主动去看望对方、表达情意的权利。只有双方良好互动，彼此敞开心扉，感情才可能良性发展，进一步深化。但事实上，男女相爱时，尽管女人内心如火，却往往故意等待男性主动。明明很想去看他，却偏偏要等他来看自己。当愿望得不到满足时，怨气也就产生了。而当男子兴冲冲赶来时，他所怀有的是兴奋和喜悦，却不知对方已然经历冰山火海，五内煎熬，火气冲天。一场口角也就在所难免了。

不信，你看这不就来了？

风雨凄凄，鸡鸣喈喈。既见君子。云胡不夷？
风雨潇潇，鸡鸣胶胶。既见君子，云胡不瘳？

风雨如晦，鸡鸣不已。既见君子，云胡不喜？

（风雨）

“既见君子，云胡不喜”也许是《郑风》中最有名的一句了。我们可以大胆想象诗中的君子就是《子衿》中的那个读书人。而见到他却显得并不开心的女子就是曾在城楼上望眼欲穿的那个她。她曾苦苦期盼，埋怨他不主动来探望。而这一日，好不容易见到了，男子冒着风雨赶来看她，遭遇的却是她的愁眉苦脸。说不定后面还会有一连串令他摸不着头脑的抱怨和责难。也许他真的有事耽搁，也许他会反问你为何不来找我？无论如何，对于女子莫名其妙的脾气他多半是不能体会的。闹到最后，要么不欢而散，要么好生哄劝，让对方破涕为笑。

以上只是对“云胡不喜”的一种情景猜测。事实上，这样的心理在女性身上是非常常见的，也是最令男性头痛的。最有名的例子恐怕就是《红楼梦》中的林黛玉了。明明心中深爱宝玉，但却每每言语相碰，吵得不欢而散。散了心里仍是放不下，盼着对方再来看望自己，但来时自己却又放不下面子，说几句不饶人的话，来来回回为爱情磨牙。

男女相爱中如此多的不相通和小误会实在是可爱又可恨，但这也恰恰是爱情中不可缺失的一环，令当事人回味无穷。《郑风》有一首《山有扶苏》更将这种不相通发挥到极致，是爱情诗里最令人费解的一首。

山有扶苏，隰有荷华。不见子都，乃见狂且。

山有乔松，隰有游龙。不见子充，乃见狡童。

“山有扶苏，隰有荷华”也是较有名的句子，不但在诗词领域，更在植物学领域。在荷花的科普文章里，为了证明它存在的久远性，常常要引用这句诗来做佐证。整首诗的结构很简单，先以“山有 x，隰有 x”起兴，然后就开始抒发对眼前人的评价：我没有见到美男子，却见到你这个狂小子 / 小鲜肉。这句话看似简单，其实颇令人费解。特别是在不能见到说话者的表情动作时，单纯分析文本存在多种可能性。“子都”和“子充”都是古代对美男子的称呼。那么这里的美男子是否有所指？他是否是女子心中惦念的那个人？抑或只是她希望出现在生命里的理想先生？这个我们必须要看当事人的情态动作才能判断。而更有趣的是“狂且”和“狡童”所指代的对象。从两个词汇的用法看，可以推测站在女子面前的这一位男子年龄还不成熟，至少在女子眼中并不庄重得体。或许还带着自以为是的傲慢，令她非常不快。但这也只是一种推测，因为还可以有另一种解释，即女子喜欢的就是眼前这一位。“狂且”和“狡童”并非贬义，而只是一种娇嗔。两人你一言我一语，其实是在试探对方。如果是这种解释，道学家们就不易接受。不过还有一种可能，即这位女子就是在城楼上等心上人不至，见到他又无法喜形于色的那个她。当他终于出现在自己眼前时，不由得语带讥讽，说些“我等的人可不是你”之类的话来刺激对方。这也并非不可能发生。

《子衿》《风雨》和《山有扶苏》描绘的都是女性的心理特征，也是最不易被男性理解和体会的那一层。即使是女性，因为每个人性格的不同，也不一定能够全盘理解，往往自己未曾经历过便不能领会。相比《氓》中的“不见复关，泣涕涟涟。既见复关，载笑载言”这样直白生动、大开大合式的描写，《郑风》中的这三首就显得晦涩、隐匿，或者说显得矫情。这样的对女性心理的精妙捕捉固然精准细腻，但正因为如此也失去了通俗的共鸣。再加上“解诗人”的道德或政治附会，让诗歌本身变得更加“扑朔迷离”。

幸福之家

托尔斯泰说，幸福的家庭都一样，不幸的家庭各有各的不幸。这句概括可谓涵盖古今中外，词句虽简，却道尽人间冷暖。关于先秦时代的家庭，卫风中已经对不幸中的一种描述得十分透彻。“三岁为妇，靡室劳矣。夙兴夜寐，靡有朝矣。言既遂矣，至于暴矣。”这是不幸家庭中痛彻心扉的一类：贫贱夫妻，遭遇家暴，直至最后被抛弃。而对于幸福的家庭，《诗经》中相关描写却不多。这是否证明苦难是人生之真相？或者，幸福都不能入诗吧？《诗经》开创了中国诗的创作气质——忧而为诗。中国诗人在愉悦之时是很少动笔的。

有趣的是，《郑风》中偏偏有两首描写幸福家庭的诗篇。不妨来看看先秦时代的夫妻都是怎样相亲相爱的：

缁衣之宜兮，敝，予又改为兮。适子之馆兮，还，予授子之粲兮。
缁衣之好兮，敝，予又改造兮。适子之馆兮，还，予授子之粲兮。
缁衣之席兮，敝，予又改作兮。适子之馆兮，还，予授子之粲兮。

（缁衣）

《缁衣》在《诗经》中不出名，极少有人想起它。《毛诗序》言其“美武公也”，说的是郑武公与其父郑桓公皆为周天子恪尽职守。《礼记》中也有“好贤如《缁衣》”之句。诗作的内容十分简洁，三段复踏所说的都是一个意思，只是程度有所加深。缁衣是大夫在政府部门工作时所穿的一种黑色工作装，极庄重。三段所咏唱的意思是，这身正装穿在身上真合适，如有破损我就为你缝补，等你回来就有新衣穿了。

中国人有喜好歌功颂德的，也许《缁衣》的确是郑国人民歌咏伟大人物的朴素作品，正如《叔于田》赞颂的也许是共叔段。但这或许是狭隘的。一首诗如果不能与当时的时代结合，那么它的流传就会断层。如果我们仍旧坚持把《缁衣》看作一首歌功颂德之作，将断送了这首诗的价值。

我愿意只按字面理解，将《缁衣》看作一首妻子表达爱意的情诗。还记得《邶风》中情思缱绻、哀婉动人的《绿衣》吗？

“绿兮丝兮，女所治兮。”诗人睹物思人，想念的是曾为他缝补裁衣的妻子。绿衣是贵族男子的家常便服，因为贴身舒适，多于温馨放松的家庭环境中穿戴。衣服本身予以人的生理感触就是令人快慰的，而绿衣出自所爱人之手，每一针每一线都蕴满了妻子的爱意。这件普通的绿衣便不再普通，人亡物在，无论时光流逝多少年也不会忘记。缁衣虽然不比绿衣舒适温馨，但同样出自爱人之手，即使在繁忙劳累的办公场所，闲暇时摸摸衣襟，那股浓浓的爱意也会在心底流淌。不必担心破损，回到家里妻子会为他缝补。更不必担忧破旧，妻子会迅速为他赶制新衣。而这一切的付出并非为了礼法，只是因为对他的爱。缁衣的每一寸都有她双手抚摸过的余温，当他的手指轻轻拂过时，他们的心便在那一刹那轻轻碰触。

《女曰鸡鸣》不但是《郑风》中的名作，更在整部《诗经》中都有着特殊的地位。它是不多的直接描写夫妻生活的作品，且风格诙谐、格调清新。读了这首诗，你只会产生对婚姻的美好向往：所谓“婚姻是爱情的坟墓”竟是无稽之谈；所谓“及尔偕老，老使我怨”竟令人生厌。

女曰鸡鸣，士曰昧旦。子兴视夜，明星有烂。将翱将翔，弋凫与雁。

弋言加之，与子宜之。宜言饮酒，与子偕老。琴瑟在御，莫不静好。

知子之来之，杂佩以赠之。知子之顺之，杂佩以问之。知子之好之，杂佩以报之。

第一段开篇即引入情景对话，妻子说鸡叫了，丈夫说天还没亮呢。不信你看！天上还有星星呢！紧接着妻子催促丈夫起身出门狩猎。丈夫似乎有点不情愿，但我猜还是去了。接下来是对幸福的婚姻生活和爱情的描写，可以用时下最流行的话概括：岁月静好，现世安稳。

关于后两段是男子言还是女子言，抑或是对话，历来说法不一。我个人的看法是，第二段是妻子所言，第三段是丈夫的爱之回答。妻子说，你打回猎物，我为你烹饪，与你举杯共饮，白头偕老。末句“琴瑟在御，莫不静好”是幸福婚姻的经典标签。是从物质生活到精神共通境界的升华，即双方不但生活和谐，更是难得的灵魂伴侣。《关雎》中说：“窈窕淑女，琴瑟友之。”又道：“窈窕淑女，钟鼓乐之。”憧憬的就是两情相悦步入婚姻殿堂后的美满生活，意即婚姻不但是生活与情欲的满足，更是精神世界的大丰收。夫妻要在物质与精神上都保持一致才能获得理想的幸福婚姻。这也就是先秦时代对婚姻的最高期待吧？

进而，丈夫要进一步表示自己的爱意，而男人的表达却总少不了物质的许诺。当然，不得不承认，这也是女性普遍的期待，即使是文艺女性也同样需要物质生活的保障。

杂佩是玉石珠宝的混合体，用来装饰服装仪表。送珠宝是男人表达爱情的完美方式，求婚的钻戒，下聘的“金三件”，偶尔带来惊喜的生日或节日馈赠。蒂凡尼的蓝缎带令美国女人为之疯狂，中国女人对珠宝玉石也毫不犹豫。女人对珠宝的热爱是天生的，藏在骨子里。男人若想表达爱意或讨得欢心，珠宝就是最合适的礼品。

又是佳肴美酒，又是琴瑟和谐，又是珠宝慰问，美满的标签齐全了，想必诗中的女子乐开了花。而《氓》中的那位受苦受难被爱情欺骗被婚姻毁损的女子，如果知道这一切不知会有多悲酸。“贫贱夫妻百事哀”，千年后的一句诗可以反过来做最贴切的注脚。贫穷令她在夫家操心劳力、吃苦受累，可最终别说杂佩，连一个好脸色都看不到。她待丈夫披肝沥胆，而丈夫待她却弃如敝屣。可悲！可叹！

谈富有是件庸俗的事，但维持幸福生活的最基本条件却恰恰是物质生活的满足。说女人爱财，似有贬损之嫌，但金钱的确是女人获得安全感的第一保障。在男权社会里女性是弱者，弱者往往会将目光投向最有利于她的点与面上。生于红尘，人皆不易，以生存之基本为准绳来衡量一个人的价值观是无意义的。只要是有义之财，得之安之。红尘男女，相悦即好。

是妾断肠时

《郑风》之特别，在于它疏于写意而精于写实。无论是《关雎》还是《蒹葭》，我们看到的宛如一幅泼墨。没有来龙去脉也没有情景特写，只是一种情愫，一种思绪，一种抒怀。洋洋洒洒唱上几段，反复吟咏中意犹未尽。但《郑风》却与之相反，往往将镜头聚焦于某一时刻或某一情景，放大细描之下，当事人的喜怒哀乐、表情动作、言谈举止一一尽收眼底。野外搭弓射箭与猛虎搏斗的共叔段（《大叔于田》），破晓时分在卧榻上绵绵絮语的夫妻（《女曰鸡鸣》），风雨凄凄时再见心上人却难展欢颜的女子（《风雨》），《郑风》展开的是一帧帧生动的画面，宛如电影里放大的特写，细到每一帧。

前文说了幸福的家庭，这一篇就接着说说家庭中的不幸。关于这一点，《卫风》中的《氓》无疑是最优秀的代表作，无论是文学性、思想性、艺术性都无可超越。《郑风》中的家庭哀诗固然不能与《氓》相提并论，但却具有其独到的特色与价值，且可以充实对《氓》的解读。

遵大路兮，掺执子之祛兮，无我恶兮，不寁故也！
遵大路兮，掺执子之手兮，无我魗兮，不寁好也！

（遵大路）

诗歌很简短，两段语意相近：沿着大路走啊，拉着你的袖口，请你不要厌恶我，不要这样快就放弃你对我的好。全诗意思大体如此，没有前言也没有后语，一上场就是哀求不止。哭喊声已经旋绕于耳畔，泪珠早已模糊了哭诉者的脸。歌者想必是一位女子。在古代，女人一旦失去男人，这一生也就宛如走到了尽头，绝望的人谈何颜面？为了生存，尊严也可放下。这不可悲，而是人之常情。

丈夫为何执意要走，为何对妻子的哭诉不予理会，又为何要厌恶她，甚至憎恨她？诗中并没有详说。我们可以有多种猜测：喜新厌旧是最常见的一个原因，爱上别人无须理由。也许当初也没有爱过她，娶她只是父母所迫。谁知道这位丈夫是不是潇洒地去追求真爱了。如果他不爱她，无论早晚，都可以弃之不顾。她不一定有错，她的存在就是错。

那么，万一她真的有错呢？

> 扬之水，不流束楚。终鲜兄弟，维予与女。无信人之言，人实迋女。
>
> 扬之水，不流束薪。终鲜兄弟，维予二人。无信人之言，人实不信。
>
> （扬之水）

水流激荡，象征当事人激烈动荡的心。她在哭求丈夫与自己同心，不要相信小人之言。她娘家没有兄弟，能依靠的就只有他了。如果他再把她当外人，这辈子就……其心境之惨烈，不下《遵大路》。也许，是同一对夫妻吧？她拉着他的衣袖，一路走一路哭地来到水边，激扬奔腾的水花正如她滔滔不绝的泪水。他离开她，或许是听到了什么风言风语，认为洞晓了她背着他做过的不堪之事。而她此刻所能做的只有哀戚地申辩。

她究竟有没有做错事？我们并不知情。也许她只是颇有几分姿色，因与别家男子多了三言两语，便有好事的邻居说三道四，唯恐她过得太恣意。也许她真的逾越了东墙，看枝头红杏楚楚，正心驰神荡。不管她是否有错，很明显，她不能离开她的丈夫。道理也很简单，娘家没人。似乎《扬之水》可以换个说法：你欺负我娘家无人替我做主！“终鲜兄弟”才是这个女人最大的痛。因为娘家没人，她没有退路，绝境里失去尊严，只能苦苦哀求。因为娘家没人，丈夫可以这样生她的气，听信别人的闲言碎语，羞辱她；因为娘家没人，别人才看准了她不得不一棵树上吊死的险境，说三道四、挑拨是非，破坏他们夫妻关系。没有社会地位、不受法律保护的时代里，娘家人就是女人的保障，尽管这保障往往形同虚设。《氓》已经很好地证明了这一点。但有和没有仍然是不同的，在一些场合，娘家势力强大，兄弟拥有权势，可以给夫婿造成心理上的威慑，令其对待妻子礼敬三分。但如果没有这些优势，女人在夫家的地位以及在丈夫面前的地位就会大打折扣，苦水也只得自己吞咽。

不妨再想想《氓》中的女主人公，曾经对爱情那样的执迷，为家庭付出了那么多，而丈夫的家暴从何而来？是否也曾听信了流言蜚语，让忠贞不贰的妻子心痛。是否她也曾在大路边哭求他不要憎恶自己，不要相信他人对自己的诽谤？我们不知道，但我们知道这些女人的结局都很相似。她们生活在不幸的家庭里，体味肝肠寸断之痛。无论爱过或是不曾爱过，她们都不得不站在弱势的一方，伴着眼泪和屈辱唱起悲伤的歌。

春已归来，看美人头上，袅袅春幡

浪漫温馨的爱情场面，郑国人一口气就写了三篇。篇篇都珠圆玉润，格调清雅，文采华美。不但是动人的爱之歌谣，更是先秦时代的帧帧隽影，文学价值之外更具备民俗学和史学价值。

中国人写爱情大多凄婉，欢乐的情景都在回忆之中。“我的爱人像朵红红的玫瑰”一类的词句历来都只在外国情诗选集中才会看到。中国人的古典情诗是感伤体。但在诗歌诞生的早期，形式与内容却并不贫乏，呈现多种多样、多姿多彩的局面。于爱情这一主题上，有单相思，有为情所困，有被抛弃，有闹矛盾，有失恋，还有悼亡。更难得的是，还有像“红红的玫瑰”一类的赞美美好爱情、赞美爱人的抒情诗。

《有女同车》这一名字听起来并不陌生。张爱玲有一篇同名文章，主旨是叹讽女人们的话题总是离不开男人，精神上不能独立。张爱玲借用了《郑风》里一首诗的诗名，而原诗的主旨说的虽也是男女之事，但并不是讽刺女性，恰是将女主角视为鲜花美玉，加以赞美歌咏。

有女同车，颜如舜华。将翱将翔，佩玉琼琚。彼美孟姜，洵美且都。
有女同行，颜如舜英。将翱将翔，佩玉将将。彼美孟姜，德音不忘。

关于这首诗主旨的解读，《毛诗序》的看法引起了我的注意，里面说：“太子忽尝有功于齐，齐侯请妻之；齐女贤而不娶，卒以无大国之助，至于见逐，故国人刺之。”如果此说成立，那么就有一个问题，这里的孟姜究竟指谁？

郑国太子忽与齐国联姻的恩怨见于《左传》。《左传·桓公六年》

有一条记载，言：“公之未昏于齐也，齐侯欲以文姜妻郑大子忽。大子忽辞，人问其故，大子曰：‘人各有耦，齐大，非吾耦也。’”“齐大非偶”的成语就是这么来的，而故事中的文姜就是与兄长齐襄公乱伦的齐国公主。如果《有女同车》说的就是这件事的话，那么诗中的孟姜就应该是文姜。然而，我们知道文姜的父亲齐僖公还有一个女儿，也就是嫁到卫国的大名鼎鼎的宣姜。

宣姜与文姜谁长谁幼？《史记》与《左传》中均无明确记载。只有小说《东周列国志》中明确说：“齐僖公二女，长宣姜，次文姜。”如果小说之言是准确的话，那么《有女同车》中的孟姜就应该是宣姜而非文姜。因为很明显，孟是排序的意思，孟姜即为姜家大女儿。这听起来有些乱，但这样推下去，宣姜与文姜的姐妹次序的确是一个谜。或者我们顺带演绎一番，假定诗中的孟姜是宣姜，太子忽所爱为宣姜，但宣姜已定给卫国太子。忽不愿与文姜结合，故而抛出“齐大非偶”之说，一出历史八卦。

围绕姐俩的谜团不必挂心，因为《有女同车》这首诗的趣旨并不在孟姜到底是谁上，就连坐在车上的那个男子是否就是郑国太子忽都不重要。诗中写了什么才是重点。诗歌不长，画面优美明快，且动感十足。一辆马车从远处驰来，车上坐着一男一女，皆是华服美饰的贵族出身。男子看着身边的女子，双眼含情脉脉，夸赞她美得宛如木槿花，不但美丽且有德行。木槿花与荷花同季，因此我们可判断故事发生和成诗的季节在盛夏。而木槿花花姿娇艳欲滴，给人以楚楚可人之感。这种花的姿态并不高冷，会引起观赏者爱惜的冲动，忍不住想与之亲昵。因此诗歌以木槿花来衬托爱情是非常贴切的。而更有趣的是，这首诗的诗风非常“洋派”，颇有些十九世纪欧洲上流社会绅士淑女欢悦嬉戏的画风。熟悉英国女作家奥斯汀的朋友一定读过《诺桑觉寺》这本书。书中女主角凯瑟琳就曾被爱慕者哄骗出去驾车满城游玩，绅士淑女同乘马车的画面在电影中也频频出现。可以说，在那个时代，男女驾车出游也是恋爱的一种方式。巧合的是，我们的先秦时代竟也有这样一幅画面。他们年轻貌美，彼此爱慕，在郊游中增进了解为感情升温。无论古今中外，这样的场景都令人心荡神驰，情歌旖旎中是一首绝妙的诗。

由于马车在先秦时代是贵族专供，恐怕被征用出来用以约会的也不多。大多数的青年男女是手挽手到山林水边漫步，边走边唱，喁喁絮语。

野有蔓草，零露漙兮。有美一人，清扬婉兮。邂逅相遇，适我愿兮。

野有蔓草，零露瀼瀼。有美一人，婉如清扬。邂逅相遇，与子偕臧。

（野有蔓草）

这同样是以男子口吻赞美恋人的诗。与《有女同车》相比，文辞少了夸张和华美，归于精简。文辞间闻得到山谷里野草的清香，女主角仙姿楚楚，气韵芳华。

全诗语意简明：在野草芬芳的旷野，男子与美人相遇并对她一见钟情，发誓要与她白头偕老。《野有蔓草》更突出的一点是它不但歌咏了爱情，且触及到了婚姻。《有女同车》是纯粹的恋歌，从头到尾都只在赞美。而《野有蔓草》不但赞美，更直接表明愿意共结连理。当然于诗歌本身而言这并无出奇之处，但在诗歌之外，这却是一个亮点。对绝大多数的女人来说，婚姻都是爱情的目的。如果男人迟迟不肯迈出婚姻这一步，女人不但会对他的情感表示怀疑，甚至会对他的道德做出负面的评判。而如果一个男人在恋爱初始就明确表示有与之结婚的打算，那么女人多半会被打动，并坚定地与他走下去。当然，一些男人以此为诱饵诱骗女性的情感也时有发生，但这也从反面印证了婚姻对于女性的重要性。

《有女同车》中我们看到了男人心中的女德，而《野有蔓草》让我们看到了女人心中的男德。两首短小绝妙的小诗蕴藏了男女不同的爱情观和价值观，殊为难得。文字虽简，道理却深。

另一首《溱洧》现在看极具汉唐仪容，虽然时代要比汉唐早上许多。

溱与洧，方涣涣兮。
士与女，方秉蕑兮。
女曰观乎？士曰既且。
且往观乎，洧之外，洵訏且乐。

维士与女，伊其相谑，赠之以勺药。
溱与洧，浏其清矣。
士与女，殷其盈矣。
女曰观乎？士曰既且。
且往观乎，洧之外，洵訏且乐。
维士与女，伊其将谑，赠之以勺药。

溱（zhēn）与洧（wěi）是两条河流的名字。先秦时代男女约会，一般都去水边。因此水是爱情的见证，也常常被看作爱情的象征。然而《诗经》里的水却大多是苦的，不是喝起来苦，而是见了太多的人间悲苦，让人心里苦。“汉之广矣，不可泳思。江之永矣，不可方思”（《周南·汉广》），唱的是求而不得；“江有汜，之子归，不我以。不我以，其后也悔”（《召南·江有汜》），里面的咏唱者捶胸顿足，痛彻心扉，与其说在唱不如说在号啕；“毖彼泉水，亦流于淇。有怀于卫，靡日不思”（《邶风·泉水》），则是远离故国之人对祖国家乡的思念；“扬之水，白石粼粼。我闻有命，不敢以告人！”（《唐风·扬之水》）则似暗藏杀机，读之心生忧虑。数来数去，与水相关的诗令人愉悦者着实不多，因此《溱洧》的出现就尤为难得。

与《有女同车》和《野有蔓草》都不同的是，《溱洧》虽也是描述男女约会，但情节生动，场面宏大，叙事更完整。作者以第三人称展开诗篇，兼以人物对话和细节描写，从片段升华为一个故事，更为花卉文化增添了注脚。

诗中出现的花卉有芍药和蕳。先说后者，蕳是一种兰花。它不仅出现在此诗中，在《陈风·泽陂》里我们也看到了它的身影：“彼泽之陂，有蒲与蕳”出现在该诗的第二段。有趣的是，该诗共三段，第一段和第三段说的都是蒲草和荷花，偏偏第二段说的是荷花与蕳。《泽陂》也是一首爱情诗，如果蒲草象征感情的柔韧，荷花代表爱情的美好高洁，那么蕳又代表了什么呢？为什么会掺和进这首爱情诗里呢？查了一下百科，这种花现在叫泽兰，又名露蕊乌头，生长在草地或水边，花深紫色，貌不惊人，可以入药。也许是生长位置的原因让喜欢在水边约会的男女常常看到它并不傲人的身姿，并随手采摘，或做把玩，或凑成一束送给对方。《溱洧》中的男女出场时手中就拿着这种兰草。它或许正象征了情感中朴实而真挚的一面。

诗中的士与女有一段对话：女说去看看？士说看过了。女又说再去看看！仿佛读得到字里行间的暧昧与挑逗，眉宇之间的脉脉含情也就在眼前一般。到底去看什么？诗里没有说。要么是看个热闹，要么是看看景色，反正是能给人身心愉悦的景物。两人在洧水边尽情愉悦，互赠芍药为信物。芍药花姿容艳丽，常与牡丹相提并论，有“花后”之称。用它来代表爱情，令人想到爱情中绚丽的一面。唐代诗人柳宗元的《戏题阶前芍药》一诗的末句便化用此诗，有“愿致溱洧赠，悠悠南国人”一句。不过后世的诗歌里，芍药却与爱情渐无瓜葛了。唐代诗人张泌的“零落若教随暮雨，又应愁杀别离人”之句颇为动情，蕴含的却是离别之意；宋代诗人洪炎的“看取三春如转影，折来一笑是生涯”则跳脱凄切的情愫，道出对光阴遽逝的感叹；南宋大词人姜夔，走马扬州故城，感叹家国兴衰，咏唱“念桥边红药，年年知为谁生”，道出无限哀思。爱情在道学家眼中越来越淫邪，不似西方文化中那般神圣。我们常常以桃花为喻，却又流于俗艳。桃花在先秦本是与婚姻相连的，寓意也很美好，可在后世却被庸俗化了。

《溱洧》描写的是大场面，诗中并非只讲一对男女，而是男男女女在此欢会。在这群男女中，诗人聚焦于某一对，整首诗的画面感很丰富，似乎也听得到嘈杂的画外音。热热闹闹的，与《诗经》里其他的爱情诗很不一样。其他诗中，爱情是私密的，要么只有当事人知道，要么连当事人自己也不知道。总之空间感狭小，非常隐晦。但《溱洧》的欢悦却让人想到杜甫的《丽人行》：“三月三日天气新，长安水边多丽人。态浓意远淑且真，肌理细腻骨肉匀。”我们一回想大唐，总觉得气象万千、恢宏浩大。长安水边的情形大概与溱洧河边类似，只是景象更瑰丽些吧？

东门情歌

《诗经》里好多次提到一个叫东门的地方，想必并非都是同一扇门，但有趣的是都与爱情有关。《郑风》中提到东门的诗有两首，《陈风》里还多一首，陈国的爱情以后再聊，这里只说郑国的。

东门之墠，茹藘在阪。其室则迩，其人甚远。
东门之栗，有践家室。岂不尔思？子不我即！

（东门之墠）

诗人当徘徊于东门之地，看着东门外的郊野，小山坡上长满茜草，栗树几棵，屋舍成排。面对此情此景，诗人想起了似近还远的心上人。形式是典型的郑风体，简约短小。内容与情愫也是浓浓的郑国风，含蓄、隐忍，带点淡淡的幽怨。撷取的角度与《狡童》和《褰裳》类似，属于小说中的心理描写一类。但《东门之墠》则显得更隐晦一些，因为猜不到诗的背后是否发生过什么具体的故事，诗歌本身传达给我们的仅仅是一种情感。

唱出这词句的是男是女，诗里看不出，我个人认为都可以。但无论男女，大抵是单相思，因为诗里说得很明确，“哪里是我不想你，实在是你不肯与我亲近！”而这一句的直白之上则是最意味深长的那句“其室则迩，其人甚远。”“岂不尔思？子不我即！”只是一句普通的埋怨，虽然读者都明白，但于作品赏读中只觉得缺少了点什么，而这一点则在上一段的末句里很好地写出了。缺的就是那点含蓄，那点情感受创时心中的不甘、无奈和拧巴。明明她（他）的住所那么近，但诗人却觉得她（他）很远。不是物理的远，而是心理层面上的感伤和疏离。如果他们是相爱的，恐怕天边都是近的，但对方偏偏是不在自己感情触碰之内的。也许对方与自己年龄不匹配，也许家室不登对，也许只是单纯的“爱情是不能勉强的”。总之，诗人是无望的，而这种无望又与《汉广》那种絮絮叨叨的牢骚不同。诗人不多说，只说一远一近，惜字如金。我能说的只有这么多，懂不懂在你，你若懂，心即合。作为读者，有时觉得作者也会和我们“耍花招”。或者说是文学创作的一种技巧，但技巧源于某次原始的表达形式，读者觉得好，便慢慢形成一种技能，甚至变成套路。《东门之墠》大概不是为了玩技巧，但它的技巧却绵延后世，很多言情小说都爱使这一招，但这原创却反倒不那么著名。

不妨做一个大胆的猜测，诗人是一位女子，而她单恋的那个人心里还有别人。此时，她独在室内想他，而他则走出家门，来到东门，乐呵呵地寻找他心中的那个她。

> 出其东门，有女如云。虽则如云，匪我思存。缟衣綦巾，聊乐我员。
> 出其闉阇，有女如荼。虽则如荼，匪我思且。缟衣茹藘，聊可与娱。
>
> （出其东门）

这首诗虽然整体来说并不算有名，但其中一句却不算陌生，那就是“匪我思存”。正如琼瑶助力推广了“在水一方”，一位 80 后言情女作家的笔名也让《出其东门》中这一句脍炙人口。“匪我思存”的含义是并非我思念的那个人。换用更熟悉的说法，就是“弱水三千，只取一瓢”。整首《出其东门》所表达的就是这个意思，“万花丛中过，片叶不沾身。”

这位男子对东门外来来往往的美女都看不上眼，唯独喜欢出身寒微的那一个。“缟衣綦巾”和“缟衣茹藘”都是布衣人家女孩子的打扮。而一个男子敢说我就爱平凡人家之女子这样的话，多半他出身高贵，至少并不低微。这样说来，短短的片段倒有些灰姑娘的意思了。也许那“缟衣綦巾”的女子与他在某地相会后令他念念不忘。虽然心事遭到了朋友的嘲笑和长辈的不解，但他偏偏爱慕她，要找到她。正如王子追逐着午夜时分逃跑的灰姑娘，这位贵族小伙子追到东门外，面对仕女如云的场景却仍不改初衷。我们看到他的执着，也看到他的真心，难免心生感动。但假如他正是《东门之墠》中的女子暗恋的那一个，这剧情就似乎有些悲酸了。一个默默思慕，一个追逐着另一个人，他不知道她的爱，一心只想着对另一个她的情。又或许他知道却不能接受，她也不过是他眼前的“有女如云”，这就更添了几分感伤。总的来说，就是言情套路里百发百中的三角恋。那个家中思量的女子，像看了场三个人的电影，她“却始终不能有姓名”。

我们的爱情
像你路过的风景
一直在进行
脚步却从来不会为我而停

真正惆怅。不过，这只是我编的故事罢了。

亲者痛

说父母干涉子女婚姻，古今中外都不算新鲜。西方有《罗密欧与朱丽叶》，中国有《梁山伯与祝英台》，干涉的理由和方式以及引发的后果也极具普遍意义，东西方在此不存在较大差异。

将仲子兮，无逾我里，无折我树杞。岂敢爱之？畏我父母。仲可怀也，父母之言亦可畏也。

将仲子兮，无逾我墙，无折我树桑。岂敢爱之？畏我诸兄。仲可怀也，诸兄之言亦可畏也。

将仲子兮，无逾我园，无折我树檀。岂敢爱之？畏人之多言。仲可怀也，人之多言亦可畏也。

《将仲子》大概是最早反映父母干涉子女婚姻悲剧的一部作品吧？与后世的旷世名作《孔雀东南飞》不同的是，后者讲了一个长长的故事，而前者只截取了长长故事中的一个片段，由一名当事人说出自己的心情和愿望，读者从她的话里判断事情的来龙去脉。《郑风》的作品常常是一个个分镜头，或者局部特写，放大人物的某一个细节，或特写某一个故事的某一个片段，以小见大。

这位女主角在祈求，祈求这位追求者停止这一切，放弃对她的爱。理由是害怕父母兄弟责难，他人议论。女主与男主都是什么样的人？为什么他们的爱情会引来这么大的震动？诗中没有说，推测很可能是门户不对，或女子已许他人，或两家为仇敌。最后一种可能相对小一些，因为比较戏剧化，不具备普遍意义。因门第观念而阻止的情况比较多，第二种也不罕见，特别是在春秋，男女可以自由恋爱。这就会造成两代人不同想法和追求的矛盾与对立。

面对婚恋，父母与子女的想法总是不同的。父母更重利，而子女更重情。父母活了半辈子，知道生活的不易，看透了世道的艰辛，知道吃饭穿衣比赌咒发誓重要。他们看人的标准自有一套。子女比较年轻，没经过锤炼，只凭着荷尔蒙的活动决定选择，还没有经历过时间和空间的检验，看问题多少幼稚些。尽管如此，却也不能说父母就是一定对的，子女就一定是错的。算计再多，知道得再充分，人的选择总还有运气作祟，百般思虑后却得不偿失的也不是没有。而情投意合之人固然年轻，但年轻人有勇敢的一面，也有改变命运，与厄运抗争的力量和能力。人的一生又是充满变数的，越是复杂多元的社会越是如此。

阻挠破坏他人的婚姻本是件可恨的事，但如果是父母去做，往往又被人追捧。以爱的名义让权力失去约束是一件非常可悲的事，对人的心理造成的伤害也更大。这就让痛者更痛，而伤人者却大摇大摆，更加恣意。

伍

【齐风】

文姜公主：千古难容兄妹乱情

十有八年春王正月，公会齐侯于泺。公与夫人姜氏遂如齐。夏四月丙子，公薨于齐。丁酉，公之丧至自齐。秋七月，冬十有二月己丑，葬我君桓公。

以上引文出自《春秋》，以极简的文字叙述了一段发生在春秋早期的，震惊“鲁外”的国际事件。《春秋》是鲁国的编年体史书，以鲁国国君为纪年，记录了春秋时代发生在各国的大事小情。文中的王指的是周王，鲁国用周历，故称“王正月”。公是当时在位的鲁桓公，名允。齐侯是齐国的国君齐襄公，名诸儿。而夫人姜氏就是春秋时代著名的美女文姜。

《春秋》对历史的记录极为简单，于是，便出现了解读之作《左传》。决定鲁桓公生死的这场国际事件在《春秋》中似乎看不出有什么不同寻常之处。关于诸多细节，譬如鲁桓公是怎么死的，文姜为什么违背古代礼法也跟着他出访，这一切都没有具体交代。那么，那一年究竟发生了什么？导致鲁国国内发生了巨大的政治变动，而这一切又留下了怎样的传说呢？《左传》为我们做了历史上的第一次解读。

十八年春，公将有行，遂与姜氏如齐。申繻曰：“女有家，男有室，无相渎也，谓之有礼。易此，必败。”

公会齐侯于泺，遂及文姜如齐。齐侯通焉。公谪之，以告。

夏四月丙子，享公。使公子彭生乘公，公薨于车。

鲁人告于齐曰：“寡君畏君之威，不敢宁居，来修旧好。礼成而不反，无所归咎，恶于诸侯。请以彭生除之。”齐人杀彭生。

鲁桓公在位最后一年的春天，决定出访齐国，夫人文姜也要去。一个叫申繻的大臣出来反对，而他的理由听起来有些奇怪："女有家，男有室，无相渎也，谓之有礼。易此，必败。"女子已出嫁，男子已娶妻，不能再见面了，这才是礼，否则会有不堪的后果。乍一听，有些不通。如果说"女有家"指的是文姜，那么"男有室"又是在说谁？是鲁桓公？不会。他们是夫妻，怎么会有"无相渎"的说法？那就一定是齐襄公了。可是，齐襄公与文姜是兄妹关系，也许同母，也许异母，总之父亲都是齐僖公，这个不会有错。那么，兄妹之间的重聚只能算家人聚会，何来"女有家，男有室，无相渎也"之说？兄妹各有婚姻便不能再见面了，古今未有此理。

这究竟是怎么一回事？

公会齐侯于泺，遂及文姜如齐。齐侯通焉。

这一句点明了一切。重点就在"通"字上。

通是什么？说得直白点，就是通奸，也就是有违伦理的男女结合。

文姜与齐襄公之间的事，曾是齐国国内讳莫如深的秘密。申繻有那样一番奇怪的话，说明他对这个秘密早已知晓。既如此，身为当事人的鲁桓公也一定心知肚明。然而，他没有听从劝告。也许是他太爱文姜，也许是文姜受宠任性，也许鲁桓公打算考验人性：文姜与自己共处十五载，生了儿子公子同，这情意敌不过青梅竹马、两小无猜？这毫无瑕疵的婚姻难道压不住见不得人的血缘乱伦？鲁桓公不信命，然而，命运却给了他迎头一击。这一击，直接要了他的命。

南山崔崔，雄狐绥绥。鲁道有荡，齐子由归。既曰归止，曷又怀止？

葛屦五两，冠緌双止。鲁道有荡，齐子庸止。既曰庸止，曷又从止？

蓺麻如之何？衡从其亩。取妻如之何？必告父母。既曰告止，曷又鞠止？

析薪如之何？匪斧不克。取妻如之何？匪媒不得。既曰得止，曷又极止？

这首《南山》据说是唱给文姜的歌，听来沉郁，带着哀音。说它是讽刺也可，但总觉得在讽刺之上还压着那么一种对当事人的哀责，歌词中夹杂着一种悲鸣。《南山》虽收在《齐风》，但很像鲁国人所作，而齐鲁大地上的两国人民最纠结难解的心事就是文姜。

歌中唱：既然你是奉父母之命、媒妁之言嫁到鲁国，又为何还对旧情念念不忘？难道你不知婚姻就像砍柴一样，不用斧子不成事，没有媒妁不成婚？你什么都懂啊！可是为什么仍旧对从前恋恋不舍？

为什么？爱情哪有为什么？礼法束住了人，但束不住心。更何况，鲁桓公十八年的这一个春天，连人也束不住了。

文姜一回到齐国就迅速与齐襄公旧情复燃。也许，这本就是有预谋的。如果文姜不念旧情，她为什么一定要回去？而齐襄公本来是与鲁桓公在泺水会盟，泺水是齐鲁的国境线，不在齐国境内。况且，这种会盟在春秋时代常年发生，年年都有国君在各种地点聚会聊天。可偏偏就在这一年，齐襄公似乎不能尽兴，把鲁桓公邀去了齐国国都。这是否是有所预谋？文姜一回到旧家庭院，立即与哥哥恢复了情侣关系。丈夫得知后大怒，于是便牵出了一桩谋杀丑闻。

四年，鲁桓公与夫人如齐。齐襄公故尝私通鲁夫人。鲁夫人者，襄公女弟也，自釐公时嫁为鲁桓公妇，及桓公来而襄公复通焉。鲁桓公知之，怒夫人，夫人以告齐襄公。齐襄公与鲁君饮，醉之，使力士彭生抱上鲁君车，因拉杀鲁桓公，桓公下车则死矣。鲁人以为让，而齐襄公杀彭生以谢鲁。（史记·齐太公世家）

十八年春，公将有行，遂与夫人如齐。申繻谏止，公不听，遂如齐。齐襄公通桓公夫人。公怒夫人，夫人以告齐侯。夏四月丙子，齐襄公飨公，公醉，使公子彭生抱鲁桓公，因命彭生摺其胁，公死于车。鲁人告于齐曰："寡君畏君之威，不敢宁居，来脩好礼。礼成而不反，无所归咎，请得彭生除丑于诸侯。"齐人杀彭生以悦鲁。（史记·鲁周公世家）

《史记》在《鲁周公世家》和《齐太公世家》分两次记述了这一事件，可见这次暗杀在齐鲁两国国史上的重要性。再结合《左传》中的记载，我们大体上明白了整个事件的经过：鲁桓公发现文姜与齐襄公重修旧好，大发雷霆。文姜不示弱，跑去哥哥面前哭诉。齐襄公不肯退让，非但没有为自己的行为感到羞耻，反倒诱骗鲁桓公来赴宴，趁机指使公子彭生在车中将其谋杀。此事一出，震动两国（合理推断，所有诸侯都会感到震动），成为国际丑闻。而这个丑闻非但没有被历史烟尘所掩埋，却踏破历史的遮羞布，一路冲到今人眼前。

清人方玉润评价这一事件时说："鲁桓、文姜、齐襄三人者，皆千古无耻人也。"方玉润用无耻一词，谴责极狠。三人之耻：第一耻在乱伦；第二在谋杀；第三在明知有乱却不止乱，一味纵容。方玉润痛骂他们，自有他的逻辑和道理。然而三者的耻却又有着各自的侧重。鲁桓公是耻中有怜，他的死令人感到惋惜，他的遭遇容易引起同情；齐襄公耻在蓄意谋杀，加之他为人无常，后引来齐国内乱，自己也不得善终，因此他的形象在后人眼中历来被视为罪魁祸首；而三角关系中的文姜，则是无耻中最具争议的人物。

对文姜的指责，主要来自两点：其一，她参与了乱伦行为；其二，她间接促成了谋杀，为齐鲁两国添了丑闻。当然在古人心里，潜藏在这两点之后的是他们对女人的偏见。就像士大夫把卫国内乱归咎于同样是受害者的宣姜，齐鲁丑闻也主要成了文姜的罪责。这一对姐妹活得喧嚣也痛苦。

文姜与齐襄公是如何乱爱的？他们之间的感情是怎样的？没有资料可以说明他们是如何冲破亲情关系走到情人这条道路上的。我猜测，大概是齐僖公子女太多，宫室庞大。不同姬妾所生的子女被安排在不同宫室抚养，儿时相伴不多，较为陌生。长大后如见陌生人，情感上没有建立起亲情关系，因而产生了绝不应有的男女之情。这种推测是依据英国诗人拜伦与姐姐奥古斯塔的情感关系推断的，但也许文姜与齐襄公其实并不是这样。

文姜嫁到鲁国是在齐僖公二十二年。这一年是鲁桓公继位的第三年。鲁国与周王室同姓，齐国是姜太公后人，两国都是春秋时期的大国。文姜出嫁时，齐国同样出了件大事，齐僖公亲自送女出嫁。这在当时不合礼法，特别是在鲁国人眼中，齐僖公的做法十分出格，给鲁国人以不祥的预感。文姜在鲁国一住十五年，长子与鲁桓公同日生辰，因此取名同，也就是后来的鲁庄公。鲁桓公十分珍爱儿子，没有资料显示他与文姜关系不和。而文姜是夫人，不是普通姬妾，在鲁国的待遇是可想而知的。尽管如此，她仍然忘不了少年时的乱爱，可见齐襄公在她心中占有多么重要的位置。

也许越是不允许便越是逆反，文姜在一个她本不该出现的场合出现了。这一出场就是一出悲剧，也因此她再也没有回到鲁国宫廷。鲁国人气不过，要求齐国杀掉凶手彭生。然而他们心里明白，真正杀死国君的并不是他，但对文姜和齐襄公他们却无能为力。按照惯例，文献记载夫人的称呼应该跟随逝去的国君，就像宣姜，宣字来自卫宣公的谥号。因此，文姜本应为桓姜。然而鲁国人不给她这个称号，代表他们心中的不能原谅和无法接纳。对于这个让他们难堪的女人，始终不能释怀。翻开《左传》之庄公纪年的历史部分，我们发现，文姜的行动始终有迹可循，直至死亡。

庄公二年：夫人姜氏会齐侯于禚。
庄公四年：夫人姜氏享齐侯于祝丘。
庄公五年：夫人姜氏如齐师。
庄公六年：齐人来归卫宝，文姜请之也。
庄公七年：春，夫人姜氏会齐侯于防。冬，夫人姜氏会齐侯于谷。
庄公八年：齐无知弑其君诸儿。
庄公二十一年：夫人姜氏薨。

从鲁桓公死到齐襄公被杀，几乎每一年都会看到文姜的动向，她的目的也简单明了，就是“会齐侯”。至于为什么，所有人都懂。而受伤的鲁国以及新君鲁庄公却对此无能为力，只能眼睁睁地看着她做令他们难堪的事。我始终觉得，鲁国人对文姜怀着很复杂的感情，杂糅了爱恨悲欣和酸甜苦辣，就像诗里唱的那样：

敝笱在梁，其鱼鲂鳏。齐子归止，其从如云。
敝笱在梁，其鱼鲂鱮。齐子归止，其从如雨。
敝笱在梁，其鱼唯唯。齐子归止，其从如水。
（敝笱）

载驱薄薄，簟茀朱鞹。鲁道有荡，齐子发夕。
四骊济济，垂辔沵沵。鲁道有荡，齐子岂弟。

汶水汤汤，行人彭彭。鲁道有荡，齐子翱翔。
汶水滔滔，行人儦儦。鲁道有荡，齐子游遨。
（载驱）

用破篓子（敝笱）比喻文姜的不可阻挡，所表达的感情是一种隐忍的痛，与卫国的公开嘲弄不同。与《南山》相似，尽管两首诗归属于《齐风》，但口吻上更像鲁人的作品，与《左传》中的口吻较吻合。从后来发生的历史来看，鲁国对待齐国嫁来的公主向来比较宽厚。比如文姜的儿媳哀姜，在鲁国内参与政变并没有在鲁国受到处置，却被齐国捉住。也许是齐国怕再惹是非，自己动手杀掉了她。但鲁国却对齐国的做法予以谴责，并以夫人之礼埋葬了哀姜，做事始终有仁义之风。

爱情本就是自私的，自私之人的爱情则天然是一场祸乱。文姜的故事流传着，且她始终处于漩涡的中心。宣姜是不幸的，那么文姜呢？从她自己而言很难说。她的爱是主动的，她的人生是自己选择的。男人们为了她受尽折磨，而她似乎并没有觉得这一切有什么不妥。

久别重逢

《甫田》这首诗，争议比较大。

《毛诗序》认为是讽刺齐襄公，说他“无礼仪而求大功”。也许这样评价齐襄公是对的，但似乎与《甫田》的文本关系不大。方玉润说：“意旨所在，则不可知。”话说得很中肯。不知道就是不知道，不去牵强附会。傅斯年的看法是，“大夫行役在外，其妻思之。”听来似有理，但仔细阅读文本也会感到有些牵强。《甫田》到底说了什么呢？不如先读读原诗：

无田甫田，维莠骄骄。无思远人，劳心忉忉。
无田甫田，维莠桀桀。无思远人，劳心怛怛。
婉兮娈兮，总角丱兮。未几见兮，突而弁兮！

从形式上看，《甫田》的架构稍有不同。前两段结构相同，只切换几个词组，表达的意思是一样的。但与其他诗篇不同的是，第三段忽然另起轮廓，说了与前两段不同的话。好像没什么直接的连接，却又似在为前两段作注。

从内容上看，《甫田》开篇仍然以物起兴，但说的话却并不相同。诗人说，不要种大田，大田里满是高高的杂草；不要思念远人，会让人痛苦难安。嘴上说别去那样做啊！似在劝诫，又是劝谁呢？心里清楚，不会有人听的，却还要说，那就是在对自己说了。

要自己别去种大田，其实也是一种比喻，喻体在后面，就是思远人。与其他诗中直抒思念之苦不同的是，诗人在努力告诉自己不要去想，并同时施加威胁：想了会痛的！然而是否起作用？想必是否定的。

于是想起仓央嘉措那几句著名的诗行：

第一最好不相见，如此便可不相恋。
第二最好不相知，如此便可不相思。

此诗是用藏文写的，以上只是翻译的一种。还有一种比较古雅的翻译，是这样的：

但曾相见便相知，相见何如不见时。
安得与君相诀绝，免教生死作相思。

两种译文都很深情沉痛，应该是爱情诗。爱得执着、热烈、深邃，颇为动人。那么《甫田》也是如此吗？

可是，可不是。

如果这是一首爱情诗，也许如傅斯年所说，是妻子思念在外的丈夫。又或许是妻子思念出征在外的良人，或女子思恋两小无猜却不得不分别的恋人。几种解释都说得通。根据最后一句的意思判断，我猜测诗人与她思念的那个人曾经是童年或少年的玩伴，暗生情愫，后各自天涯。这一日，突然重逢了。

婉兮娈兮，总角丱兮。未几见兮，突而弁兮！

“总角丱兮”的意思是未成年时不束冠，把头发分梳于两侧。“丱（guàn）”字应该就是一个象形字，现在已经不用了。它的意思就是总角。诗人与恋人相识相伴时年龄还小，青梅竹马的类型。不知为什么，有一天两人分别了，但曾经那么要好，这一分别便在心上添了痛。诗人大概是农家女，对种田一事较为熟悉，因此以种田起兴作比，符合生活状态，也比较贴切。他们大概分别了一段时间，重逢时恋人已成年，不再梳总角了，而是把头发挽在头顶，戴了冠。发式的不同常会给人耳目一新的感觉，一个人的气质会因他的装扮而有着一定程度的改变。远道归来的恋人如今已经衣冠翩翩，令人为之一振。在诗人眼中，这是突然重逢中的另一个突然。时光流走，人也变了。从诗人的语气里我们能看出这变化是令她惊喜的，也许还隐隐地藏着某种期待。是什么呢？诗人会不好意思告诉我们吧！她的歌谣到此戛然而止。

又或许这并不是爱情。我猜，也可能是亲情，是母亲思念离别少子的心情。

不知什么原因，儿子未及成年便离开家乡，做母亲的自然想念不已，而这种痛苦足以“劳心怛怛”。当她再见到儿子时，视觉上是突兀的，因为他已成年，面貌发生了大的改变。母亲见了又惊又喜，好像不久之前才分别，再见时儿子都已经这么大了。思念时总以为时光漫长，而再见时面对如此大的改变却觉得时光如梭。但总的来说，心情还是喜悦的。

《甫田》的特别之处在于它内含了一个转折——由故事中的离别转为重逢，引申到情感上的痛苦转为惊喜。因而诗意也一下子丰富起来，读到第三段时有一种豁然开朗的感觉，或者说是一种剧情反转。读者读到这里，眼前一亮，心情也为之一变。而诗人呢？诗人自然比我们还要高兴，不论是恋人、丈夫或是儿子，想念的人到底是回来了。久别重逢的喜悦，三千年前的人懂，我们也懂。

行猎逢知己

打猎在先秦时代并不是件稀奇事，郑国有，秦国有，齐国也有。居住在山东的齐国人民对于打猎的描述摒弃了大场面大制作，而是回归朴实自然的平民生活，将打猎描述成一件趣事、小事，生活中的事。

你看，山中一条小道，道路尽头走来一人，手里牵着一条猎狗，那姿态可是惹人要多看上几眼呢！

卢令令，其人美且仁。
卢重环，其人美且鬈。
卢重鋂，其人美且偲。
（卢令）

卢是猎犬，令是象声词，是猎犬脖子套环上挂的铜铃发出的丁零零的声音。“重环”与“重鋂”都是套环，看来是好几层，说明主人十分钟爱这条猎犬，装备上下了功夫，当作一半的亲人了。猎犬尚且如此配备，主人又如何呢？“美且仁”，样貌好、气质佳；“美且鬈”，是一位美髯公。作为要与禽兽搏斗的男子，留着胡子不但彰显威仪，也隐隐地透着成熟性感的信号。“美且偲”，足智多谋，是个好猎人。禽兽固然是动物，但禽兽也有聪明的和不聪明的。想要成功结果它们的性命，还是需要一些智慧和技巧的。显然，这位猎人是把好手，谙熟狩猎技艺，身手不凡，令人赞叹。

三段短小精悍，一幅风风火火的行猎图已然绘出。虽然他仍在路上，并未看到他的战利品，但几句赞叹已足以看出他将有怎样的成绩，无需啰唆。

全诗以旁人的语气赞叹这位当事人，那么诗人又是谁呢？应该也是一位猎人吧？

子之还兮，遭我乎猺之间兮。并驱从两肩兮，揖我谓我儇兮。
子之茂兮，遭我乎猺之道兮。并驱从两牡兮，揖我谓我好兮。
子之昌兮，遭我乎猺之阳兮。并驱从两狼兮，揖我谓我臧兮。

（还）

“还（xuán）”是矫捷轻健的意思。“猺（náo）”是山名。这个字很怪，山名竟然用犬字旁，乍一看以为是一种动物。我怀疑这原本就是一种动物的名称，因为此山多此物种，日子久了就被称为猺山。“子”是先秦时代对对方的称呼，不分男女。在“足下”一类词还没有出现时，“子”是最常用的代称，相当于今天的“你”。

这位同样身手不凡的猎人走在猺山的小道上，步子轻快，心情愉悦。忽然，对面走来了一位美髯公，一手牵着猎犬，样貌也是不俗。心中不禁快活，唱着歌夸赞对方。除了夸他身手好，还具体说了事例：“并驱从两肩（牡/狼）兮”。并字语意有些歧义，有说是并且的意思，有说是一同的意思。我比较赞成后者。两位猎人在山间小道相遇，十分投缘，彼此聊聊生活近况，说着说着猎物来了。但很显然，可不是兔子野鸡一类好对付的，而是身形较为硕大，性情也凶猛的兽。前两者具体不明，但第三个提到的狼就很明显是一种凶猛的物种了。在没有火药的年代，仅凭弓箭刀斧一类的冷兵器，与猛兽单打独斗的确不合适。两人或多人搭伴一同上阵，不但保证安全，也可在数量上多得。最后满载战利品一路说说笑笑回家，两家结为朋友，又是长久的愉悦。

从诗歌内容上看，两位猎人此次进山打猎是成功的。不但如此，且互相欣赏。“揖我谓我儇（好/臧）兮”都是对方夸奖我。“揖”是作揖，一个“揖”字便看出对方对“我”的钦佩。志同道合又互相欣赏，狩猎生涯不再只有凶险和枯燥。

方玉润评：“盖游猎自是齐俗所尚，诗人即所见以咏之。”我觉得游猎并非只是齐俗，也许山东的山多了些，给后世的印象便是这里的人爱打猎。但在先秦，打猎是一种生活来源，并不像后世，多是游牧民族的生活方式。先秦的国君爱狩猎，四季不断，也并非是单纯为了纪念或传承什么，与清代的木兰围场不大一样。国君狩猎，当然不是为了生存，娱乐的成分显然更多些。而得到的猎物可自己享用，也可赐给随从，买个好，何乐而不为。在民间，耕种虽然是汉族人民主要的食物来源和生活方式，但在各个地域，狩猎仍然占有较大的比重。彼时耕种比不上今天的丰富和灵活，且显然地里长不出肉来。想要尝鲜，不去自己动手怎么行？还有身上要穿的皮，国君喜欢的裘，哪一样不是狩猎得来？狩猎是实实在在的生存方式与生活趣味，可以增进团结互助，口里哼着小曲儿唱着小词儿，也可陶冶情操。

芙蓉帐暖度春宵

《诗经》里不乏艳情诗，比如《召南》中的《野有死麕》，大概是可以摆在台面上的最赤裸裸的性爱诗了。我们熟知的郑卫之声里，其实一点艳情的影子都没有，只有一些美好的以及并不美好的爱情。但在风气开放的齐国，情况便大有不同。《齐风》里爱情诗虽不多，极富艳情色彩的诗作倒是有两首。

东方之日兮，彼姝者子，在我室兮。在我室兮，履我即兮。
东方之月兮，彼姝者子，在我闼兮。在我闼兮，履我发兮。

（东方之日）

从诗意来看，叙述场面非常简洁。早上太阳升起来了，美人还在我的室内，她踩着我的膝头走过。短短几句话，有时间，有地点，有人物，有你看得见的动作，也有你没看见却可以想得到的景象。

大清早上，屋子里有一位美人与“我”共处，这本身就引人浮想联翩。从语气来看，作者显然是一条汉子，也许是较有文化的汉子，说话不那么白，但也不算文采斐然。既然是清晨共处一室，很显然，昨夜也没有分开。而昨晚两人做了些什么，从诗的末句可以推测，“她踩过我的膝头，她走过我走过的地方”，十分亲昵，十分香艳。他的语气充满了肯定、赞扬、欣赏、愉悦、幸福，还有点意犹未尽。看来，昨晚一定过得十分尽兴。

还有一点不得不说，即诗中的“发”字。在诗里，可解释为“蹑步相随”。蹑步的动作似乎表明了什么，男女二人的关系也许不那么明朗。这不明朗，就是不便公开，不便说明。昨晚来的，过得尽兴，早上却要悄悄离开，也许此时他人都还未从睡梦中醒来。蹑步走想必不仅仅是怕打扰他人安眠，而是怕吵醒了他们而发现美人。

《东方之日》的香艳是较为隐晦的，《齐风》里另一首《鸡鸣》则更添一种风情。

鸡既鸣矣，朝既盈矣。匪鸡则鸣，苍蝇之声。
东方明矣，朝既昌矣。匪东方则明，月出之光。
虫飞薨薨，甘与子同梦。会且归矣，无庶予子憎。

有人拿《郑风》里的《女曰鸡鸣》与此诗比，认为同属一种类型。仔细比对，两者的确有很大的相似性。首先，时间都是清晨，而且是太阳还未升起的清晨；其次，人物都是夫妻，且是妻子先醒来，而丈夫仍旧贪恋梦乡；第三，都是妻子催促丈夫早早起床，出去工作或谋生；最后，丈夫都很钟爱妻子，许以实物或非实物的承诺。

但还是有些区别的，就在这一句上：

虫飞薨薨，甘与子同梦。会且归矣，无庶予子憎。

或许还有一句诗可以表达此意：

云鬓花颜金步摇，芙蓉帐暖度春宵。春宵苦短日高起，从此君王不早朝。

《鸡鸣》中的男子身份不明。《毛诗序》说他是一国之君，但没有证据，不过至少是一位贵族吧。清晨，他不愿起身，而是要与妻子同梦，这场景本身就足够香艳了。而为什么不去早朝，读者也无需揣着明白装糊涂，心里都懂。与之相比，《女曰鸡鸣》则要规矩得多，虽然也是以清晨催促起床为开端，但完全看不到香艳的描述，更感觉不到香艳的气氛。妻子说要琴瑟和谐过一辈子，丈夫说我给你买珠宝，一看就是个实在人。此外一点多余的意思都没表露，读者也对遐想无迹可寻。

所以说，《女曰鸡鸣》是纯爱诗，《鸡鸣》是艳情诗。

纯爱与艳情，没有高下之分，都是爱的一种表达。而男女之爱是融合两者的，因此也就都应该有相应的表达形式。艳情诗固然容易走入低俗，但纯爱诗若拔得太高也会令人感到尴尬。两者都不宜走极端，点到为止才是最佳。

风雅漫谈

陆

【魏风】

弱者的声音

谈到《魏风》，难免会有一个疑问：它是魏国的诗篇吗？如果是，魏国不是战国时的诸侯国吗？又怎么会有春秋以前的诗篇？说到此，则要解释一下魏国。《魏风》的确是魏国留下的诗作，但此魏国非彼魏国。根据朱熹的考证，魏国“本禹舜故都”，“周初以封同姓，后为晋献公所灭而取其地。”这样看来，魏国是存在于西周到东周初期的一个小诸侯国，地处正宗的华夏之地，又被周天子分封给自己的同姓宗亲。可以说，魏国是一个地道的二代，曾经在诸侯国中有着相当的地位。然而，它却在东周初期就被另一个同姓国给灭掉了，从此并入晋国版图。而我们所熟知的战国时代三家分晋的魏国与这个古魏国也不是一点联系皆无。晋献公收了古魏国后便将这块地方赐给了大夫毕万，他的祖先是周文王之子毕公高。毕万得到魏地后，后代称魏氏，到三家分晋时成为分裂的主力之一，也因此有了魏国。

幸亏有《魏风》的传世，否则关于这个国家可能我们会一无所知。朱熹形容此地“狭隘，而民贫俗俭，盖有圣贤之遗风焉。”从他的考证来看，魏国是一个较为贫弱，地理位置也不算上佳的地方。也许当年得到这块封地的宗亲并不与周天子关系亲近，想必是同宗末流。有这样的社会环境作为大背景，其地所产生的文学大体上可以推断，定不会有华丽的文辞与铺陈。而翻开《魏风》，总共只有八首诗，相较于其他国风，篇幅数量上也较少。可是，它却被排在《唐风》之前。其实，魏国虽陌生，但魏诗却不乏名篇佳作。《伐檀》与《硕鼠》都是《诗经》中叫得响的名篇，且主旨明确，朗朗上口。虽然没有华美的辞藻与曼妙的铺陈，但其中心主题却始终牵动着历代文人的心。

《魏风》里，愁闷而讽刺的诗篇较多。但这种苦却带着强烈的统治阶级与被统治阶级对立的意味，矛盾鲜明。显然，在当时，魏国的社会环境已然进入极糟糕的状况。无论是贵族抑或贫民，都不得不为生活与将来操碎了心。而这种心情体现在诗文中可没有半点矫情或文艺，是真切的对于现实的不满与焦虑。

《魏风》开篇的《葛屦》是一首风格特异的诗。尽管篇幅短小，但其抒写的模式、情感与内容与其他风诗皆有不同。

纠纠葛屦，可以履霜？掺掺女手，可以缝裳？要之襋之，好人服之。好人提提，宛然左辟，佩其象揥。维是褊心，是以为刺。

关于此诗的主旨，说法各异。有人说是讽刺民风，有人说是讽刺贵妇人，也有说是讽刺丈夫。但也有一个较为统一的看法，即讽刺人的褊心，即心狭度小急躁。

《葛屦》是为数不多的文本中明确表示主旨为讽刺的诗作。《诗经》中讽刺的诗作虽多，但有一些是后人附会，故意扭曲原诗宗旨所造成的。有一些通过语句和语气可以判断确实是讽刺的口吻，但却不是十分清楚讽刺什么。而《葛屦》却将讽刺这一行为（“是以为刺”）和讽刺的内容（“维是褊心”）说了个清清楚楚。目标明确，对象精准，火药味也就跟着冒出来了。

那么这位被她讽刺的对象究竟为何事得罪了诗人？从诗的第一段我们大概可以判断出来。诗人是一位女子，能够制衣，而被她讽刺的人就是她服务的对象。诗人先抛出两个疑问：“纠纠葛屦，可以履霜？掺掺女手，可以缝裳？”葛屦是夏天穿的鞋子，怎么可以踩在冰霜之上？“掺掺”即纤纤，是用来形容女手纤细美好的，这么娇嫩的手怎会裁制服装？显然，诗人对自己的工作感到不满，内心认定自己所做的事不该是自己这样条件的人做的。然而她却似乎是不得不做，不但要为他人缝衣，还要忍受那人的自我感觉良好。

好人提提，宛然左辟，佩其象揥。

这是诗人眼中的服务对象，有人说是贵妇，有人说是丈夫。从描述来看，我比较同意贵妇说。贵妇人穿上新裁制的漂亮衣服，感觉美极了。先是向左转身，再插上头饰，显然是在欣赏自己的模样。这一组描写非常精准，且不说古代右衽，穿衣时需要左转身。即便是今天，当女性试穿新衣时，第一个动作也往往是先向左转。也许是古人留下的习惯被保留了下来，也许这样的动作最易展现服装的立体之美。我们忽然发现，在某个极微小的生活细节上，三千年来竟然未曾变化，我们与祖先之间竟然如此接近。其后在头发上插戴饰品的动作同样与今人一致。当对服装感到满意时，我们会下意识地伸手摆弄头发，以达到发型与服装的完美统一。女性也会梳发插戴首饰，与诗中所写毫无二致。这一幅画面既是今天的我们，也是三千年前的古人。但在诗人眼中，却是有些不入眼的。她给出的理由是“维是褊心”，即埋怨贵妇人心急气躁。也许为了早日穿上这件新衣，女主人曾一再催促她，等做好了，又迫不及待地穿上以显示自己的尊贵与美貌。这是女性的正常心态。但在自认为不该低人一等的诗人眼中，这种心急就显得令人反感。她真的是在讽刺贵妇人的“褊心”吗？我觉得只是她的一个借口，其背后的深意也是她不愿直说的，即她不甘心屈居人下。有人说这是劳动者被压迫后所诉说的反抗，也许是的，但因诗人的真实身份不明确，我不敢全然断定。如果说在秋冬穿葛屦是劳动人民被剥削的实况，那一个下人竟会说自己的手是纤纤素手，这究竟是怎样的下人？是她太矫情还是她本是富贵出身，因为遭遇了什么才不得不降低身份？如果这两句疑问所指对象不是诗人自己而是眼前的贵妇人，那么后一句可作为讽刺其不劳动的嘲讽，语意可通，但前一问则不通了，既然是贵妇人，又怎么会在秋冬穿葛屦？即便穿了，又有什么好讽刺的呢？

显然，诗人与诗中的“好人”之间的关系是不和谐的，甚至存在对立。即便诗人表面上忍耐，心里却已几乎到了忍耐的极限。再往后发展，两人的关系会有什么样的变化？我们不好猜测，但《魏风》中的另一首诗却告诉我们，当劳动者感到不满，他们会做些什么。

这就是著名的《硕鼠》：

硕鼠硕鼠，无食我黍！三岁贯女，莫我肯顾。逝将去女，适彼乐土。乐土乐土，爰得我所。

硕鼠硕鼠，无食我麦！三岁贯女，莫我肯德。逝将去女，适彼乐国。乐国乐国，爰得我直。

硕鼠硕鼠，无食我苗！三岁贯女，莫我肯劳。逝将去女，适彼乐郊。乐郊乐郊，谁之永号？

与《葛屦》相比，《硕鼠》的形制就非常“诗经”化了。三段整齐有序，押韵和谐，读起来韵律感很强，甚至可当作儿歌来说唱。《硕鼠》并不陌生，有一个原因是它长期位居语文教科书的文本之列，想必许多人都学过。而关于此诗的主旨，从古至今没有异议，即讽刺统治阶级的横征暴敛、荒淫无度。

《硕鼠》似乎并非单独一人而作，读起来更似集体在田间地头咏唱的歌谣。也许口口相传，每一个唱过的人都是创作者兼宣传者。我总疑心此诗的初衷的的确确是在骂老鼠，毕竟老鼠是人类的天敌，鼠患自古有之。在上古时代，人类对抗老鼠的手段较为单一落后，而老鼠的繁衍与作祟却会危及人类的生存,因此老鼠猛于虎是可以想象的。但结合魏国的实际情况，老鼠渐渐被转意为统治者并无不妥。及至后世，硕鼠又被加上残暴的统治者这一意象，也是合适的。国家贫困是统治者治国无能造成的，而贫困又会反向导致统治者为了生存，对农民更加残酷地剥削。当面对危及生命的盘剥，魏国的百姓是如何做的？他们撤了。是的，唱着这一韵律铿锵的歌谣，拖家带口走在背井离乡的逃难路上。重税交不起，粮食吃不饱，不但有老鼠偷，还有权贵们抢。天地广阔，还不知有多少有待开垦的土地，还不知有多少肯收留百姓的国家。去他们那里看看，只要能活，并不只有魏国才是故乡。

百姓成群结队地离别，意味着国家人口减少，这会带来粮食产量降低，进而国家益贫。而在此当口，天下发生剧烈动荡，周天子搬了家，各路诸侯纷纷崛起。大国渴望变得更大，多余空间哪里来？自然是从小国那里吞并得来。魏国紧挨晋国，又是同姓，其他诸侯国不好意思做的事，在晋国眼里不算个事。晋献公喜欢攻伐，否则骊姬不会有机会来到晋国，也就没有后来那么多的传奇故事。而在攻伐魏国时，晋献公并未手软，魏国从此消失了。人们再看到它时，已改头换面。而那时，曾经让它消失的晋国也已不复存在。

时代发展，受苦受难的民众已不再仅满足于唱歌或逃难，一些人会站起来反抗，也就是统治者最惧怕的造反。当把痛苦过度地施加给他人，反之也会被这种痛苦所伤害。历朝历代的农民起义大多是“硕鼠”的结果。开国的统治者会牢记此教训，励精图治。而百年后，后代们早已忘记“硕鼠”的毒害和惨痛，毕竟他们生长于太平盛世，从未亲眼见过“硕鼠”的威力。总会有一些人会再次栽在“硕鼠”的跟头上，被赶下时代大舞台。

“硕鼠”之难是永远存在于历史中的，如果把握不好权与民的关系，“硕鼠”随时会出现，“硕鼠”之难也会随之发生。只要人类存在，“硕鼠”就不会消失，尽管它并不时时出现在眼前。

·心有忧者·

《诗经》中的世界，愁苦之人颇多，也因此，伤恨之词弥漫。每个人虽然在历史上只停留那么短短的几十年光阴，但却在这短暂的时光里饱尝各种愉悦与辛苦。也正因为有着许多的情感迸发，生命才孕育了价值与意义，生活也变得充盈而有味道。

忧愁百种，《诗经》似已写尽。最耳熟能详的，多半是弃妇之悲，这是弱势群体的集体控诉；其次是征夫之痛，这是作为社会主导和中坚力量的男性所要承担的社会责任；以及征敛繁重的压迫，是时代留下的悲泣。还有生离与死别，是人类自诞生起便不能摆脱的永恒的痛苦。而男女间的怨诉，则是爱情里不可缺少的五味之一。

《魏风》中的《园有桃》却有别于以上种种，有屈子之忧，含《离骚》之怀。

园有桃，其实之肴。心之忧矣，我歌且谣。不知我者，谓我士也骄。彼人是哉，子曰何其？心之忧矣，其谁知之？其谁知之，盖亦勿思！

园有棘，其实之食。心之忧矣，聊以行国。不知我者，谓我士也罔极。彼人是哉，子曰何其？心之忧矣，其谁知之？其谁知之，盖亦勿思！

《园有桃》是一首较为特别的诗。从行文与韵律上看，它更像是一篇短文。而从诗歌内容看，充满了一种厚重的忧愤之怀。诗中谈到不为世人所理解，却不似《邶风·柏舟》那般恨恨不平，更多是透露出一种无奈与辛酸。诗人徘徊于尘世之间、庭园之内，心中的忧闷已无心再去辩解诉说，却仍不能在宜人的风景中舒展双眉。

傅斯年在《诗经讲义》中评道："心有忧者，'居则忽忽若有所亡，出则不知其所如往。'愤人之不知，而弃捐不道。"诗人为何而忧？傅斯年并未给出明确的解答，但古人的评断则较为一致，即"诗人忧其国小而无政。"（朱熹《诗经集传》）之所以判断他的忧在于国事而非私事，原因主要在于两点：其一，他自称为士。虽然士在《诗经》中有多种解释，但贵族知识阶层的男子这一解释是比较普遍的。如果诗人属于这一出身，那么在春秋初期的邦国里，他是会对国家的衰落存有一定的忧患意识的；其二，魏国的贫弱。魏国是被晋国所灭，朱熹说它"其地狭隘，民贫俗俭"。虽然周初即被周天子封国，但始终未见大的发展，终于在历史迈入春秋时期迅速消亡。面对国家的困窘和统治者的不作为，有知识有文化的贵族男子难免会产生悲叹。由这两点所导出的推断较为合理，与原诗的意境也颇吻合。

《国风》中不乏忧国忧民之作，每一首都有其特色。譬如许穆夫人的《载驰》，情感跌宕，一腔忧愤可达天庭。《园有桃》的作者似乎并没有那么高贵的出身，对国政的制定与执行也没有参与的权利。他的忧在于眼睁睁看着国家的衰落，他的愤在于一腔忧国之思却无人理解，甚至被人诟病指责。诗人没有投缘的知己，更无可发挥才能的渠道。他行走彷徨，内心苦闷，万千心事难以放下。

被发行吟泽畔。颜色憔悴，形容枯槁。（史记·屈原贾生列传）

似乎这样的形象同样适用于《园有桃》的作者。他的作品固然不及屈子的文采斐然，但那忧闷的情思与不能安宁的奔走却有异曲同工之妙。方玉润评价其"诗如行文，极纵横排宕之致"。这长短句的错落，由起兴而带起的情感的逐步释放，的确令读者心情为之起伏，也让诗歌的表达层层递进，不呆板，不狭窄。

司马迁说："屈平……邪曲之害公也，方正之不容也，故忧愁幽思而作《离骚》。"（《史记·屈原贾生列传》）《园有桃》的诗人也应是如此吧？他对统治者的懦弱无能感到不满，对新时期国际形势变化下魏国的前景感到忧虑，然而同僚或其他贵族们却嘲笑他的多虑。当他反驳时，难免会因言辞激烈而引来他人的不满与排挤，便也落下了"谓我士也骄（罔极）"的骂名。也许他的确是清高的，《园有桃》

字里行间流露着一种“举世混浊而我独清，众人皆醉而我独醒”式的幽愤。但他越是如此，得到的不解便会越多，受到的排挤与嘲弄便会越激烈。他所忧之事不能得到解决，他的痛苦也无处排解。他所能做的也只能是到处游走，在没有伴奏的情形下边走边歌。也许路人会驻足睥睨，心里想着他是否脑筋出了差错。而他也不再在乎他人的目光，只顾用歌声与诗句唱出悲愤。

最终，他会选择屈子一样的结局吗？诗人并未向我们透露这一层意思。也许他有生之年并未看到国破家亡，也没有屈子一般直接参与国政的权利与机会。历史环境或许并不会驱迫他做出愤而离世的决定。也许他的不死是别有一番抱负，“恨私心有所不尽，鄙陋没世，而文采不表于后世也。”（司马迁《报任安书》）但他留给后人的，只有这一篇《园有桃》，甚至都没有留下自己的名字。他的成就不及屈子、司马迁，但心情是相似相通的，但我们却无法了解更多了，只能通过这一首并不著名的诗来推测他所遭遇的一切。那种彷徨与苦闷通过文字留在世间，让三千年后读到它的人听得到彼时抒发的心声。

【唐风】

晋我同姓

十五国风，顾名思义，是一国一风，即每一个国家的民间诗歌。陈国、卫国、郑国都是老牌诸侯国。秦国属东周时期的后起之秀，也最为我们所熟悉。《国风》中还有一些小国，虽然名字陌生，但的确存在过。那么《唐风》是哪一国的文化遗产呢？从西周到春秋战国，曾经有过一个国家叫"唐"吗？

有。但我要先绕一个弯子，偏不让你呼之欲出。

《史记》中记载："武王崩，成王立，唐有乱，周公诛灭唐。"这说明在周的早期，曾经有一个国家或者是部落叫唐。这个唐国（我们姑且称之为国）是商时期就已经存在的部落，由尧的后裔建立。从历史记载看，诛唐与平叛都在成王新立时，时间点相近，也许是新王登基时根基尚浅，也许是周公的执政引发群议。从史料上看，成王当政的初期，天下不是很太平。

关于这个早夭的唐国，朱熹曾有过小小的考证：

唐，国名。本帝尧旧都。在《禹贡》冀州之城。太行、恒山之西，太原、太岳之野。

朱熹的考证算很翔实了，关于这个早已被历史淹没的唐国，能留下这些已属不易。但翻开《诗经》，《唐风》有十二篇之多，属《国风》中比较重要的部分。能产出这样有分量的文学作品之国度，难道会如此早夭并且灰飞烟灭？

当然不是，此唐非彼唐矣！

晋唐叔虞者，周武王子而成王弟。初，武王与叔虞母会时，梦天谓武王曰："余命女生子，名虞，余与之唐。"及生子，文在其手曰"虞"，故遂因命之曰虞……成王与叔虞戏，削桐叶为珪以与叔虞，曰："以此封若。"史佚因请择日立叔虞。成王曰："吾与之戏耳。"史佚曰："天子无戏言。言则史书之，礼成之，乐歌之。"于是遂封叔虞于唐。唐在河、汾之东，方百里，故曰唐叔虞。姓姬氏，字子于。

《史记》的记叙让这段渊源一目了然。《国风》中的唐国不是那个帝尧旧都，而是我们所熟知的春秋时期重要的诸侯国晋国。《唐风》就是晋国风诗，它被排在《秦风》之前，还真是成就了两个冤家的相爱相杀，连编书者都不忍令其分离。

晋国始祖叔虞是周武王与姜太公的女儿邑姜所生（关于叔虞母的说法见《左传》和裴骃的《史记集解》）。邑姜是周武王的王后，生了成王和叔虞兄弟俩。这里又穿插了仙人托梦、手上有字的传说，属于上古套路。成王刚继位时尚年少，政治头脑还不成熟，在自家里和兄弟说话也不防备，拿着梧桐叶子就要分封弟弟。成王以为是游戏，不知叔虞是否也这么想，但一旁的史官却替他们想了。他立即请求成王兑现承诺，并抛出了强有力的依据："天子无戏言。"后世的君无戏言大概是从这里引申出来的，意思一样，就是国君应该说话算话。你不许底下人欺君，那么你也不能戏言，算是一种利益均衡吧！

叔虞像捡了个大便宜似的，就这么得了封地，而他的封地就是被周公剿灭的唐国。现在，唐国换了新主人，历史的发展将要因这个新主人的到来而发生改变。

既然封在唐，为何又变成晋？这是地理位置造成的。因为唐国南部有一条河叫晋水，叔虞死后，他的儿子燮就将国号更名为晋，也许是不喜欢沿用没有好下场的国名，觉得不吉利。无论怎样，从二世开始直到三家分晋，晋国都没有再改过名字。

有这样的渊源，周王室与晋国的关系应该是非常紧密的。从史料来看，特别是在春秋时期，这种联系更加频繁，且总是与战乱相关。

肃肃鸨羽，集于苞栩。王事靡盬，不能蓺稷黍。父母何怙？悠悠苍天，曷其有所？

肃肃鸨翼，集于苞棘。王事靡盬，不能蓺黍稷。父母何食？悠悠苍天，曷其有极？

肃肃鸨行，集于苞桑，王事靡盬，不能蓺稻粱。父母何尝？悠悠苍天，曷其有常？

（鸨羽）

《唐风》中的《鸨羽》，主题不算特别新颖突出。厌战情绪的诗歌充斥着整个《国风》，而基本上都是埋怨“王事”的。在解读中，“父母何怙”等句往往受到更多关注。因为这是较早体现孝道的诗篇，在《诗经》里也不多见，与爱情主题相比属于冷门。本文不谈厌战与孝悌，结合周与晋的关系，就聊聊这“靡盬（没完没了）”的“王事”究竟是怎样困扰晋国百姓的。

晋惠公被秦穆公俘虏并面临被杀的处境时，周天子为其在秦穆公面前说情，用了“晋我同姓”四个字（详见后文《秦晋之好，相爱相杀》）。这四个字极有人情味，渊源来自于晋国祖先叔虞与周成王的兄弟关系。这一次，周天子救了晋惠公，但人情并不完全来自周成王与叔虞的兄弟情，那都是几百年前的老皇历了。周天子所顾念的，应该是距离他们不太远的平王东迁。

周幽王后院起火引发国家内乱，周平王能够东迁立国，郑武公和秦襄公都起了极大的作用，出力不少，也因此得到了不小的好处。一个使国家率先领军春秋时代，一个从此跻身诸侯国行列。然而，在郑与秦之外，还有一个出力的国家，这就是周室宗亲晋国。

的确，周与晋渊源如此深，这样大的危机，晋国怎会袖手旁观？但《史记》里却忽略了晋国在历史变迁的重大时刻的所作所为，原因也许只能穿越去问司马迁了。

文侯十年，周幽王无道，犬戎杀幽王，周东徙。

《史记》关于晋文侯的交代只有这么简单的一句话，以至后世提到晋文侯时会出现与晋文公相混淆的情况。晋文侯是晋文公的先人，《史记》虽然略掉了他的事迹，近年发现的“清华简”却没有忘记他，为他颇记了一笔，填补了空白。

立廿又一年，晋文侯仇乃杀惠王于虢。周亡（无）王九年，邦君诸侯焉始不朝于周。晋文侯乃逆平王于少鄂，立之于京师。三年，乃东徙，止于成周，晋人焉始启于京师……

关于西周灭亡的原因与经过，我们已在前面的《乱世悲歌》一文中了解，清华简的记述与《史记》有很大的不同，这里只谈晋文侯。在这样一个动荡的历史关键时刻，晋文侯积极参与并做了至关重要的两件大事，分别是“杀惠王于虢”与“逆平王于少鄂，立之于京师”。

史籍上对这个早已被遗忘的携惠王有两种说法，一为幽王子（《竹书纪年》），一为幽王弟（《系年》），但均未见于《史记》。周幽王被杀后，诸侯大臣们先立他为王，地点在虢。二十一年后，被晋文侯所诛，从此在历史上销声匿迹。二十一年实在不能算短，就这样被抹杀，有点遗憾。晋文侯在杀惠王之前也没闲着，立了大家耳熟能详的东周开国天子周平王，算是与郑国联合作业。郑晋两国都是周王室同姓，在立天子的事情上应该更有发言权。而秦国属于外围作战，出人出力后得了封号，已经很知足了。

晋文侯有这么大的贡献，简直是周天子的再造爷娘。东周王室怎能不对晋国刮目相看、感恩戴德？且晋国在春秋时期日益强大，是不可小觑的力量。周王室已日落西山，还要仰仗晋国撑腰，抱晋国的大腿。晋惠公被上位的秦国拿下，打的是周天子的脸。晋国崩塌，遭殃的也是周天子，因此周王替晋惠公说情也就不难理解了。说到底，还是利益。

然而，周与晋再亲密，利益关系仅限于上层，与底层的平民百姓是不相干的。王公贵族们动动嘴皮子就让无数平民为之伤筋动骨、流血牺牲。他们有利可图，百姓们却是苦不堪言，甚至家破人亡。《鸨羽》中说：“不能蓺稷黍。”意思是不能农耕。在古代，不农耕就意味着无粮食，就意味着没饭吃，也就意味着死到临头。儿子当兵在外尚能混口饭吃，爹娘在家无依无靠。没有劳动力的支撑，两个老人能种几亩薄田？也许根本不足以糊口。就算勉强活着，也是常年挣扎在温饱线上，其痛苦可想而知。然而，“王事”永无结束，各种战争，或兼并或掠夺，没完没了。他们永远没有解放的那一天。

既然是晋国的军队，又为何说的是“王事”？为何不说是“君事”？春秋时期诸侯虽强，但道德法理上还是尊奉周天子的，打的旗号都是为周天子效力。秦穆公宴请晋公子重耳，也说是“佐天子匡王国者以命重耳”。旗号打得很漂亮，话也动听，尽管心里并不那么想。因此，晋国百姓出力，名义上是为王作战。有时是维护周天子权益，有时是晋国内乱把周天子也牵扯进来，花样百出，但都说成“王事”。名义上，国土都是王土，国事都是王事。

颇有作为却不幸被历史遗忘的晋文侯在位三十五年后离世。自他的儿子昭侯继位起，晋国开始了长达三十几年的内战。在晋国的内政问题上，老大哥周天子也没少掺和，基本上是站在直系派一边，但最终屈从现实，与讨伐派为伍。可以想见，这些战争给晋国民众所带来的伤害与损失。而当权者自认为没有必要向他们解释太多，在他们眼中百姓无非是可利用的工具，其目的则都是为“王事”。

国中有国

《郑风》中有一篇名为《扬之水》的诗歌，唱的是失去信任的悲歌。具体发生了什么，只能靠猜测。《唐风》里有一篇同名的诗作，其内容倒是颇有些影子。

扬之水，白石凿凿。素衣朱襮，从子于沃。既见君子，云何不乐？
扬之水，白石皓皓。素衣朱绣，从子于鹄。既见君子，云何其忧？
扬之水，白石粼粼。我闻有命，不敢以告人。

《唐风·扬之水》先以奔流的河水和岸边的白石起兴，然后说起一件事：穿着红领白衣跟着你去一个叫沃/鹄的地方，见到君子，为何不快乐？结尾还煞有介事地说，我听到些什么，不敢说出来。全诗读来感觉遮遮掩掩、神神秘秘的。究竟想说什么？似有所指，又不愿剖明。

解密的钥匙就藏在这个叫沃/鹄的地方。

沃是曲沃的简称，在晋国是规模相当大的城市，甚至超过了都城。鹄是曲沃下辖的一个邑，在曲沃境内。也许此人要到达曲沃中心必须先经过鹄，有点市郊的意思。诗中至少出现了两个人，即“素衣朱襮”的“我”，以及“子”。他们去曲沃的目的，应该是去见“君子”。此处的君子，应该是指国君之子的原始含义。为何去见君子？谈些什么？诗里讳莫如深。但却透露了两个至关重要的信息：诗人是不快乐的，诗人有秘密藏在心里。

既然是《唐风》，诗人一定是晋国人。一个晋国人去曲沃见国君之子竟然不开心，这是有些蹊跷的。按照春秋的惯例，国君继位后会把亲戚分封在国内的其他城市，就与周天子分封诸侯的方式差不多。那么晋国国君究竟将何人安排在了曲沃？又为何令诗人感到如此惶恐难安呢？

关于《扬之水》的主旨，虽然没有《左传》等的明确记载作为依据，但较为一致的看法是，这是在说晋昭侯与曲沃桓叔之间的政治隐秘。而他们之间的恩恩怨怨却要向祖辈们寻找根源。

在周平王继位事件上出力最多的晋文侯死后，他的儿子继位，即晋昭侯。父死子继是周人的继承方式，看起来没什么差池。桓叔又是何人？他是晋昭侯的叔叔，即晋文侯的弟弟，而在这对兄弟间早已埋下了斗争的隐患。

穆侯四年，取齐女姜氏为夫人。七年，伐条。生太子仇。十年，伐千亩，有功。生少子，名曰成师。晋人师服曰："异哉，君之命子也！太子曰仇，仇者雠也。少子曰成师，成师大号，成之者也。名，自命也；物，自定也。今适庶名反逆，此后晋其能毋乱乎？"（史记·晋世家）

这段文字看起来又是典型的古人以果推因，带有宿命论色彩的叙述。然而，这其中的来龙去脉却为曲沃桓叔与晋昭侯之间的矛盾找到了源头。晋文侯名仇，是晋穆侯与齐国来的夫人所生。三年后又生下桓叔，取名成师。原本取个名字而已，但古人相信名字会影响一个人的命运，于是就有一个叫师服的晋国人感到不妙，预言晋国要出大新闻。

但师服还是少预测了一件事，因为晋穆侯死后，还不等儿子继位，晋国就出大乱子了。

二十七年，穆侯卒，弟殇叔自立，太子仇出奔。殇叔三年，周宣王崩。四年，穆侯太子仇率其徒袭殇叔而立，是为文侯。（史记·晋世家）

晋穆侯一死，他的弟弟就跳出来抢了君位。弟弟抢哥哥的位子，在春秋时代根本不算新鲜事。国君只能有一个，穆侯弟占了位置，原来的合法继承人太子仇就只能出逃避难了。殇叔在宝座上坐了三年多，太子仇岂肯善罢甘休？率领亲信杀了回来，干掉了叔叔，夺回了君位。

这就是晋文侯继位前的坎坷遭遇。但从这件事中可以窥见其日后的果断与勇武。晋文侯是个有手腕的国君，不但治得了自己人，也治得了别人，威胁周平王王位的那些人都被他除掉了。晋文侯在位三十五年，没人敢动他的利益，但他死了，晋国也就不太平了。

晋昭侯继位比较顺利，似乎为人也比较仁和，但后世学者常常说他缺心眼儿。他把叔叔成师封在了比国都还要大的曲沃，这本身就是给自己惹麻烦。果然，成师到了曲沃后的所作所为令有政治敏锐度的国人开始焦虑了。

成师封曲沃，号为桓叔。靖侯庶孙栾宾相桓叔。桓叔是时年五十八矣，好德，晋国之众皆附焉。君子曰："晋之乱其在曲沃矣。末大于本而得民心，不乱何待！"（史记·晋世家）

成师到了曲沃被称为桓叔，辅佐他的是晋靖侯的另一支后裔之子栾宾。桓叔的父亲晋穆侯是晋靖侯的四代孙，因此桓叔与栾宾都算晋靖侯的庶孙。桓叔对曲沃的治理颇得民心，他的威望和名声甚至超出了国君晋昭侯。这使得晋国很多人都依附他。在古代君权至上的社会，兄弟或大臣的崛起都是危险的信号，是祸乱的先锋。晋国的有识之士已经看得很明白了。

但有一个人看不明白。这就是晋昭侯。《毛诗序》说《扬之水》讽刺晋昭侯缺乏政治敏感，养虎为患。再看《扬之水》末句："我闻有命，不敢以告人。"似乎他的秘密已经有了解释：他听说了曲沃桓叔将有大动作。诗人去曲沃见到了桓叔，看到了曲沃上上下下的情况，预感到了危机即将来临。但他人微言轻，不敢说出来。自己没有能力解决矛盾、扭转危机，相反却会因为泄密而危及自身性命。

桓叔的确要有大动作，但不是亲自出马的。

（昭侯）七年，晋大臣潘父弑其君昭侯而迎曲沃桓叔。桓叔欲入晋，晋人发兵攻桓叔。桓叔败，还归曲沃。晋人共立昭侯子平为君，是为孝侯。诛潘父。（史记·晋世家）

潘父也许是桓叔买通的，也许是想搞一个政治投机。总之，他杀掉了晋昭侯，目的是迎立桓叔。晋昭侯做了六年多的国君，原本名正言顺，待人也够宽厚，却这么窝窝囊囊地就死了。这七年来，桓叔以及身边人的动作他一点都没有察觉吗？如果真是这样，难怪后人都笑他缺心眼。从一开始封桓叔到曲沃就是一个错误。事情发展到这一步，桓叔继位似乎是一定的了。前面已经说过，他在晋国的名望很高，很多人都依附他。然而，表面上的支持不是真的支持。桓叔此举让其背后的目的昭然若揭。国人似乎一下子就明白了，不但不欢迎他，还发兵讨伐他，并且杀了潘父。

桓叔失败了，国君没有轮到他，而是传给了昭侯之子孝侯。桓叔未再有大动作，孝侯八年，他怀揣着满腔怅恨离开了人世。好在，他还有曲沃。国君没有赶尽杀绝，没有要他的命或是逼他流亡国外。牢牢占住这块宝地，这辈子完不成的心愿，子子孙孙替他完成。继承桓叔遗产的是儿子鱓（shàn），后世称庄伯。庄伯没有忘记老爸的遗恨，重整旗鼓又走了遍老爸的路子，讨伐国君并杀掉了孝侯。然而，晋人更加痛恨他们了。一番较量后，庄伯仍不是对手，逃回老巢。国君再立，即晋鄂侯。

从桓叔到庄伯，父子俩的夺权目的已经十分明确。晋国之内已然分裂，曲沃虽非国都，却比国都实力强大。晋人多次攻打曲沃都不能得手，明知它是威胁却无能为力。而桓叔与庄伯虽未称君，却已俨然是君主。史书谈到这一段历史，已经不把曲沃看作晋国范围内，而是列出来与晋相对。曲沃是国中之国，亦可看作是没有名分的分裂国。

庄伯是不会罢休的。几年后，晋鄂侯死了。庄伯听说，再次按捺不住激动的心情，出兵夺位。这一次，老大哥周天子看不过去了。晋国的小君就在他眼皮子底下频频挑战君权，他若坐视，就等于默认自己的兄弟、大臣们也可以仗着势力夺取王权。此时，周王室尚有威严，自我掂量掂量，还有几斤分量。于是周平王出兵帮助晋国君讨伐庄伯，庄伯这一次寡不敌众，又输了。

国都里又换了新君，曲沃之主的心仍旧那么凄凉，一心想完成先父遗愿的庄伯不禁黯然神伤。那个根植于父子两代人心底的“曲沃梦”究竟是可以实现的吗？是不是有生之年看不到梦实现的那一天了？

是的，庄伯死在了这一天到来之前。他的遗愿，有待子孙完成。

庄伯死后儿子称做了曲沃的新主人，史称武公。他不会忘记先人的意志，一定要寻找机会实现那个梦。几年后，机会终于来了。

哀侯侵陉庭之田，陉庭南鄙启曲沃伐翼。（左传·桓公二年）

晋哀侯侵占了陉庭的土地，于是陉庭与曲沃联合起来，攻打国都翼。陉庭是地名，在曲沃东北。它不是国，应该像曲沃一样，是比较重要的城池，因为土地之争与国君发生了矛盾，于是找曲沃一同出气。曲沃看准时机，出手迅速。这一次，武公俘虏了晋哀侯，但仍旧没能坐上国君的宝座。国都里又换新君了。哀侯被武公的叔叔韩万杀掉，自此“曲沃益强，晋无如之何。”

武公显然比祖父与父亲更有权谋与胆魄。他在位时，曲沃的势力已如日中天。杀了哀侯，武公又设计杀了新君，虽然周天子再次出手，但也只是暂时灭了他的锐气。国都里又立新君了，但武公却活得好好的。他盯着国都翼，等待下一个时机。

为这一天，武公等了三十七年。大概不完成先人遗愿，他是不会闭眼的。曲沃再一次开启了夺权模式，但这一次武公长了个心眼。为了稳住周天子这一股势力，他派人贿赂在位的周釐王，要他睁一眼、闭一眼。果然，这一次周天子假装没看见，任凭曲沃发兵拿下了国都。非但如此，更正式承认了武公的合法地位，从此封他做国君。周王室的势力日渐衰微，周天子终于吃不消这样的纷争，不但得不到半点好处，还处处得到“王事靡盬”这样的民愤。曲沃武公也终于如愿做了晋武公，先人大业在他手中完成，一个宏大的“曲沃梦”实现了。他，也该走了。两年后，晋武公离世，传位于儿子诡诸，就是晋献公。

晋国的内战，前前后后打了半个世纪，到武公晚年终于统一。内战中诞生了文学作品，但更多的是创伤。朱熹说：“其地土瘠民贫。”可见晋国的自然条件并不好，但国内的战争却不停地上演，可以想见百姓有多痛苦。朱熹形容晋人“勤俭质朴，忧深思远”，想必是与连年的战争分不开的。《唐风》缺乏《秦风》的威武雄壮，也没有卫风的深刻华丽，倒是有种质朴感扑面而来，比如《羔裘》。

爱恨难寄是羔裘

借《唐风》为引，聊一聊羔裘。

“羔裘”一词于今人而言十分陌生，但其物却不见得是陌生的。仔细研究“羔裘”一词，顾名思义，羔是羊，裘是衣。我们今天仍旧在用这两个字，只是叠加进新的词汇中，比如羔羊和裘皮大衣，但语意其实没有发生什么变化。既然称羔裘，那么就是羊皮大衣了。以今日之物价，裘皮是较为昂贵的服装。那么在先秦时代又如何？同样非穷苦百姓所拥有。

许嘉璐在《中国古代衣食住行》一书中说：“‘羔裘’是羊皮衣中的高级品，与一般羊裘不能并论。”它是朝堂上的卿大夫们才有资格穿着的服饰。《左传》里有一件羔裘就可换阳谷城的记载，足见其价值的珍贵。既然是贵族阶级所拥有的专有服装，势必会在大量反映贵族政治与生活的《诗经》中有所提及，恰如令人感伤的绿衣和深情款款的缁衣。的确，在十五国风里，以羔裘为名的就有三首，分别归于《郑风》《唐风》和《桧风》。然而，与绿衣和缁衣所不同的是，三首《羔裘》所表达的情感却颇有争议。说是爱，又像是怨；明是赞，却有人说暗含着讽。而史籍中也并无可以佐证的确切史料，因此诗意和主旨就难免令人生疑甚至费解。

先从唐《羔裘》说起吧：

> 羔裘豹祛，自我人居居。岂无他人？维子之故。
> 羔裘豹褎，自我人究究。岂无他人？维子之好。

“羔裘豹祛”和“羔裘豹褎（xiù）”是同义，即羊皮大衣的袖口是用豹皮制作的。这样的组合搭配，可见这件衣服的价值非比寻常。“羔裘豹袪”的搭配似乎很常见，大约是当时服饰制作的流行款式。能穿这样华贵服装的人一定地位显赫，如前所述，是卿大夫级别的人物，官位极高，在君主面前说话极有分量。那么这样身份的人为人处世如何呢？

自我人居居／究究。

居居就是倨倨，我们有倨傲无礼的成语，因此不难判断穿羔裘之人的态度。“究究”的意思与“居居”同，指人态度恶劣。诗人感到衣羔裘者态度恶劣，那么诗人是何人？又是何身份？诗中没有讲，但却告诉了我们诗人的态度：

岂无他人？维子之故／好。

难道就没有别人了吗？只是念着你的好。

这样的话多少是令人费解的。“岂无他人”这样的话我们曾经在《郑风》中见到过，出自《褰裳》。

子惠思我，褰裳涉溱。子不我思，岂无他人？狂童之狂也且！

你如果想我，就涉水来看我。你不想我，难道没有别人了吗？

听起来好像意思很贴近，都是埋怨对方倨傲不亲。诗人的不屑中带着苦怨，而其中暗含的意思是极度渴望对方的亲近。

《褰裳》说的是男女间的情事，《羔裘》也是如此吗？似乎是的，但细细推敲，又似乎不是。“维子之故（好）”说得那般情意绵绵，怨中带嗔。想着难道就没别人了，又舍不得眼前人，爱恨难分，依依不舍。然而，这样的话似乎不像是一个女子对卿大夫说的，能够进阶这一级别的男子绝不是“狂童”的年纪了。能陪伴在这样身份的男子身边的女子，也绝不会是《褰裳》里那种小家碧玉般和情郎发发小脾气、使使小性子的女孩子。卿大夫的身份地位是高贵的，不论他狂与不狂，尊严不可撼动。除了比他地位更高的君主，不可能有人敢公然叫嚣“岂无他人”，更别说是收在身边的年轻女子了。因此，虽然有着暧昧的词句，但《羔裘》的原始本意却不能说是一首爱情诗。

对衣羔裘者含怨带怒，诗人的地位一定是卿大夫级别以下的。也许是属下，也许是同朝为官但级别较低的，也许是家属也未可知。但应该不会是平头百姓，如若身份地位太低，便没有机会接近。既无接近，就谈不上“自我人（对待我们）”。诗人有机会接近他，但却不满于他的态度。然而，他似乎并非一向如此，在从前他应该也是可亲的。也许那样的品格消失得并不久远，否则诗人所代表的群体不会还深深记得他的好与故。他们忍耐他，凭的是故旧和故情。然而，忍耐终究有极限，已经到了唱出来的地步，说明积怨日深，已经发展成一种普遍的群众态度了。

这首诗在今日，依然有现实价值。譬如身边的同僚得到晋升，原本平等时结下的友谊、他自身的魅力以及亲和力在身份提升后渐渐消失。态度变得颐指气使，声音傲慢无礼。从前的同僚们看在眼里气在心里，当然不好当面撕破脸皮，一方面碍于地位的不同，而另一方面也是记得他曾经的面貌。

穿羔裘的人都是高贵之人，人们对这一类人的期待随之也较高。他们掌握着国家的命脉，也就掌握着绝大多数人的命运。但期待愈高，失望也就愈大，特别是在国贫家弱、生存环境堪忧的时代里。

羔裘逍遥，狐裘以朝。岂不尔思？劳心忉忉。
羔裘翱翔，狐裘在堂。岂不尔思？我心忧伤。
羔裘如膏，日出有曜。岂不尔思？中心是悼。

这是《桧风》中的《羔裘》。从对羔裘的描述里，我们看到这种衣着的华美以及所穿之人地位的高贵。诗中还提到了狐裘，这是一种比羔裘更昂贵难得的服装，一般是只有一国之君才可以拥有。如果是狐狸腋下皮毛做成的，颜色纯白，又可称狐白裘，价值千金。根据《史记·孟尝君列传》的记载，一件狐白裘得来不易，只能献给君王。而为了救命，贿赂君王宠姬，献宝的孟尝君不得不派人把那件狐白裘偷出来再送给她。可见，这样的皮衣不是说有就有的，即使有钱也很难得到。

“羔裘逍遥，狐裘以朝”，简直是华丽耀眼，登场的都是国中最高贵的人。从“羔裘如膏，日出有曜”一句中也可想见羔裘的华美和神采。穿着如此贵重服饰的人来到朝堂上，他们的地位高，责任也应该更重，然而诗人看待他们的态度，却似乎预示着什么。

岂不尔思？劳心忉忉 / 我心忧伤 / 中心是悼。

诗人的心是焦虑的，特别是想起或看到这群穿着狐裘与羔裘的贵人们。诗人在忧虑什么呢？这要从“桧”字上一探究竟了。

与其他国风一样，桧也是国名，也可写作郐。根据朱熹《诗经集传》中的说法，桧国的国君是祝融氏之后，姓妘。桧国故地在今河南郑州，是西周时期的国家，西周灭亡时被郑桓公灭国。清代学人方玉润的说法与朱熹有些不同，他认为“桧实灭于郑武公”，但近年整理出版的“清华简”佐证了朱熹的说法。桧国灭亡得如此之早，也难怪后世感到陌生。即使它当年存在之时，想必也不算繁荣强盛，只是诸侯们都慑于周天子王威，比较安于现状。但到了历史巨变的时刻，一些想为自己争利益又对周天子续位有功的国家就不那么安分了。郑国为周王室出力那么多，赏它一块地方也算周天子的顺水人情。

既然桧国如此孱弱，在历史动荡时期，国人为家国命运担忧则是正常的。但从诗人的语气来看，似乎掌权者并不感到焦虑。又或许也是焦虑的，但焦虑不当饭吃，国贫力弱，生来就是待宰的羔羊，又能如何？从前吃周天子的“大锅饭”，没有想过要扩张。自己亦非周氏宗亲，在历史转折点上插不进队伍，派不上用场。强大的郑国要捞战利品，而衰败的周王室无力予以犒赏，被郑国灭掉是历史的必然，连一声惋惜都没有听到。最苦心的是有国家意识和责任良知的官吏贵族，但他们面对满朝羔裘狐裘，却也是人微言轻。他们的焦虑是没有出路的。

晋人的怨，桧人的忧，都让我们感到了衣羔裘者之难。那层皮穿在身上，是地位，是富贵，也是责任，是承担。穿在身上的岂止一件皮衣？人民看到的又岂止一件皮衣？

羔裘如濡，洵直且侯。彼其之子，舍命不渝。
羔裘豹饰，孔武有力。彼其之子，邦之司直。
羔裘晏兮，三英粲兮。彼其之子，邦之彦兮。

这是《郑风》中的《羔裘》。《郑风》系列里没有聊这首诗，这一节里一并说说。《郑风》中的诗作，语气里总有些小哀小怨，但并不浓烈，有些小儿女情调。从文辞本身来看，《郑风》中的《羔裘》比另两首词汇丰富，语意也见张力。唐《羔裘》难免简略，而桧《羔裘》又显重复单调。这一首《羔裘》每一段都有自己的表达，意思不重复，但都抒发了作者的情感。

诗中的“三英”是指袖口的豹皮镶边，可见郑国的裁衣款式与晋国是相似的。“羔裘晏兮，三英粲兮”的描写是“羔裘豹袪”的细节描写，也比“羔裘如膏，日出有曜”更为传神。对于衣羔裘者的精神面貌也有较精准的描述，“洵直且侯”是精气神，大概是谦谦君子一类。而“孔武有力”是外在描述，参考《大叔于田》，符合先秦时代对贵族美男子的审美标准，也较具郑国特色。“邦之司直”似点明了他的具体职责，但司直一职似嫌地位太低，也许是引申含义也未可知。“邦之彦兮”则以肯定的语气告诉大家他是国家的俊杰。从诗意来看，这是一首赞颂君子的诗篇，但也恰是这首《羔裘》最具争议。

《毛诗序》和《郑笺》的看法是讽刺郑国自庄公后再无贤臣忠良，但史籍里没有佐证。唯一提到此诗的一段记载是在《左传·昭公十六年》，原文是这样的：

夏四月，郑六卿饯宣子于郊。宣子曰：“二三君子请皆赋，起亦以知郑志。”子齹赋《野有蔓草》。宣子曰：“孺子善哉！吾有望矣。”子产赋郑之《羔裘》。宣子曰：“起不堪也。”子大叔赋《褰裳》。宣子曰：“起在此，敢勤子至于他人乎？”子大叔拜。宣子曰：“善哉，子之言是！不有是事，其能终乎？”子游赋《风雨》，子旗赋《有女同车》，子柳赋《萚兮》。宣子喜曰：“郑其庶乎！二三君子以君命贶起，赋不出郑志，皆昵燕好也。二三君子数世之主也，可以无惧矣。”

郑六卿是郑国的六位卿大夫。宣子是晋国大臣，全称韩宣子，于晋悼公时期当政，是战国时期韩国的祖先。六位卿大夫所唱的诗歌都是《郑风》中的诗篇。唱诗的背后主旨就是借着诗的某一句内容来拍听者的马屁，卿大夫子产唱的《羔裘》也不偏离这个主旨。其中“邦之司直”“邦之彦兮”等句就是在当面夸赞韩宣子。而“舍命不渝”一句似乎隐隐地表明了郑国的政治态度。韩宣子也客套起来，说了句“起不堪也。”起是韩宣子的名字，意思就是说我韩起不敢当啊！从《羔裘》在这里的运用来看，这首诗的主旨不应该是讽刺，否则岂不是当面嘲弄韩起，说他看起来是能臣，其实就是草包？或是讽刺晋国没大出息，将来必定被韩起这一类人篡位？很显然，两者都不可能。古人对唱诗的活动是极为看中的，唱了什么诗，想表达什么，往往关系着个人与国家的命运。

因此，言郑《羔裘》为刺世之作，我不以为然。虽然庄公以后无有大作为的君臣，但也不全是庸碌之辈，至少没有出现卫宣公、晋惠公一类的昏聩丧国之人。而在晋国大臣面前唱过诗的这几位郑国卿大夫们，固然没有攻城略地的丰功伟绩，但在保护郑国国家利益方面还是作出过贡献的。

也许是《唐风》与《桧风》中的同名作影响了古人的看法和解读，也许是“邦之彦兮”令人联想到“邦之媛也”（《鄘风·君子偕老》），也许是穿羔裘的人都容易招惹批评和嫉恨，后人给郑《羔裘》同样涂上了不快的色彩，却有意忽略了文本最质朴的表达。一件皮衣，让当事人与看客都心绪难平，寄托了太多情感，隐喻了太多想法。服装在御寒蔽体之外的功用实在是不可小觑的。

孤独之棠

这里提到的棠，既不是我们今天所熟知的海棠，亦非春秋时代常常提到的棠棣，而是一种梨树，名棠梨，又名杜梨。

杜梨究竟是怎样的一种植物？从资料里知道，这种植物分布较为广泛，北方多省可种植，果实红色，可入药。结果时枝头繁硕，给人以昌盛繁茂之感。春天时开漂亮的白花，花落后绿叶浓密。在几千年前，它是山西地区常见的植物。翻开《唐风》，提到杜梨的诗有两首：

有杕之杜，其叶湑湑。独行踽踽。岂无他人？不如我同父。嗟行之人，胡不比焉？人无兄弟，胡不佽焉？

有杕之杜，其叶菁菁。独行睘睘。岂无他人？不如我同姓。嗟行之人，胡不比焉？人无兄弟，胡不佽焉？

（杕杜）

有杕之杜，生于道左。彼君子兮，噬肯适我？中心好之，曷饮食之？

有杕之杜，生于道周。彼君子兮，噬肯来游？中心好之，曷饮食之？

（有杕之杜）

杕（dì）是一个形容词，描述孤独无依的姿态，杜即杜梨。我们说起孤独，自然常常会触景生情，或是找来一些自然界具有相似状态的动植物作比。比如天上独一无二的月亮，每当于黑夜抬头仰望，清冷的光令人心头一凛，便也想到万千难解的情怀，不禁生出孤独之感。比如独自奔跑的兔子，边跑边向后看，令观者想起旧人旧事，不禁悲从中来。晋国的诗人两次提到杜梨，每次都用孤独来形容它，使人不禁联想这种植物的生存状态。是否它的自然生长状态就是孤零零地矗立在大路边？洁白可人的花、茂密蓊郁的叶与周围的环境形成强烈的反差。越是冷清便越是热闹，而这热闹所呈现的，又是那么孤独。

两首诗都以杜梨起兴，但要说的话却有所区别。第一个看到路边孤零零的杜梨树的诗人，正独自行走在路上。他的心里是苦涩的，因为没有陪伴和帮衬。显然，他遭遇了不可言说的困难，而这种困难需要在他人的协助下才能得到解决。然而，他是一个独行客，不但独行于大道上，更独行于人世间。他没有兄弟，也许认识些朋友。可朋友似乎总比不上兄弟亲，在重要时刻帮不上或没有出手相助。诗人的内心充满着怨气，一面抱怨这些人总是比不上兄弟，一面又抱怨朋友不帮忙。他的不满显得有些没道理，但人遇到难处，情绪难免极端，又是可以理解的。

第二个诗人遇到的情况与他不同。他看中一位值得结交的君子，很想与他成为朋友。问来不来喝一杯啊？我真的看好你啊！另有一种看法是女子爱慕男子，期望得到他的倾慕，请他来家里吃饭喝酒。但我比较倾向于前一种解释。春秋时代，女子宴请爱慕之人来家中吃饭，似乎显得过于开放了。即使在今天，也会被人说闲话吧？

人在何时最易感到孤独？远离家人？缺少朋友？没有恋爱？人是群居动物，害怕孤独的基因是自人类诞生起就存在的。远古人应比我们更恐惧孤独，因为孤独可能使生存受到威胁。随着人类社会的发展，人对孤独的抵抗力大大增强，但不代表这种感情消失了。孤独不再威胁生命，但总会令心灵感到苦痛。当你的心灵渴望交流与陪伴却求而不得时，苦涩蔓延开来，也只有自己懂得。

但我总觉得，有一种孤独更令人疼痛，那就是无助。无助也是孤独吗？当然，无助是孤独的一部分，孤独也是无助的一分子。正如那看到枝叶繁茂的杜梨树的诗人，孤独地走在路上，生活让他颇感无力。想改变却不能改变，想摆脱也不能摆脱。麻烦就在眼前，躲不掉却又解决不了。此时此刻，多么希望有知心的朋友或是家人出手相助！也许每个独自在外生活过的人都曾有过这样的体验。天不应，地不灵，举头三尺无神明。往前看，看不到一丝希望；向后看，没有一条退路。环顾左右，皆是陌生而冷漠的眼神。然而，是多么需要哪怕是些微的帮助啊！那样恐惧，那样渴望，却什么都没有。这样的孤独品尝一次足以记忆终生，刻骨铭心。

孤独不是文艺青年标榜生活的标签，它是一种真实的体验，也是一种生存状态。有些孤独是人的主观选择，但大多数是被命运选中。孤独常被写进诗歌，但也最易变成无病呻吟的废话。《唐风》中的两位诗人，说的是最简洁的语言，唱的是最朴素的情感。这样的表述直观而传神，这样的感情贴切而令人共鸣。文学应该是真实地表现，如实地描述，深刻地挖掘，而不应是刻意地营造，无端地发明，莫名地感慨。先秦时代留下的那些质朴的歌谣给我们最大的启发，而这种启发又未尝不是一种警醒。

子兮，子兮

2014 年夏天我打算读《诗经》，和朋友去杭州博库书城挑版本，朋友对古典文学造诣很深。我们一起选了中华书局出版的周振甫译注的版本。我翻开时恰好翻到一篇叫《绸缪》的诗，朋友指着其中一句念道："子兮子兮，如此良人何！"

子兮是朋友的网名，但我们平时也这么叫她。我以前不明白什么意思，只觉得她学问深，起名字很文艺。直到她指给我这一句时，仿佛突然有所感悟，虽然我也记不清她是否真因为这句诗而起了这个名字。

2016 年，子兮结婚了。11 月末我去参加她的婚礼。她发给我的电子请柬做得非常好看，配了许多古装婚照，旁边配上诗词。其中一帧配的是《绸缪》的句子："子兮子兮，如此良人何！"

我想她终于找到了对的人。

绸缪束薪，三星在天。今夕何夕？见此良人。子兮子兮，如此良人何！

绸缪束刍，三星在隅。今夕何夕？见此邂逅。子兮子兮，如此邂逅何！

绸缪束楚，三星在户。今夕何夕？见此粲者。子兮子兮，如此粲者何！

三千年前唱这首歌的人早已化为尘土，就连接受祝福的新郎新娘也没有留下什么信息，但文字所蕴藉的情感却是不可磨灭的。虽然现代文明远别于远古文明，但读到这样的文字，想起身边走入婚姻殿堂的朋友，感动之情却始终如一。古人与今人并没有太多的不同，人性中总有那么些东西是不变的。

今人熟悉“绸缪”一词，主要来自成语未雨绸缪。整个成语的意思都很明了，即要事先做好计划和防范，避免临事着急。但若独把绸缪挑出来，就显得晦涩不解了。其实绸缪一词的意思古今未变，就是牢牢缠绕，进而引申为缠绵之意。未雨绸缪中也是这个意思，意即下雨前将门窗缠紧。而在《诗经》中，原始义与引申义并存。起句“绸缪束薪 / 刍 / 楚”中的“绸缪”就是缠绕捆绑的意思。薪、刍、楚是柴草荆条一类的东西。用绳子捆绑起来，整齐好打理。在上古时代，捆绑好的柴草荆条常常具有引申含义，主要指夫妻。《郑风·扬之水》里有“不流束楚 / 薪”这样的句子，意思是水流激荡却不能冲散捆绑好的荆条柴薪，我们夫妻也不该因为别人的诽谤而生嫌隙甚至分离。这是妻子的哭诉和对丈夫的祈求。

作为一首祝贺新婚的诗歌，以捆绑好的柴草荆条为起兴，联想直观，是非常恰当贴切的。接下来的“三星在天 / 隅 / 户”表明时间和季节。三星是参星，点明婚礼在晚间举行，这符合周礼对婚礼的规定。古人的黄昏是比现在的黄昏要晚的，也就是天黑之后了。而根据参星在天空所处的不同位置可以判断季节是冬季。但这只是一种解释，因为按周礼，冬季不是结婚的季节。因此爱以讽刺来解读《诗经》的《毛诗序》立即“补刀”，说此诗“刺晋乱也。国乱则婚姻不得其时也。”先不说晋乱很多次，不知他指的是哪一次，而且《绸缪》一诗的确切成诗年份都搞不清，又有什么证据说是刺晋乱？清人方玉润的解读较为合适：“此贺新婚诗耳……不必添出‘国乱民贫，男女失时’之言。”《毛诗序》总喜欢给《诗经》上政治逻辑，拉开其与人民群众的距离。不过那个时代里，《诗》是经，倒的确不是给人民大众看的普及读物，更不是文艺标本。《毛诗序》就是一个历史烙印吧。

晚间结婚应该是什么样的场景？古时没有电灯，先秦时照明器具也不发达，属于照明稀缺时代。参加婚礼的宾客们都应该是打着火把来的。在“明星有烂”，净月高悬，风清夜朗的时候，亲朋好友纷纷赶到。红红的火光照得人满面神采，更添一层喜色。人们赶来吃着平日吃不到的佳肴，看着新郎新娘服装整齐，喜结连理。心里高兴之余，不由得高声唱起：

今夕何夕？见此良人。子兮子兮，如此良人何！

当我们遇到美好的事物时总难免生出这是什么日子啊的感慨，仿佛遭遇幸福也犯了错误，生怕自己不配，不免忐忑。而一旦确定了，这个人就是真实存在的，并且要相伴一生时，我们也会发问，这人究竟怎么样？作为旁观者的宾客们，看到一对新人从此结合，不免想要做些参与，问问新郎新娘的心声。像是在逗趣，但趣中亦见真言。还用问？自然是喜欢且满意的，忠诚不打折，信赖一百分。

今夕何夕？见此邂逅。子兮子兮，如此邂逅何！

讲讲你们的相遇吧！婚礼上常常会发生的环节，司仪请新人出来讲讲恋爱经历，给嘉宾们解解馋。新郎新娘总是会害羞的，但为了场面，也难免会有些透露。底下一众听得仔细认真，不时喝彩起哄，引得讲述人脸更红了，但大家都很开心。

美丽的邂逅就是真爱的开始。《郑风·野有蔓草》里说："邂逅相遇，适我愿兮 / 邂逅相遇，与子偕臧。"遇到了，符合自己的心愿，便祈愿相伴一生。翻开《左传》，我们发现郑国人很重视这一句，常常唱给其他国的友人听，引申出政治含义，但它的原始本义更为动人。回到最质朴的初衷，抹去了那些虚伪的外交辞令，文学本身所传递的情感才最长久地留在心底。

今夕何夕？见此粲者。子兮子兮，如此粲者何！

婚礼结束了，新人们要入洞房。年轻的宾客们依然不肯罢休，跟着去闹一闹。歌谣不停，反反复复地念叨着：这优秀的人怎么就遇到了呢？你觉得他怎么样？怎么样啊？新人只笑不答，宾客们却不依不饶。这样的热闹大约要持续到半夜时分，最终酒足饭饱而去，想着自己的未来也会如此美满。

夜静下来，时间都留给新人自己，忙碌了一整日的新人早已疲惫不堪，恐怕连说话的力气都没有了，但那歌声似乎还萦绕于耳际。

子兮子兮，如此良人何！

萎靡之徒

《唐风》中的《山有枢》在我看来是比较特别的作品。特别处不在语言，而在于它的主题之不确定。

也许你会觉得没什么，因为我反复说过，《诗经》的最大特色是众说纷纭，所谓“诗无达诂”就是这么来的。但《山有枢》却有些不同，历来对于它的解读是相对比较统一的。

我先来梳理一下古人在解读这首诗时所下的判语：

《毛诗序》：“刺晋昭公也。不能修道以正其国，有财不能用，有钟鼓不能以自乐，有朝廷不能洒扫。政荒民散，将以危亡，四邻谋取其国家而不知，国人作诗以刺之也。”

郝懿行《诗问》：“《山有枢》，风（讽）吝啬也。”

方玉润《诗经原始》：“刺唐人俭不中礼也。”

以上是比较经典的评说，总体来看，诗的主旨都逃不开“吝啬”一词。《毛诗序》的解读略显牵强附会，但大意逃不开该花的钱不花这一类的批评。倒是朱熹的评价较为有趣，他认为《山有枢》是针对排在它前面的《蟋蟀》一诗的对话：“盖以答前篇之意而解其忧。”

蟋蟀在堂，岁聿其莫。今我不乐，日月其除。无已大康，职思其居。好乐无荒，良士瞿瞿。

蟋蟀在堂，岁聿其逝。今我不乐，日月其迈。无已大康，职思其外。好乐无荒，良士蹶蹶。

蟋蟀在堂，役车其休。今我不乐，日月其慆。无以大康，职思其忧。好乐无荒，良士休休。

（蟋蟀）

山有枢，隰有榆。子有衣裳，弗曳弗娄。子有车马，弗驰弗驱。宛其死矣，他人是愉。

山有栲，隰有杻。子有廷内，弗洒弗扫。子有钟鼓，弗鼓弗考。宛其死矣，他人是保。

山有漆，隰有栗。子有酒食，何不日鼓瑟？且以喜乐，且以永日。宛其死矣，他人入室。

（山有枢）

《蟋蟀》是首劝诫诗，诗人劝诫当权的贵族阶级勿要贪图享乐，应该居安思危，审慎度日。从这一层面看，《山有枢》的确很像是在回答或反驳《蟋蟀》的观点，即朱熹所说的“盖言不可不及时为乐”。但方玉润也有不同意见，即“时君将亡，必望其急早修政，以收拾人心为主，岂有劝其及时行乐，自速死亡乎？”朱熹的看法其实也没有逃离“吝啬”一词。当我们阅读诗文原本时，似乎吝啬是较贴切的。被批评的主人拥有贵族的一切奢侈条件，但很明显他并不享用，自然是因为他吝啬了。但我细读之后，总觉得似乎还缺少点什么。

我们再来回顾一下这位贵族老爷的日常：

子有衣裳，弗曳弗娄。子有车马，弗驰弗驱。
子有廷内，弗洒弗扫。子有钟鼓，弗鼓弗考。
子有酒食，何不日鼓瑟？

他有好衣服不穿，有好车马却闲置，有庭院不打扫，有乐器却不搞文娱活动，有酒肉，却在餐饮时不奏乐！我们从这些描述中所看到的形象，是个懒散、邋遢、精神萎靡不振的男子，他的生活状态显然不够积极。

比较公认的说法是，这位贵族男子不享用是因为舍不得钱。但诗歌里关于舍不得钱这一项体现得并不是很明显。诗中并无对比或反差性质的描述，比如著名的守财奴，《悭吝人》中的阿巴贡。他为了省粮食，不吃饭饿肚子睡觉，忍不住了就去和马抢吃的。这是典型的吝啬。但一个人不吃饭不代表他一定是为了省钱，一个人不穿衣服也不代表是为了省布料，不出行也不见得就是怕花路费。《山有枢》中没有出现这样的强对比描写，他有酒食不是不吃，而是没有文艺伴奏。诗歌告诉我们的是这位贵族老爷有多么萎靡。

是的，就是萎靡，不穿衣服，不出门，不打扫卫生，也没有振奋精神的文娱活动。我们可以想见这样的生活，死气沉沉，无滋无味。人活着就只为了喘气，也许连喘气的力气都嫌浪费。勉强吃口饭，但心情却是枯竭的，音乐似乎只会让他感到刺耳烦躁。

他为何如此萎靡？我们不知道。也许是因为吝啬，但也可能存在其他原因。比如生活没有激情，枯燥乏味，无所事事，或遭遇了不幸，或有些琐事令他耿耿于怀，总是看不开。人在精神不振的时候就会失去对生活的兴趣，其表现主要体现在他生活的方式。比如不再对自身形象进行维护，包括梳洗打扮，换洗衣服，打扫卫生。继而不愿出门，不愿社交，不愿工作学习。心情越是苦闷无望，人就会越发萎靡不振，生活就越邋遢，进而越无聊。再反向影响心情，形成一个恶性循环。朋友或亲人见到，自然是看不下去的。就像这位诗人，出来说话了：

宛其死矣，他人是愉。
宛其死矣，他人是保。
且以喜乐，且以永日。宛其死矣，他人入室。

你死了还不都成别人的？高高兴兴过日子吧！当我们看到我们关心爱护的人变成诗中这位贵族男子的样子，自然要说类似的话。也许他们的愁闷并不令我们感冒，谁无不顺？何必想太多！不是有句鸡汤，“所有的苦闷都是因为想太多。”多愁善感令人抑郁，较易对生活、对自身失望甚至绝望。所以我们常常说，享受当下！是的，“且以喜乐，且以永日”就是告诉他要享受当下。你的愁闷改变不了什么，只能让你早死。而你死了，你的财产都被他人分去，真的是一了百了，又有何意义？不如趁还活着，尽情享用。

诗人与他的批评对象都生活在物质生活贫瘠，生产力落后的春秋，即使是贵族老爷，吃穿用度也不会比今天的普通中产阶级更好。因此，有资格有能力占有丰厚资源配置的贵族，享用也是他们责任的一部分。即便是勤俭也会被讽刺挖苦，并不被视作美德。那时没有平等观念，更不会有扶贫帮困。一个人过什么样的生活是天注定的，是命，是不可逾越的。面对他的萎靡和闲置，诗人当然看不过去，比今天看到一个人放弃大好时光而自甘堕落还要令人不解和愤怒。但诗歌流传到今天，人们的观念已经发生了极大的变化，不如脱去牵强与附会，融入新时代的生活。《山有枢》是一首略带讽刺意味的劝诫诗：做人呢就要学会开心。嘿，我去给你煮碗面！

诗人说罢就去煮面了。

大悼有情

只有关于《葛生》，各版本的总体看法比较一致，即这是一首悼亡诗。细节上有些争议，比如究竟是妻悼夫，抑或是夫悼妻。

葛生蒙楚，蔹蔓于野。予美亡此，谁与独处？
葛生蒙棘，蔹蔓于域。予美亡此，谁与独息？
角枕粲兮，锦衾烂兮。予美亡此，谁与独旦？
夏之日，冬之夜。百岁之后，归于其居。
冬之夜，夏之日。百岁之后，归于其室。

"葛生蒙楚，蔹蔓于野"一句起兴的同时标明地点以及场景氛围。这应该是一处郊外，葛藤缠绕着荆棘，白薇布满旷野。有些荒凉的意味，诗人的心里不好受。看到这一场景的读者也跟着代入，感受到了一种凄然之意。紧接着，诗人道出了来到这荒野之上的缘由，即"予美亡此"，我的爱人葬在这里。"美"字在《诗经》中向来是有争议的。譬如《陈风·防有雀巢》中的"谁侜予美"，直译为谁欺骗了我的爱？但我的爱是男是女？按今人的理解，既然称之为美，必然是女性。但在先秦时代却不尽然，比如《简兮》中的"西方美人"就是男的。也正因此，《葛生》中的"美"就不大好确定了。但参考诗中的"谁与独处"，根据古代的婚姻制度以及男女地位不平等的现象来看，我个人支持妻悼夫这一说法。

如果是一首悼亡诗，故事场景又在荒郊野外，我们应该可以推断，诗人并不似《绿衣》作者那般，只是坐在家里睹物思人。睹物思人是悼亡诗的常态主题，也多为男性诗人所作。《葛生》的作者不在家里，那么又在哪里呢？想必是在坟场了。那么，她是来上坟的吗？我们接着往下看。

“角枕粲兮，锦衾烂兮”一句似乎点明了什么。据清人牛运震考证，“角枕”“锦衾”为收殓死者的用具，这更进一步证明作者此刻身在坟场，那么她究竟是在这里做什么呢？这可以从两个形容词“粲”与“烂”来做一推断。

“粲”与“烂”在《诗经》里并不是稀客，合在一起读，就是灿烂，不但音同，意也相同。但在先秦时代还没有灿字，而是都写作“粲”。而“烂”字不作腐败的意思讲，比如“明星有烂”不是“星星腐烂了”的意思，且常常与“粲”搭配，都表明鲜明美好的意思。那么下葬的用具依然“粲”与“烂”，这会是一种什么样的情形？只有一种可能，就是刚刚入殓，即将下葬。因此，我个人推断，这是一首送亡夫下葬时，在葬礼上所唱的诗。

也正因为是刚刚丧失伴侣，这种失去便十分苦痛，诗人唱“谁与独处 / 息 / 旦？”也就很容易理解并使人感触。此时此刻，爱人刚去，活下来的一定在不断追忆爱人在世时的音容笑貌，无法接受他突然消失的现实。作为旁观者也不好贸然劝谏，比如出自善意劝其另嫁。即便是妇女可以自由再嫁的今天，当她的丈夫刚去世时，说这样的话也依然是不合时宜的。

夏之日，冬之夜。百岁之后，归于其居。
冬之夜，夏之日。百岁之后，归于其室。

这是慷慨的承诺，特别适合在沉痛悼念的时候唱出，但也只有在此刻才是最真挚的。十年后，二十年后，三十年后，即使迫于社会压力而守寡，也未必真的还能有这样的赤诚。关于“夏之日，冬之夜”，周振甫解释为两者较长。但我个人的感受是，两者都是人间最难熬的时光。难熬不是因为长，而是因为气候。想想夏天烈日当头，即使日落西山依然不减热度；再想想冬夜寒冷侵骨，几层棉被也挡不住不解人意的深夜之寒。没有空调也没有电热毯，那种煎熬可想而知。而比这更煎熬的，是诗人想象中这些日与夜里都不再有丈夫的陪伴，因此也就备受煎熬。为什么是想象？因为随着时光的推移，对新生活的习惯，以及不可预测的未来，痛会减弱，或许根本就不再为此伤神。当生活里有了新的温暖，再为过去而痛苦是不可理喻的。听起来凉薄，那是因为此刻妻子还在葬礼之上。十年后再看，一点也不凉薄，反倒十分称心如意。

关于悼亡诗，我的感想总是五味杂陈。与爱人天人永隔是件不幸的事，但所谓人死不能复生，活下来的总要走入新生活。对于那逝去的，似乎就显得不近人情。依然怀念过去，着实令人感佩，但一味不忘旧情，是否又是对自己的戕害，对身边另一人的不公平？站在不同的立场上看同一个问题，所得出的评判与感悟就会天差地别。而那句信誓旦旦的“百岁之后，归于其居/室”，在新生活里则显得不切实际。

捌

【秦风】

秦晋之好，相爱相杀

《秦风》中的《渭阳》，虽然不算耳熟能详，但读起来朗朗上口，文字浅近，情感表达也很充沛。

我送舅氏，曰至渭阳。何以赠之？路车乘黄。
我送舅氏，悠悠我思。何以赠之？琼瑰玉佩。

我送舅舅到渭水边，舍不得。用什么表达我的情意？车马与美玉。惜别之情令人动容。虽然较之《邶风》的《燕燕》简洁了些，情感也相对克制，未有出现“泣涕如雨”或“伫立以泣”的煽情场面，却有着秦人特有的冷静与阳刚。

那么，这一对送别的舅甥是谁呢？《毛诗序》中的解释是这样的：

《渭阳》，康公念母也。康公之母，晋献公之女。文公遭骊姬之难未返，而秦姬卒。穆公纳文公。康公时为太子，赠送文公于渭之阳，念母之不见也，我见舅氏，如母存焉。

这里所说的康公是为秦康公，为秦穆公子，名罃（yīng）。在康公还是秦国太子时，因晋骊姬之乱而出逃的公子重耳曾有几年避居在秦国，后由秦军护送回国立为国君，也就是后来的晋文公。康公之所以称晋文公为舅舅，是因为文公的姐姐是秦穆公的夫人，因此两人的情谊就更亲近些。这一年，秦军护送晋文公归国，太子罃亲自送到渭水边，极尽惜别之意，令人不由得想起著名的成语“秦晋之好”。这历来比喻两家结为姻亲而从此亲如一家的褒义词，配上如此深情款款的离别场景，不禁令人心生感慨：秦晋两国真是一衣带水，两国人民结下了深厚的友谊……

真是这样吗？

没有这么简单。

晋文公的姐姐是秦穆公夫人。晋文公为人贤德宽厚、重情重义，在秦国避难时受到相当的礼遇，因此与外甥走得近些也在情理之中。但，这能说明秦晋两国真的亲如一家吗？

远的不说，长的不讲，本文专门聊聊秦穆公与晋献公、晋惠公、晋怀公、晋文公和晋襄公间的那些相爱相杀。

为什么秦国只提到一位君主，而晋国却有五个？其实岂止五个，算上做了几天君主就被大臣杀掉的，一共七人。短短几十年，晋国就换了七个君主，实在令人惊叹。而究其原因，就出在著名的骊姬之乱上。

晋献公有三个儿子最有贤名，即太子申生、公子重耳和公子夷吾。但有一年，晋献公出兵攻打小国骊戎，骊戎不敌，进献美女骊姬。骊姬生子奚齐，她还有一个妹妹，也嫁给了晋献公，生子卓子。晋献公宠爱骊姬，于是打算换太子，而骊姬也有此意。一番宫廷斗争之后，太子申生自杀，公子重耳和公子夷吾逃出了晋国。这就是骊姬之乱的概括。

晋献公宠姬杀子的这一系列做法很不得人心，早有人不满却不敢出来说话。但他一死，当初躲起来做吃瓜群众的大臣里克便重新出山，先杀了新君奚齐，又杀新君卓子。这样一来，晋公室就空了，未来的国君急需从重耳和夷吾中选一个回来。里克看好重耳，派人夫屠岸夷去狄请他归国继承君位。重耳是想回去的，却遭到了舅舅子犯的反对，最后婉拒了里克的请求。《国语·晋语》中记载了子犯反对的理由："夫坚树在始，始不固本，终必槁落。夫长国者，唯知哀乐喜怒之节，是以导民。不哀丧而求国，难；因乱以入，殆。以丧得国，则必乐丧，乐丧必哀生。因乱以入，则必喜乱，喜乱必怠德。是哀乐喜怒之节易也，何以导民？民不我导，谁长？"从这番言语来看，子犯坚持的是传统的周德，劝重耳勿要钻营权谋，不占一时的便宜。若为一国之君应顺应民心道化，为国人作表率。这是史书写在明面上的，但又或许他是想下一盘险棋，知道晋国国内尚不安宁，让公子夷吾先蹚浑水。不过这样有点以果推因的意思，又有阴谋论的色彩，不算正确史观，兹当作八卦吧。

与此同时，晋国内另一派支持公子夷吾的大夫吕甥也派人赶往梁去请公子夷吾归国。夷吾身边也有谋臣，是为冀芮。冀芮并没有子犯那般深谋远虑，眼见机不可失，当即要夷吾马上允诺。吕甥担心事不成，献计去找秦国撑腰。于是派人去贿赂秦穆公，并郑重许诺："即得入，请以晋河西之地与秦。"（《史记·晋世家》）彼时的秦国，还不是后来的军国主义强国，而是重情尚义，极有道德约束感的国家，秦穆公就是这个道德模范国家的领导人。当然，只有裙带关系和道德约束而无实质性的好处也是不通常理的，只有三点皆具备，秦穆公才欢天喜地把公子夷吾送回了晋国。夷吾在贿秦的同时，国内事宜也做了处理。他知道里克的厉害（连杀两国君），也知道里克想迎回的是重耳而不是他，因此，想要顺利坐上君位，还必须搞定这个人。在诱惑秦国的同时，他也在与里克谈判："诚得立，请遂封子于汾阳之邑。"（《史记·晋世家》）这是他给里克的许诺。里克是精明人，做人皆有私欲，不可能不为自己考虑。而当初骊姬没来的时候，夷吾也属有贤名之人，让他回来也不算坏事。于是夷吾顺利回到晋国，是为晋惠公。

秦穆公还活得好好的，而晋国已经连续换了四个国君。乱了这么久，杀了这么多人，有贤名的公子回来了，按理应该安定下来，组织生产生活，富国强兵了。但春秋的故事总是那么辣眼，晋惠公一朝继位，祸乱非但未平却接连四起。如果从前还只是搞内部斗争，那么这一次却引发了国家战争。而他的对手就是秦穆公。

接下来我们看看夷吾都做了什么：

惠公夷吾元年，使邳郑谢秦曰："始夷吾以河西地许君，今幸得入立。大臣曰：'地者先君之地，君亡在外，何以得擅许秦者？'寡人争之弗能得，故谢秦。"亦不与里克汾阳邑，而夺之权。

二年，周使召公过礼晋惠公，惠公礼倨，召公讥之。

四年，晋饥，乞籴於秦。

五年，秦饥，请籴於晋……惠公用虢射谋，不与秦粟，而发兵且伐秦。秦大怒，亦发兵伐晋。

六年春，秦缪公将兵伐晋……晋军败，遂失秦缪公，反获晋公以归……十一月，归晋侯。

八年，使太子圉质秦。

十三年，晋惠公病。

十四年九月，惠公卒。

以上是《史记·晋世家》对晋惠公在位十四年的一个梳理。晋惠公继位第一年就以群臣反对为由背弃了对秦国的承诺，秦穆公自然是气愤至极。此时晋国的邳郑来秦国私下撺掇他重新拥立重耳，秦穆公答应了，却被晋惠公身边的吕甥等人察觉，事败，邳郑被杀。邳郑的儿子丕豹跑到秦国，请秦伐晋。但秦穆公表现极为理智，他没有采用丕豹的计策，想必是不想被他利用去报杀父之仇。

晋惠公为平静的秦晋之好划了一道伤痕，自己却无察觉。对付了秦国，转身就夺了里克的大权进而逼其自杀，似乎天下太平了，从前的贤名也不知丢到哪里去了。第二年他就犯了一个春秋时代的错误，在周王的大臣面前摆架子，打周天子的脸。尽管春秋时期周天子势微，但诸侯们还是愿意留面子的，更可以此为借口讨伐他国。晋惠公初立就公然作难，其实是有点犯了众怒的意思。但这些都不是大事，毕竟周天子已经不比当年，不会因为这点事就讨伐他。而接下来几年发生的事却为晋国捅了马蜂窝，也给自己留了遭人耻笑的名头。

晋惠公继位第四年，国内发生饥荒，向秦国请求粮食援助。秦国不计前嫌，慷慨解囊，事情做得够漂亮！而第二年，秦国也出现了饥荒，当然第一个想到的是邻近且有姻亲之好的晋国，但晋惠公却又玩了阴招——非但不帮忙，且趁着秦国内忧之时，出兵讨伐。

表面上看来，这次又是采纳了谋臣的建议，而这个建议说得极为有趣：

虢射曰："往年天以晋赐秦，秦弗知取而贷我。今天以秦赐晋，晋其可以逆天乎？"遂伐之。（史记·晋世家）

去年我们饥荒，那是上天给秦的一次机会，它放弃了。但我们不该放弃，它不打我们，我们打它！为了利益，借口可以找得很精彩，也可以很拙劣。也许我们会疑问，为何晋惠公身边的人都爱出馊主意？

但请不要忘了这是晋惠公自己的选择，相反的建议不是没有，只是他不愿采纳。晋惠公重利，做事不够漂亮，好名声都丢掉了，军事实力却乏善可陈。秦晋两国终于撕破脸，不再念着对方的好，刀兵相见了。

战场上，起初是秦国失利，秦穆公还受了伤。但他早年的宽容为自己赢得了感恩，在危机时刻得到了食马人的帮助（详见后文《军嫂的幽思》），继而转败为胜，活捉了晋惠公。这一次，秦穆公是真的生气了，声言要将晋惠公“祀上帝”。（《史记·晋世家》）危急时刻最见人心，也最能看出两国形势的变幻莫测。事情发展到这一步，秦晋两国似已无好可言，但晋惠公的姐姐是秦穆公夫人，两人毕竟还是亲戚。娘家人有难，做姐姐的岂能坐视？于是穆公夫人出面求情。《左传》记载，她采取的手段很激烈，是以死相逼：

穆姬闻晋侯将至，以大子罃、弘与女简璧登台而履薪焉，使以免服衰絰逆，且告曰：“上天降灾，使我两君匪以玉帛相见，而以兴戎。若晋君朝以入，则婢子夕以死；夕以入，则朝以死。唯君裁之。”乃舍诸灵台。

《史记》中于《秦本纪》和《晋世家》中也分别记载了这件事，但不及《左传》这般声情并茂。她的威胁起到了一定效果，秦穆公没敢将晋惠公带入国都，而是暂时押在郊外。与此同时，曾被晋惠公羞辱门面的周天子也来说情了，并且说得很有人情味，“晋我同姓。”周天子的面子大，夫人的情义深，但这都不是放归晋惠公最根本的理由。如果有，那么一定与国家利益相关。果然，秦穆公得到了最终答案。

秦缪（穆）公问吕省（即吕甥）：“晋国和乎？”对曰：“不和。小人惧失君亡亲，不惮立子圉，曰‘必报仇，宁事戎、狄’。其君子则爱君而知罪，以待秦命，曰‘必报德’。（史记·晋世家）

听了以上这番话，秦穆公选择放了晋惠公，不但放了，还送了不少礼品。因为他明白了吕甥的意思：放回晋惠公，秦晋两国可以保有一定时间的太平，而杀掉他，则会带来更多的仇恨和战争。而栽了大跟头的晋惠公，终于为了保命而割让利益，献上当年毁约的河西地，还把太子圉派到秦国做人质。不知这是否他自己的意思，抑或又是谋臣的主意，也极有可能是秦穆公派人与他做了谈判，以城池换性命，以人质为牵制。这一波风浪算是过去，而回到晋国的晋惠公也老实许多，几年后一病归天。

晋惠公一死，刚平静几年的秦晋边境即将面临新的考验。他病重的时候，太子圉还在秦国。听说父亲病了，猜测换新君的时刻不远了，但虽为太子却在秦国，而晋惠公却不止他一个儿子。为了能当上未来的国君，太子圉不打招呼就偷偷跑回了晋国。临别前他打算带上妻子一齐走，但妻子拒绝了他。太子圉顺利地回到晋国，第二年晋惠公死，他继位为晋怀公。

但太子圉的这一次秘密返国却惹怒了秦穆公，他为了两国和平而一手促成的“秦晋之好”被太子圉撕毁。面对晋的不义，秦穆公不再手软。就在这个当口，《渭阳》中那个令外甥依依不舍的晋文公重耳正式登场。

在赴秦前，重耳去过很多国家，有的对他礼遇，有的则十分反感他。现在，他的对手都死了，新立的晋怀公根本不能与他比肩。意欲报复的秦国将重耳接了过去，一口气给配了五个夫人，其中一人竟是他的侄媳妇——太子圉的妻子。《国语》中记载她是秦穆公的嫡女，史称怀嬴，秦穆公评价她用了三个字：“此为才。”将她再嫁重耳，明摆着是在恶心晋怀公，怀嬴自始至终只是一枚政治棋子而已。重耳在秦受到了高规格的礼遇，此外，“秦使人告晋大臣，欲入重耳，晋许之。”（《史记·秦本纪》）秦穆公与重耳见时机成熟，遂于同年末发兵。

《左传》和《史记》都记载了这次发兵返晋，但没有说渭水边的款款情深，而是提到他们渡过了黄河。渭水为黄河支流，流经咸阳，身为太子的公子罃也许并未带兵出征，但送到渭水边还是在情理之中。公子罃继承了父亲的重情重义，在相处不多的日子里与舅舅产生了深厚的感情，也许是因为性情相投吧？这一别，各自代表着国家形象和利益，也许再见的机会不多了。

在秦国的帮助下，重耳大败晋怀公派来阻击的军队，登上君位，杀掉了侄子。他的继位得到了全国的拥护，秦晋两国也似乎回归了浓得化不开的亲情关系，是手拉手、肩并肩的小伙伴了。秦穆公三十年，即晋文公七年，两国共同去讨伐郑国，理由是“以其无礼于文公亡过时，及城濮时郑助楚也。”（《史记·晋世家》）这一次，晋国是来雪恨的。秦国相当仗义，表面上看默契极了，谁知郑国一句话就让秦晋联军迅速瓦解了。

郑恐，乃间令使谓秦缪（穆）公曰：“亡郑厚晋，于晋得矣，而秦未为利。君何不解郑，得为东道交？”（史记·晋世家）

郑国虽弱，但一向机智。一个卖牛的小贩都可以骗得秦军退兵，更别说这一次，郑国是看准了秦晋之好背后的利益纠纷。在国家间，没有什么可以高于国家利益，秦晋两国联姻再多也改变不了利益上存在矛盾的事实。秦穆公一听说仗义吃亏，立即收手，留下大夫杞子帮助郑君戍守。而失去了秦国支持的晋国也没有坚持下去，同样收兵而去。

之后没两年，晋文公去世。他一死，秦晋之好又成泡影。晋文公念着姐夫的好，但他的儿子却对秦没有那么深厚的感情。秦国又去伐郑，并顺手灭了滑，而滑就在晋国边上，惹恼了新继位的晋襄公。秦晋两国再起战乱，这一次晋国胜出，俘虏秦国三员大将。有趣的是，历史性的一幕这一次在晋国上演。当年是晋惠公的姐姐力促晋惠公归晋，而这一次，是晋文公的遗孀（《左传》此处称文嬴，一说即怀嬴）出来说情，要晋襄公放回三员秦将。晋襄公听从了嫡母的建议，放了三人，却促成了三年后秦穆公伐晋报仇（详见后文《霸主的哀与荣》）。而后晋再伐秦，是冤冤相报何时了。直到晋襄公七年，两国国君双双离世，秦穆公与晋国五君之间的恩怨纠葛才算了结。但他们了结了，秦晋两国却并未了结，秦晋联姻的背后，更多杀戮滚滚而来。

孟子说，春秋无义战。以前不能体会其意，但看多了发生在春秋时代的故事，方明白孟子所言非虚。尽管春秋时代的战争没有战国时代残酷，维持着应有的战争礼节，譬如发兵前要派使者先去交战国递交战书，告知对方“我国将于何年何月何日于何地与贵国交战”。但，这仍旧掩盖不了为了利益而频频发动战争的事实。从赤裸裸的争斗慢慢转化为谈判和制订条款规则，这是人类文明的进步。看这些有时令人费解的征伐，常觉得用仁与义来形容国家或一国之君是可笑的，而人性的善与恶又往往是根据获取利益的手段和方式来判定的。解决利益纷争，最好的办法永远不是战争，而是制订规则，彼此遵守，以适当的牺牲换取全面的利益均衡。然而在春秋战国时代，各国身不由己，社会在杀伐间剧烈变换，直到新时代的到来。

霸主的哀与荣

《秦晋之好》里说到秦穆公晚年与晋襄公的交战，但只作了概括。为了配合本文的梳理，再细致地交代一下。

秦穆公三十二年、即晋文公九年冬，晋文公去世。与此同时，郑国国君也去世了。这个当口，两年前被秦穆公留在郑国的大夫杞子派人给国君传话，言："郑人使我掌其北门之管，若潜师以来，国可得也。"（《左传·僖公三十二年》）秦穆公听罢起了贪念，不顾老臣蹇叔的劝阻，执意出兵向郑国奔袭而去。当大军赶到滑地之时，发生了这样戏剧性的一幕：

及滑，郑商人弦高将市于周，遇之。以乘韦先，牛十二犒师，曰："寡君闻吾子将步师出于敝邑，敢犒从者。不腆敝邑，为从者之淹，居则具一日之积，行则备一夕之卫。"且使遽告于郑。（左传·僖公三十三年）

郑国商人灵机一动，将牛献给秦军，说这是国人知秦军来，奉上的献礼。秦军领头的三员大将以为郑国真的已有察觉和准备，便放弃了原先的目的，撤军回国。但就在撤军的路上，也不知出于什么原因，也许是怕就这样回去丢面子，他们顺手结果了滑国。这就给秦晋之好又泼了一盆狗血。

这三员大将就是前文提到的，后来被晋襄公俘虏，又被其母劝说放掉的那三人。他们是秦国的名将孟明视、西乞术和白乙丙。秦穆公的生命里发生过两次重大的"三人事件"，这三员大将是第一次，第二次我们稍后再说。

三员大将自作主张拿下滑国，导致晋襄公大怒。《史记·秦本纪》里说："滑，晋之边邑也。"想必滑应该是晋的属国一类，属于其保护范围之内。最重要的是，此时晋文公尚未下葬，秦国赤裸裸地挑衅，是不把新君晋襄公放在眼里。晋襄公感觉受到了极大的羞辱，这才发兵攻秦。这一次，秦国败在了晋国手里。三员惹事的大将被俘，若不是秦女求情，恐怕就成刀下鬼了。

这次惨败史书上称为"殽之役"，因为败仗是在一个叫殽的地方打的。失败给了秦穆公很大的打击，他深深自责，却没有处罚三个将军，仍旧将他们复职。四年后，秦军为报殽之役再次伐晋，打得晋军"皆城守不敢出"。秦穆公亲自参加了战役，并在历史上留下了悲壮的一笔：他收葬了将士们的尸骨，"为发丧，哭之三日。"（《史记·秦本纪》）继而在秦军前发表重要讲话，将自己的形象永久地定格在历史画卷之上：

嗟！士卒，听无哗，余誓告汝：古之人谋黄发番番，则无所过。以申思不用蹇叔、百里奚之谋，故作此誓，令后世以记余过。

当初秦国去讨伐郑国，蹇叔等是反对的，但秦穆公没有听劝，引来后面一连串的不幸。秦穆公把全部责任都揽在自己身上，没有让任何一人替他承担过错和责难，这在帝王史上是难得的，在秦国史上也并不多见。

秦晋的战争并未到此为止，后面的故事不再赘述。回到读《诗》的正题上来，我们来聊聊与秦穆公关系重大的另一次"三人事件"，这就是《黄鸟》。

交交黄鸟，止于棘。谁从穆公？子车奄息。维此奄息，百夫之特。临其穴，惴惴其慄。彼苍者天，歼我良人！如可赎兮，人百其身！

交交黄鸟，止于桑。谁从穆公？子车仲行。维此仲行，百夫之防。临其穴，惴惴其慄。彼苍者天，歼我良人！如可赎兮，人百其身！

交交黄鸟，止于楚。谁从穆公？子车鍼虎。维此鍼虎，百夫之御。临其穴，惴惴其慄。彼苍者天，歼我良人！如可赎兮，人百其身！

诗中提到的三个人，分别叫子车奄息、子车仲行和子车鍼虎。他们是子车一门的三兄弟，在秦国有贤名，应该也是比较重要的大臣。从诗歌的内容来看，诗人对这三人充满赞誉，称他们是百里挑一的人才。然而，一句“临其穴”和“歼我良人”挑明了这三个人的遭遇，他们即将面对死亡。为何而死？“从穆公”，也就是为秦穆公殉葬的意思。

《左传·文公六年》记载：“秦伯任好卒。以子车氏之三子奄息、仲行、鍼虎为殉。皆秦之良也。国人哀之，为之赋《黄鸟》。”有《左传》背书，可见《黄鸟》一如《载驰》，是有确切历史依据和历史事实为典故的诗作。只是比较可惜的是，《左传》没有记载《黄鸟》的作者是谁，只说“国人”。如果能有一个名字，那么我们就可以更多地了解一位先秦时代的诗人。

秦穆公任好死的这一年，是他在位的第三十九年。一生忙忙碌碌，东征西讨，为大国崛起培土奠基。秦穆公有一个秦国梦，这个梦在他死后搁置了许多年，但最终被他的后代实现了。尽管秦朝短暂，但它为中国奠定了政治制度和文化思想的基石，秦穆公在天之灵应该高兴。然而，回到他死的这一年，他的死亡却让秦国人不太高兴。

秦国人不高兴，不是因为他的死，这当然听起来显得冷漠。但事实是，秦国人在《黄鸟》中，哀叹的是给他殉葬的三位贤臣。其哀痛之情舍身忘我，直可上达天庭。“彼苍者天，歼我良人！如可赎兮，人百其身！”苍劲有力的哭诉中，似乎能听到黄土高原上的烈烈悲歌。对于三人殉葬，以诗人为代表，具有一定知识和文化储备的秦国贵族知识阶层感到非常不满。《史记·秦本纪》记载：“从死者百七十七人。”这样规模的殉葬，可谓庞大。其情其景也可想而知，是相当惨烈的。

对于秦穆公殉葬的做法，在当时就有批评的声音。《左传》和《史记》都做了记载，此处引《史记》内容：

君子曰：“秦缪公广地益国，东服强晋，西霸戎夷，然不为诸侯盟主，亦宜哉。死而弃民，收其良臣而从死。且先王崩，尚犹遗德垂法，况夺之善人良臣百姓所哀者乎？是以知秦不能复东征也。”

这位君子不知何人，但颇有些后世夫子曰的气势。他对秦穆公用良臣殉葬的做法是非常不满的，认为是剥夺了秦国百姓的贤人，于国于民皆不利。秦穆公不该这么自私，既然他这么做了，没有称霸就对了，东征也是泡影。君子的话在批评之后还有预言，也许是认为秦国从此缺少了能臣，想再创伟业是不可能的。果然，秦穆公后秦国一直不景气，到商鞅变法后才重新崛起。也许君子是以果推因，这种事在史书里屡见不鲜。此处我们需要注意的是他对秦穆公用人殉葬一事的批评。人殉是残忍的，是文明落后的产物，在商代极为流行。但到了西周，统治者崇尚德政，人殉迅速减少，但仍有保留。春秋时代是文明的过渡时代，有些诸侯国处于文明领先的地位，早一步迈向新时代。而有些诸侯国处在中间或落后地位，一定程度上保留着许多古老的习俗。秦国地处西部，与中原文化相比属于落后地区。虽然秦穆公以极大的意志力带领国家迈向先进文明行列，但显然他的一己之力还有偏差。而从君子的批评来看，他自己也未完全站在先进文明的立场上，毕竟他只为那三人抱屈，对剩下的一百多人只字未提。

殽之役的三人事件让秦穆公名垂史册，而子车氏三兄弟的事件却让他晚节不保，从此饱受争议。在批评的声音之外，后世不是没有人替他说情，最有名的要数东汉学者应劭。唐代张守节所著的《史记正义》里是这样记载的：

秦穆公与群臣饮酒酣，公曰："生共此乐，死共此哀。"于是奄息、仲行、鍼虎许诺。及公薨，皆从死。《黄鸟》诗所为作也。

应劭说了个故事，说秦穆公活着的时候与子车氏三兄弟喝酒，兴头上说了同生共死的话。三兄弟当即允诺，因此甘愿自杀殉葬。应劭的故事不知从何而来，说得巧妙极了。三兄弟是坚守承诺自杀而殉，并非秦穆公残暴杀良臣。"士为知己者死"是儒家信奉的传统，在汉代已是正统思想。应劭从这一点出发来解读这一次的三人事件，当然有其道理，但重点是，究竟他的故事是真实的吗？即便是真实的，秦穆公的那句拉拢的话真的是要他们同死吗？最重要的，秦穆公在临终前究竟有无亲自下令要他们三人同行，史书上没有答案。

史书上的人物一如文学作品中，太单一就缺乏趣味与深度。秦穆公就是一个不单一且有深度的历史人物。他有帝王的弱点，也有领导者勇于承担的魄力；有统治者的雄心壮志，也有独裁者的残忍和自私。他一生作为可圈可点，难怪司马迁在《秦本纪》里对他的一生叙述详尽，并将其归入春秋五霸的行列，简直可以当作一篇漂亮的人物传记来读。在秦国六百余年的历史上，除了秦始皇，就数秦穆公最让人回味。而有趣的是，秦穆公的名字不单在史册里闪光，在文学传说领域也留有一笔，且颇为传奇浪漫。

汉代刘向所著《列仙传》中记载了这样一则故事：

> 箫史者，秦穆公时人也。善吹箫，能致孔雀白鹤于庭。穆公有女，字弄玉，好之，公遂以女妻焉。日教弄玉作凤鸣，居数年，吹似凤声，凤凰来止其屋。公为作凤台，夫妇止其上，不下数年。一旦，皆随凤凰飞去。故秦人为作凤女祠于雍宫中，时有箫声而已。

这段故事浪漫绮丽，对古典文学，特别是诗词这一块影响极深。我们耳熟能详的词牌《忆秦娥》和《凤凰台上忆吹箫》都是从这个故事而来，仅听名字就可想象有多么动人。

有说箫史是仙人，但无论如何，他一定是一个虚构的人物。有趣的是，这个虚构的人物偏偏安排给了秦穆公的女儿。至于弄玉是否存在，找不到确切的证据。《左传》里只说穆公有女名简璧，没有提到其他的女儿。在这个故事里，秦穆公是一名文艺女青年的父亲，又把女儿嫁给了一位文艺男青年，非常满意，还为他们盖了房。小两口儿在新房里整日专攻文娱活动，到最后竟然骑着凤凰升天做了神仙。升仙意味着死亡，古人不愿提死，于是说死去为升仙，也许秦穆公真的有过一个喜欢文艺却早逝的女儿。总之，在这个故事里，秦穆公的形象虽然出现得不多，但从他对女儿女婿的包容和支持上来看，是一个疼爱女儿的慈父，比历史上那个饱受争议的霸主形象要亲切许多。

·军嫂的幽思·

《秦风》中的《小戎》是非常具有秦特色的作品。当然，这里的秦特色指的是原始纯朴的秦特色，而非后世军法严苛的冷酷感。纯朴的秦特色究竟是怎样一种感觉？这要从诗中感悟，从史籍中寻找。

小戎俴收，五楘梁辀。游环胁驱，阴靷鋈续。文茵畅毂，驾我骐馵。言念君子，温其如玉。在其板屋，乱我心曲。

四牡孔阜，六辔在手。骐骝是中，騧骊是骖。龙盾之合，鋈以觼軜。言念君子，温其在邑。方何为期？胡然我念之。

俴驷孔群，厹矛鋈錞。蒙伐有苑，虎韔镂膺。交韔二弓，竹闭绲縢。言念君子，载寝载兴。厌厌良人，秩秩德音。

我们可以将《小戎》分作两部分来看。但对《小戎》的分割方法我不采用固有的一段二段三段式，而是将每一段都分成两部分，以“言念君子”为分水岭，分成前半和后半，再来按照这个分法具体聊聊。

对今人来说，《小戎》的难读主要集中在我所说的前半部分。当我们把这部分整理出来，发现语意已经十分完备，且词汇相当丰富。

小戎俴（jiàn）收，五楘（mù）梁辀（zhōu）。游环胁驱，阴靷（yǐn）鋈（wù）续。文茵畅毂（gǔ），驾我骐馵（zhù）。

四牡孔阜，六辔在手。骐骝是中，騧（guā）骊是骖。龙盾之合，鋈以觼軜（jué nà）。

俴驷孔群，厹（qiú）矛鋈錞（duì）。蒙伐有苑，虎韔（chàng）镂膺（yīng）。交韔（chàng）二弓，竹闭绲（gǔn）縢。

第一段描写的是兵车的车厢，体积不大，但装备精良，车厢内配备舒适，能坐上这样兵车的人一定出身高贵。根据上古作战的规矩，坐兵车的人一般为主帅或君主，那么我们大致可以猜测出车厢内所乘之人的身份和地位了。

第二段主要说的是拉车的马匹，所谓秦国特色，主要集中于此。四马拉车为一乘（shèng），这是先秦时代的标配，在《郑风·大叔于田》中已经有所领略。但与郑国不同的是，秦国的马匹更肥壮，且品种多样。

“骐骝是中，騧骊是骖”两句给了形象的描绘。骐、骝、騧、骊是四种不同毛色的马：骐是青色的，花纹类似于棋盘格子；骝是枣红色的，即枣骝马；騧是黄色的；骊是黑色的。“骐骝是中”表明青马与赤马在四匹马的中间位置，而“騧骊是骖”告诉我们黄马和黑马分列两旁。四马膘肥体壮，色彩驳杂，并驾齐驱，兵车昂扬向前，好一幅威风凛凛的画面！

最后一段讲武力配备。战马身上配有金甲，车上有长矛、盾牌、弓箭一类的古代常用兵器。三段看下来，小戎虽小，却是一辆配备精良齐全的战车。文字描写细致，战车形象栩栩如生，仿佛就在我们眼前闪亮登场，奔驰在西部高原之上。

秦人爱马，尤以君主为最。关于秦君爱马，《史记》里记载了一个秦穆公与食马人的故事：

初，缪（穆）公亡善马，岐下野人共得而食之者三百余人，吏逐得，欲法之。缪公曰：“君子不以畜产害人。吾闻食善马肉不饮酒，伤人。”乃皆赐酒而赦之。三百人者闻秦击晋，皆求从，从而见缪（穆）公窘，亦皆推锋争死，以报食马之德。

这个故事被穿插在秦穆公举兵伐晋却初战不利，被晋惠公所伤的千钧一发之际。秦穆公是地道的秦人，对好马爱极了，但有一次一匹心爱之马走丢了，被一群野人发现。也许这些人许久没有找到猎物了，饥肠辘辘之际发现一匹膘肥体壮的好马，三百人一拥而上吃了个痛快。这件事很快被秦人发现，吃国君的爱马，当然是要法办的。但秦穆公十分宽厚，非但没有惩罚他们，且担心他们吃马会伤身，还赐给了他们美酒做调补。野人虽野，但有情有义。他们感激秦穆公大仁大义，在秦晋交战秦穆公生死存亡之际勇于出手营救，从而报答秦穆公的恩德，也扭转了秦晋战场的局面。秦穆公反败为胜，不但大破晋军，还将晋惠公活捉归国。

秦人爱马，因此秦国马匹精良，品种繁多。但秦人毕竟属中国文化，过的也是农耕生活，为何爱马呢？在先秦，马的主要职能是征战，一旦战场需要，平时的座驾也要被军队征用。秦人的特色是善战，这并没有因为后世的变法而改变，相反得到了更大的发展。秦人之所以爱马善战，则与他们的地理位置与历史渊源有关。

秦国地处西北，属于中原文化的边缘地带。秦国东侧与晋国相连，西侧与西戎相接。晋国是周天子宗亲，所以晋惠公被俘后，周天子来说情，说了“晋我同姓”这样听起来很有人情味的话。有了这层关系，晋国在诸侯国中的地位是较高的，文化传承也属于先进文明行列。西侧的西戎当时则是地道的蛮夷，在先秦时代是异族，文化落后，但能征善战，是一个强大的劲敌。秦国地处晋戎之间，属于文明过渡带。从心理上更贴近中原大国晋，而从国家防御等现实方面考虑，则要与异族抗衡。这也就是为什么秦国如此重视军事实力的原因了。

在与晋国相爱相杀之前，秦国的主要外部矛盾是秦戎矛盾，这就又涉及秦国的历史。

与晋国这种“周二代”不同，秦国的祖先没有沾上皇亲国戚的边，而是真正的逆袭出身。在中原人眼里，秦人原本与外族无异，做的都是养马一类的低等活儿，社会地位不高。秦人的第一次崛起要从秦仲说起。

秦仲生活在周厉王时代，属于西周晚期。周厉王无道，对国人实行舆论管控和恐怖政策，导致大失民心，“诸侯或叛之”（《史记·秦本纪》）。就在这个当口，西戎见缝插针也来分一杯羹，周厉王出逃。这些事基本发生在秦仲成为秦部族首领的第三年。十四年后，周厉王死在外面，太子静继位，史称周宣王。从这时开始，周王朝才算恢复了从前的秩序。

周宣王继位后，不忘西戎对中原造成的伤害，任命秦仲为讨贼先锋，奉命攻打西戎。

周宣王即位，乃以秦仲为大夫，诛西戎。西戎杀秦仲。秦仲立二十三年，死于戎。有子五人，其长者曰庄公。周宣王乃召庄公昆弟五人，与兵七千人，使伐西戎，破之。于是复予秦仲后，及其先大骆地犬丘并有之，为西垂大夫。（史记·秦本纪）

秦仲在对敌作战中英勇牺牲。他的五个儿子继承父命，得到周宣王的武力支持，继续开展对戎作战，最终取得大胜利。周宣王对秦人给予了丰厚的赏赐，为秦人的崛起打下了基础。

周宣王为复兴父亲败坏的周室基业做了许多努力，但他的儿子周幽王却太不争气了。关于这位君王的绯闻，我无需赘言，总之他把周王室基业彻底颠翻。而这一次，西戎又登场了。

申与西戎联合叛乱，周幽王被杀，王室衰微，春秋时代正式拉开帷幕。

西戎犬戎与申侯伐周，杀幽王郦山下。而秦襄公将兵救周，战甚力，有功。周避犬戎难，东徙雒邑，襄公以兵送周平王。平王封襄公为诸侯，赐之岐以西之地。曰："戎无道，侵夺我岐、丰之地，秦能攻逐戎，即有其地。"与誓，封爵之。襄公于是始国……（史记·秦本纪）

秦襄公是秦仲的孙子。虽然从他父亲起就开始称公，但还不是真正的公。周幽王之乱给了秦一次大好的机会，秦襄公为周与西戎作战，得到嘉奖。这个嘉奖非同寻常，不仅仅是赏赐土地这么简单，而是赐给了他爵位。有了爵位就相当于有了名分，从此可以与那些居中原而看不起秦人的大国身份等同了。秦不再是一个部族，而成为一个国家。

有了国号，秦国的基业算是夯实了。能不能发展壮大，全看子孙是否争气。春秋战国时代，各国形势变化迅速。许多西周时期地位显赫的大国，因为人才不济、君主昏聩等原因迅速没落乃至亡国，最后消失在历史的滚滚烟尘中，被人遗忘。陈国就是一例。同样是传承六百余年，秦国这个后起之秀显然比元老身份的陈国更优秀，就连春秋时期耀武扬威的晋国也被其自己人瓜分为三。秦人的坚毅和勇武为中华血脉注入新的力量。而最重要的是秦兼并六国后在文化制度上的开创，虽然秦朝迅速灭亡，但它对中国历史发展所造成的影响，直到今天都没有消散。

但秦人仅仅是敢于厮杀的匹夫吗？秦国地处中原之边邑，因此文化落后吗？整部《秦风》用实力告诉我们，这个逻辑是不成立的。先不提千古名篇《蒹葭》，我们回到《小戎》，从文学层面上再读一遍这首诗。这一次，我们不妨将目光专注于后半部分：

言念君子，温其如玉。在其板屋，乱我心曲。
言念君子，温其在邑。方何为期？胡然我念之。
言念君子，载寝载兴。厌厌良人，秩秩德音。

前半部分着重描写战车，但车毕竟只是没有感情和思想、由人来支配的工具。缺少了支配者，车就失去了它存在的意义。《郑风》的《大叔于田》全文描述了英姿勃发的共叔段，而《叔于田》又告诉我们共叔段帅到没朋友。那么，乘坐小戎的人又是什么样子呢？

诗文没有告诉我们他的外貌，但却展示了他的气质——“温其如玉”。中国文学向来注重对人物精神面貌和品性言行的描写，也可叫“虚写实，重写意”。《诗经》中，除了《硕人》《君子偕老》等少数篇幅，基本上都是走写意的路子。特别是在描写男性人物时更是如此。最有名的要属《卫风》中的《淇奥》，将品德高尚、相貌英俊的男子比作美玉——“如切如磋，如琢如磨”，再辅以适当的外貌描写——“充耳琇莹，会弁如星”，最后以神态的捕捉和性情的描述为辅，内外兼修的美男子形象令人难以忘怀，真正达到了“终不可谖兮”的境界。

论艺术和修辞，十五国风里以卫风为最。《秦风》的词汇量虽然丰富，也会有篇幅较长的诗，比如本篇，但整体创作风格还是简洁明快，点到为止，并不似《卫风》那么华丽铺陈。在对“君子”的描述上，体现了秦人属中原文化的特点，以玉比人，是中华文化的一脉相承。而“温其如玉”的温字非常凝练地概括了《淇奥》中对君子的大段描述。“宽兮绰兮，猗重较兮。善戏谑兮，不为虐兮”所描写的性情简略说来就是“温”。温和、持重、宽容、亲切，这样的品性从古至今都为人称赞，是君子的必备素质，也是女性心里的最佳良人。这位在现实里可遇而不可求的良人，恰是《小戎》中女子的夫君。他出征在外，为国效力。也许他是一军主帅，也许他是一手建国的秦襄公，或是雄心壮志、温和恭厚的秦穆公。不管是谁，他一定是让任何人提起都心生敬佩的人，全身充满了亲和力。

诗意本不新颖，在十五国风里属常见主题，但细节却足够动人。哪个细节？恰是一句“乱我心曲”。

思人是忧苦的，一个“乱”字似乎为这忧苦再添一乱。乱代表了心神不宁、坐卧难安，而这混乱的思绪一部分出自离愁别绪，另一部分则仿佛来自内心最隐秘的情愫。是的，那是爱情，是一个女子对所爱之人的情意。乱字不仅道出了夫妻之情，更透露了复杂细腻的情思。而将心思比作曲，则非常有创意，且贴切传神。每一缕思念都谱写成抒情的歌谣，而歌谣是从内心深处抒发而出。有心事而有心曲，因心曲而唱诗句，但离别却将曲子打乱，在这混乱里充盈着袅袅情思。反复咀嚼，不由得耳红心热，泪眼婆娑。

秦人虽尚武，但从《秦风》中我们看到，秦国的文学表达是不输于中原文化大国的。特别是在词语的凝练和传神上远超周氏宗国。《小戎》中我们已窥端倪，在其他诗作里我们还会体味更多，譬如下一节将谈到的《车邻》与《晨风》。

君子，见与不见

在中国文化的传统中，君子与玉相携，两者相互映衬，又常常被互相比拟。君子闪耀着玉质般润泽坚毅的光芒，是行走的美玉；玉则体现了君子的品质，是宝石中的君子。

今人对君子的概念来自于儒家，但君子并非儒家的原创，君子概念的产生以及社会对君子的推崇要远早于儒家的兴起。我掌握的资料中，最早提到君子的是“清华简”的《耆夜》。其中记载了周武王八年与群臣饮至的一段情节，宴会上周公作诗《蟋蟀》，诗中提到了君子：

> 周公秉爵未饮，蟋蟀跃降于堂，（周）公作歌一终曰《蟋蟀》：“蟋蟀在堂，役车其行。今夫君子，不喜不乐。夫日□□，□□□忘。毋已大乐，则终以康。康乐而毋荒，是惟良士之方。”

以上节选自《耆夜》原文，熟悉《诗经》的朋友也许已经敏锐地注意到这首诗与《唐风》中同名诗的相似处。关于这一点，相关专家已有多篇文章论述，感兴趣的朋友可参考《初识清华简》一书，本文不另行赘述。这里我仅截取了《蟋蟀》的第一段，后面提到君子的部分都是第一段里同一句的重复。

这首《蟋蟀》作于周武王八年，应该比《诗经》里绝大多数的诗要早。周武王八年是周建国早期，从诗的规制来看，已然相当成熟，基本与《诗经》中我们所看到的没有差异。而诗中所体现的思想也与《雅》相衔接，属于周代和周文化的开山之作。当然，这样艰巨的任务并非《蟋蟀》这一首诗所完成。在《蟋蟀》成诗前的几个小时里，已经有若干首诗相继出炉。在这几首记载于“清华简”上的诗中，《蟋蟀》是比较特殊的。对这些特殊点，本文只谈一点，就是关于君子的提出。

我手中尚未找到充足的史料作为依据，论断难免偏颇。从目前手中的资料看，君子的概念是周代特有的一种文化概念，并随着周代的延续和文化传承得到发扬。到春秋战国时期，社会的动荡、人性在动荡中所呈现的种种丑恶，令思想界迫切感受到重塑社会秩序与道德准则的必要，于是将君子的概念深化弘扬，树立为儒家思想的标杆，又随着历史的发展，被后世继承传扬。

周代是非常重视礼仪和伦理的时代。这个时代所创造的一整套礼仪制度和文化概念是与商代有很大区别的，对后世影响极大，一定程度上代表了文明的进步。重礼仪和伦理的人往往对言行举止有着较高的要求和规范，从而在人类群体中树立了一种具有道德意识的形象标杆，这就是君子的雏形。

有一种说法，君子的最初含义是君主的儿子。这样的看法有一定的道理。因为远古时代，能够学习文化并掌握知识的人仅限于贵族阶层中的少数人。而君主为一国之表率，君主的儿子自然作为代表应该率先掌握文化知识，并成为受众人膜拜的楷模。君主之子的概念应该可以上溯至更早，但从《蟋蟀》一诗来看，周武王八年的这个时间点上，君子的含义已经远没有那么简单了。

《蟋蟀》一诗的主旨是劝谏王侯贵族们勿要贪图胜利所带来的安逸，要居安思危、兢兢业业，努力治理好国家。全诗都是劝谏语气，是一个忠臣对君主和同僚们的回报和忠告。因此在这首诗里，君子的概念就已经向后面我们所熟悉的靠拢了。但此时的君子仍旧局限于王侯贵族，虽然不单纯指国君之子，而是扩大到了在座的所有贵族，但与儒家所倡导的君子仍有很大不同，是有严格社会身份限制的。

从这个时代开始，君子的概念始终被保留和传承着，随着时代的发展，内涵愈来愈丰富。到了春秋时代，君子的定义虽然仍旧未脱阶级的窠臼，但含义与亲和力已经大大丰富。《秦风》中两首提到君子的诗就是很好的例证：

有车邻邻，有马白颠。未见君子，寺人之令。
阪有漆，隰有栗。既见君子，并坐鼓瑟。今者不乐，逝者其耋。

阪有桑，隰有杨。既见君子，并坐鼓簧。今者不乐，逝者其亡。

（车邻）

《车邻》中的君子，社会地位依旧很高，或许就是秦早期的某位国君。“寺人之令”的寺人是春秋时代对宦官的称谓，故《毛诗序》称其为“美秦仲”的说法有一定的可能性。诗人当是秦君手下的贤臣，与君子相见相伴是件令他感到愉悦的事。与君子相处时活动简单却并不枯燥，并坐演奏音乐，今天人看来文艺范十足，是少数文艺界人士的特殊聚会方式。在春秋以前，演奏音乐是贵族生活的一部分，或许我们可以说，那时的贵族都是文艺青年。无论宴饮还是结伴，就连谈恋爱过日子也同样少不了音乐的伴奏，一举一动都有背景音乐伴奏。

《车邻》让我们看到了先秦时代人的一种生活态度，即“今者不乐，逝者其耋 / 亡”，也就是行乐当及时的意思。人生苦短的感叹是很早就有的，我们有理由认为古人更有资格对此发出感叹。古代落后的医疗技术和卫生条件让我们的先辈更向往健康长寿，而落后的生产力则让生活粗糙了许多。因此，古人的生活是真真正正的苦短，而令人遗憾的是，在今人看来解决苦短的手段往往愚蠢而无聊，有多少雄才大略的君主最后死在“仙丹”的水银之毒下。与今人相比古人也许是寂寞的，对抗寂寞的方法，要么是以各种娱乐活动尽力抵消，要么改变人生观，换一种心理和眼光。

《车邻》两者兼有，以奏乐为形式的对抗只是暂时的，背后依托的是面对不可抗拒的客观规律的一种认知。当我们无法拉伸长度，就好好享受短暂；当不能拓展广度，就在有限中使劲折腾。时光匆促，生命易逝，因此要抓紧每时每刻，将体会发展到极致。不要多愁善感，无需长吁短叹，音乐响起之时，欢乐充盈于心，享尽所有欢愉吧！

春秋时代还没有来生的概念，人们无法将希望寄托给轮回。因此，及时享受就更显得重要，也是唯一排遣无奈的方式。与周公的《蟋蟀》相比，《车邻》中的君子似乎与治国征战这一类事情关系不大，也没有这方面的重担和思想包袱。他的品德和行为是符合当时的规范与要求的，且具备相当程度的知识水平，对文艺有较高的鉴赏力，这样的人在任何时代都具有吸引力与亲和力。

秦国是能征善战的国家，但我们发现在铁马冰河的生涯之外，总能听到令人精神为之舒缓超然的优美词句。《小戎》中军旅生涯与思良人的款款深情结合得精当自然，一张一弛、一收一放间，秦国的风物人情已经描绘得淋漓尽致。《车邻》则让我们见到了秦人尚武的一种人生观。也许这种人生观恰是在尚武中渐渐产生，因为战争是最易摧毁生命的利器，且摧毁的都是年轻有为的美好青春。

君子是美好的，因而与君子为伴也令人身心愉悦。但再好的伙伴也不可能时时刻刻聚在一起，人生无常，总有别离时。未见到君子时，又是怎样一种人生体验？《晨风》就是一首不见君子的哀歌：

鴥彼晨风，郁彼北林。未见君子，忧心钦钦。如何如何，忘我实多！
山有苞栎，隰有六驳。未见君子，忧心靡乐。如何如何，忘我实多！
山有苞棣，隰有树檖。未见君子，忧心如醉。如何如何，忘我实多！

《晨风》的格式是标准的《诗经》体，四言规整，首句起兴，中间叙事，末句抒情。诗中描绘的景物，不是我们熟悉的青山绿水或风花雪月，而是秦地特有的苍凉之色。晨风不是早晨的风，而是一种猛禽，可以在风中疾飞。相比《邶风》中的《燕燕》，没有柔软的凄美之情。巨鸟盘林，心境骤然沉郁许多。下两段的起兴分别以秦地的树木为主体，没有花卉野草，也少了许多柔和与舒缓。秦地多木，因此出征在外的君子是“在其板屋”。西北少雨，尽管先秦时代的地理特征一定与今天存在较大差别，但从《秦风》的描写来看，依然比不上卫、郑、陈一带的水草丰美，生活环境较为粗粝。秦地最浪漫的植物也许就是蒹葭（即芦苇）了吧？尽管后世对蒹葭的欣赏从未中断，但白茫茫一片在寒冷的秋季里，蓊郁在水边，总难免令人心生寒凉。

振翅高飞的大鸟，高远而不可触及，是否就象征了无法见到的君子？从后半段的内容可以看出，这位被思念的君子已然有相当长一段时间没有露脸了。诗人在为见不到他而伤心的同时，感叹“忘我实多”。这不禁令人一惊，君子是先秦时期的道德楷模，为何会有这样的令人诟病之处？君子也会被人埋怨吗？这里的君子是否还有其他含义？

朱熹在《诗经集传》中对此诗的主旨有一个概括，可以引用作为参考：

妇人以夫不在，而言“鴥彼晨风”，则归于郁然之北林矣。故我“未见君子”，而“忧心钦钦”也。彼君子者，如之何而忘我之多乎？此与扊扅之歌同意，盖秦俗也。

按照朱熹的意思，《晨风》中的君子指的是“良人”，也就是丈夫。这是一首妻子思念远去丈夫的歌，似乎她被抛弃了，却并没有像《氓》中的女子那样下场悲惨。也许她只是被遗忘在“老家”，而她的丈夫，一如后世我们常见到的那样，在广阔新天地里另立门户、再造家庭。她这个原配被丢弃在乡下，踟蹰在被爱情遗忘的角落。

朱熹的解释比较符合逻辑，因为君子作为丈夫的别称，虽然被妻子诟病，但在先秦时代从总的道德层面上来看，不算失大节。而与妻子因感情问题产生私怨，亦合情合理。朱熹说这是秦俗，恰反映了一个残酷的现实，即这样的事情在秦国很普遍。不知他说的是否属实，但秦人善战，长期征伐在外的境况的确会造成夫妻分离。然而这样的情形在《诗经》中并不罕见，卫风中有大量篇幅描述思念远人的凄苦，却并不是埋怨对方“忘我实多”的。可见，如若真是分离，弃妇的可能性是极大的。

朱熹还提到《扊扅歌》，这里面藏着一个故事，也可理解为何朱熹会认为《晨风》是怨夫之作。

秦国名臣百里奚曾是虞国的大夫，晋献公灭掉虞国后俘虏了他。其后太子申生的姐姐出嫁到秦国，晋献公便将百里奚作为陪嫁送到了秦国。但百里奚不甘为奴，从秦国逃了出来，跑到了楚国。而秦穆公听说百里奚是贤能之人，想把他召回秦国，于是用五羖羊皮贿赂楚人，将百里奚赎回。这段故事记载于《史记·秦本纪》，是比较可靠的信史。但百里奚为何会与《扊扅歌》扯上关系？《扊扅歌》又是什么歌？与《晨风》有何牵扯？

百里奚回到秦国后受到秦穆公重用，“授之国政，号曰五羖大夫。”（《史记·秦本纪》）传说他的结发妻子从老家来寻亲，却被当作佣人在府里使唤。妻子心中凄苦，遂作一歌，曰《扊扅歌》：

百里奚，五羊皮。忆别时，烹伏雌，炊扊扅，今日富贵忘我为。

百里奚，初娶我时五羊皮。临当别时烹乳鸡，今适富贵忘我为。

百里奚，百里奚，母已死，葬南溪。坟以瓦，覆以柴。舂黄藜，搤伏鸡。西入秦，五羖皮，今日富贵捐我为。

从“初娶我时五羊皮”一句来看，百里奚与妻子结婚时当为从楚国被赎回后。然而，《史记》记载，此时的百里奚“年已七十余”，纳妾可以理解，娶妻似嫌太晚。何况百里奚在虞国时就已经是大夫级别的权贵了，何来糟糠之妻？再仔细看行文，不难看出这首诗是后世伪作。也许百里奚的故事太有名，口口相传，被后世人附会出一段故事歌谣。但附会者显然对历史一知半解，只知“五羖大夫”却不知五羖羊皮的真实历史，搞出了个大笑话。

朱熹之所以把《晨风》和《扊扅歌》相联系，就是因为这里面咏唱的遗忘和负心。随着文明的推进，负心与遗弃慢慢从被害者的控诉转为社会控诉，进而上升至道德层面。古时男权社会里虽然充斥着抛弃，但并非道德上允许或赞扬这样的行为。有操守的男人以糟糠之妻不下堂为荣，富贵而抛弃是令人不齿的。从先秦到宋代，有一千多年的发展过程，受儒家思想培养的朱熹，对这种行为应该是持批判态度的。

春秋末期，儒家学说开始走上历史舞台，对于君子的含义，孔子予以了极大拓展和丰富阐释。相关文献和学术著作颇丰，这里不做一一列举，仅以《礼记》中《中庸》篇的一小段话为例：

《诗》曰：“衣锦尚絅”，恶其文之著也。故君子之道，暗然而日章；小人之道，的然而日亡。君子之道：淡而不厌，简而文，温而理，知远之近，知风之自，知微之显，可与入德矣。《诗》云：“潜虽伏矣，亦孔之昭！”故君子内省不疚，无恶于志。君子之所不可及者，其唯人之所不见乎！《诗》云：“相在尔室，尚不愧于屋漏。”故君子不动而敬，不言而信。《诗》曰：“奏假无言，时靡有争。”是故君子不赏而民劝，不怒而民威于鈇钺。《诗》曰：“不显惟德！百辟其刑之。”是故君子笃恭而天下平。《诗》云：“予怀明德，不大声以色。”子曰：“声色之于以化民。末也。”《诗》曰：“德輶如毛。”毛犹有伦，上天之载，无声无臭，至矣！

通篇下来，我们已然感到君子的准则实在繁复，但这只是孔子所定义的君子之道的沧海一粟，有这么多条条框框，难怪真君子少，伪君子多。在孔子眼中，君子不再是君王之子或高等级贵族，而是有品行的人，是与小人相对而言的。这样，有文化有道德、遵纪守法的人都可称君子。治国平天下只是君子的一部分，而君子要做的，更多在于修身。孔子将君子普及化，是他面对乱世的一种思想理念，也是一种崭新的道德规范。在法度混乱的先秦时代，是法律的衍生品和临时替代品。人人做君子，社会就可昌平，这是孔子的美好愿景，可惜终究难以实现。

行猎歌

在漫漫千年的发展史中，有许多祖先习以为常的文娱活动渐渐淡出日常，比如载歌载舞，比如出门打猎。每每提到这些，我们第一意识是少数民族特有的生活方式，但在两千多年前，中原地区的汉族人也同样与音乐歌舞为伴。尽管我们已过渡到农耕社会，但狩猎并不是新鲜事，特别是在王侯贵族的日常里，是广受欢迎的大型体育活动。

《诗经》中提到狩猎的诗歌不少，不乏佳作，比如《郑风·大叔于田》。秦国作为能征善战的中原边陲国，更少不了对狩猎的喜爱。与《大叔于田》相同，《秦风》中的《驷驖（tiě）》也是一首描写狩猎场面的诗歌。两首诗比较起来，可以体味秦郑两地不同的诗风，又可领略中原祖先驰骋山林猎场的飒爽英姿。

我曾在《春秋小霸的难念之经》中提到《大叔于田》。《毛诗序》认为叔就是郑庄公的弟弟共叔段，并断定这首诗是在讽刺庄公对弟弟的纵容。如果对叔的身份认定可以被后世接受的话，对郑庄公的讽刺意味则无法在文本本身找到答案。我们不能因为前人的批注就忽略了诗歌本身所传递出来的情感与主旨。在本章里，不妨从文本本身详细地聊一聊这首诗。

叔于田，乘乘马。执辔如组，两骖如舞。叔在薮，火烈具举。袒裼暴虎，献于公所。将叔无狃，戒其伤女。

叔于田，乘乘黄。两服上襄，两骖雁行。叔在薮，火烈具扬。叔善射忌，又良御忌。抑磬控忌，抑纵送忌。

叔于田，乘乘鸨。两服齐首，两骖如手。叔在薮，火烈具阜。叔马慢忌，叔发罕忌，抑释掤忌，抑鬯弓忌。

整首诗节奏紧凑，动感十足，对狩猎经过以及叔的猎场表现描绘得十分精细。叔在猎场上乘着四匹好马拉的车，四马奔腾，气势逼人。叔跳下马车来到沼泽地，脱掉外衣亲自与猛虎搏斗，胜利后将战利品献给公侯。叔又驾起马车，忽而快马向前，忽而缓步慢行。叔拉弓搭箭一番愉快地射猎后收好弓囊，似乎就要结束美好的狩猎，准备回去了。

整个画面由快到慢，由紧张渐变为松弛，叔的各方面狩猎技能都展现得淋漓尽致。诗歌的画面感也十分立体。“火烈具举”说明随从众多，场面热烈，似乎听得到马蹄奔腾声、众人的嘶喊声和欢呼声。为了拦阻野兽奔逃的去路，侍从用火把点燃野草，形成一个火焰包围圈。我们似乎看得到野兽在火圈内左右狂奔却找不到出路，听到了它们的哀鸣，那哀鸣中满是绝望。但它们的绝望却成就了叔的狩猎，满载战利品凯旋，得到公侯的嘉奖。

然而，《大叔于田》的特别之处并不在于它完美地描画了狩猎场景，而是在场景中融入了感情。这种感情是古人所说的讽刺吗？显然不是的。

将叔勿狃，戒其伤女。

短短两句八字，已将感情表达饱满完整。叔啊！不要反复地和老虎搏斗下去了！小心被猛虎所伤啊！全句所传达的是担忧、忠告，其背后的依托是爱护、关心、欣赏和尊崇。也许喊话的人是跟随叔出猎的侍从，他们长期跟随在叔的身边，了解叔的脾气性格，多次感受他的勇猛无畏。出于对主人的关心，他们高声提醒，合情合理。又或许这是出自爱慕之人的画外音，她得知叔在外亲自与猛虎搏斗，心中不禁忧虑，请求他下次勿要再做这样危险的事，这是出于爱。也有可能《大叔于田》是宫廷诗人奉命而作，全诗赞扬叔的矫健勇猛，劝告之词中隐藏着褒奖和赞颂。总之，全诗仅有的这两句传达诗人情感的句子读不出半点的讽刺。共叔段挑战兄长郑庄公的君权禁忌固然为儒家治世所不容，但他的英勇与郑庄公的纵容不成因果逻辑。更何况庄公的纵容有他的政治考量，也有情感上的无奈，又何必批判一个有难言之隐的人？郑庄公的放任一定是一场阴谋吗？任何人换到他的位置上，一定比他做得更好吗？

今人放弃了古人的附会，多视《大叔于田》为一首赞颂贵族狩猎的诗作。也许这是比较公正的解读，也让今人不必再拘泥于附古，为阅读开辟了新的道路。暂放下精彩的《大叔于田》，再将目光转向《秦风》，看看秦人的狩猎又是怎样的：

驷驖孔阜，六辔在手。公之媚子，从公于狩。
奉时辰牡，辰牡孔硕。公曰左之，舍拔则获。
游于北园，四马既闲。輶车鸾镳，载猃歇骄。

（驷驖）

与《大叔于田》相比，《驷驖》的形制规整得多，看起来表达上有一定的克制。再看内容，我们看到的是这样一幅画面：秦君来到猎场北园，乘着四马拉的车，追赶肥硕的野兽。侍从紧随左右。突然，秦君喊道："朝左边射！"一声令下，羽箭齐发，野兽被拿下。马蹄奔腾，车铃锵锵，车上载着猎狗，一幅满载而归的行猎图。

《大叔于田》中的叔将战利品"献于公所"，说明他并非一国之最高等级的贵族，是在诸侯之下，他的行猎地是野外和沼泽。而《驷驖》中明确提到了行猎的主角是秦君，猎场是公侯园林，即北园。《毛诗序》说诗里的秦君是秦襄公，但没有确切的史料作为依据，姑且看作一种可能，是一种合理推断吧？《史记·秦本纪》记载："秦襄公将兵救周，战甚力，有功。周避犬戎难，东徙雒邑，襄公以兵送周平王。平王封襄公为诸侯，赐之岐以西之地。"秦襄公是秦国的开国之侯，后世学者愿意将诗歌附会在他身上也可以理解。

与叔的野外相比，公侯园林必然要小一些，但却是有利于君主安全的。从狩猎的动作看，秦君没有亲自出手，而是坐在马车上发号施令。周围侍从们颇卖力，手法娴熟，能够完成国君的要求。秦君的座驾也十分给力，马是赤黑色的宝马，膘肥体壮，车是装备精美的良车。更有专门用于驱赶野兽的輶（yóu）车，与叔的火烈相比，气派很多，也增添了安全性。輶车上所载的猎狗有长嘴和短嘴之分，说明秦君狩猎的配备是齐全的，有猎狗助力，狩猎更省力，获取猎物的准确率和成功率也更高。

《驷驖》的情感表达很模糊，所有的描述都是白描，用词也很客观。它的妙处在于准确而精练地描绘了整个场景和狩猎过程，画面感亦很强，且场面生动传神。但情感表达的缺失恰是此诗的弱点，仿佛是一首未完的歌，只截取其中某一段拟了个标题。与《大叔于田》相比，缺乏完整性也缺少了震撼人心的触碰点，因而全诗所能触发的想象力便也有限了。

战士歌

战事频仍是先秦时代的国家日常，大约男人的生活里只有两件大事：耕种和服役。《诗经》中围绕出征的诗句比比皆是，切入角度也很丰富。战争给平民乃至普通贵族阶层带来的忧虑与伤害像一缕幽魂，飘荡在阵阵国风中。

最有名的，大约要数《邶风》中的《击鼓》和《秦风》中的《无衣》了。

关于《击鼓》，我在前文里就文本本身详细谈过。今天提到它，是谈谈它背后的历史因缘，与《无衣》做一个对比。

击鼓其镗，踊跃用兵。土国城漕，我独南行。
从孙子仲，平陈与宋。不我以归，忧心有忡。
爰居爰处？爰丧其马？于以求之？于林之下。
死生契阔，与子成说。执子之手，与子偕老。
于嗟阔兮，不我活兮。于嗟洵兮，不我信兮。

关于这首诗的历史背景，《毛诗序》说是“怨州吁也。卫州吁用兵暴乱，使公孙文仲将而平陈与宋，国人怨其勇而无礼也。”这种说法是有一定依据的，《左传·隐公四年》记载了这一段历史的来龙去脉。

宋殇公之即位也，公子冯出奔郑，郑人欲纳之。及卫州吁立，将修先君之怨于郑，而求宠于诸侯以和其民。使告于宋曰：“君若伐郑以除君害，君为主，敝邑以赋与陈、蔡从，则卫国之愿也。”宋人许之。于是，陈、蔡方睦于卫，故宋公、陈侯、蔡人、卫人伐郑，围其东门，五日而还。

卫州吁是卫庄公宠妾之子，但父亲死后继位的却是另一个妾室所生的儿子公子完，即卫桓公。卫桓公虽也是庶出，但被夫人庄姜收为养子，因而有了立太子的资格。桓公的继位令州吁感到不满，《史记》里说他“骄奢”，想必是另一个共叔段。《左传》中鲁国大夫众仲对他的评价更犀利，谓之“众叛亲离”。但桓公没有像郑庄公那样欲擒故纵，大概是因为两人非同母，更不会有亲情的牵绊。卫桓公率先发难，州吁不敌出逃，却在此时遇到了同样出逃在外的共叔段，两人当下结为好友。几年后，州吁杀了个回马枪，弑君夺位，却没有赢得民心，最终被国人所杀。

《史记》载：“州吁新立，好兵。”州吁不得民心，因而要靠武力来转移国内矛盾。他得势后率先帮着共叔段去攻打郑国，但仅凭卫国之力还不够，便来联合各路诸侯。《史记》载“请宋、陈、蔡与俱，三国皆许州吁”，上面引用的《左传》一段便是州吁联络宋国时的一段对话。但很显然，伐郑的效果不佳，各路人马包围东门五天就各自撤了。

这个东门，就是“出其东门，有女如云”的那个东门吧？在重兵包围之下，浪漫的欢会无影无踪。

卫州吁的好战苦了卫国的百姓，特别是男子，要频频出征，远离家人，心情分外沉重。出征在外的人，最思念的是家，最牵挂的是家人，《击鼓》所表达的是这一类感情的极致。我们从歌唱者的词句中听到了疲乏与孤独，沉闷的嗓音捶响大地，发出厚重的低吼。这种低吼中我们感知军队的士气并不高涨，人心是涣散的。他们早已厌倦新君的统治，一旦机会来临，会一拥而上将他从君位上拉下来。

与沉重的《击鼓》相比，善战的秦国士兵们所咏唱的诗歌却别有一番情致：

岂曰无衣？与子同袍。王于兴师，修我戈矛。与子同仇！
岂曰无衣？与子同泽。王于兴师，修我矛戟。与子偕作！
岂曰无衣？与子同裳。王于兴师，修我甲兵。与子偕行！

没有控诉也没有怨怼，甚至听不到对家与亲人的思念与牵挂。诗文所咏唱的是士兵间相依相伴的兄弟情义，我们仿佛看到一列列整装待发的士兵排好队形，听到他们齐声高唱，声音雄壮而威武。

朱熹在《诗经集传》中说："秦人之俗，大抵尚气概，先勇力，忘生轻死，故其见于诗如此。"朱熹很好地概括了秦人特色，我们在之前谈到过的诗歌里也都一一领略过。不过《无衣》的背后也依托着一段历史，《左传·定公四年》有一段这样的记载：

初，伍员与申包胥友。其亡也，谓申包胥曰："我必复楚国。"申包胥曰："勉之！子能复之，我必能兴之。"及昭王在随，申包胥如秦乞师，曰："吴为封豕、长蛇，以荐食上国，虐始于边楚。寡君失守社稷，越在草莽。使下臣告急，曰：'夷德无厌，若邻于君，疆场之患也。逮吴之未定，君其取分焉。若楚之遂亡，君之土也。若以君灵抚之，世以事君。'"秦伯使辞焉，曰："寡人闻命矣。子姑就馆，将图而告。"对曰："寡君越在草莽，未获所伏。下臣何敢即安？"立，依于庭墙而哭，日夜不绝声，勺饮不入口七日。秦哀公为之赋《无衣》，九顿首而坐，秦师乃出。

楚平王受奸臣费无忌挑唆，抢了太子健的未婚妻并生下楚昭王。这一事件引发了一系列的人间悲剧，特别是牵连伍子胥父兄被杀一事激怒了伍子胥。他逃亡吴国后引兵报复，杀入楚国。楚国忠臣申包胥是伍子胥的朋友，曾对伍子胥说，你若亡楚国，我一定将楚国复兴。日后悲剧果然发生，忠诚的申包胥赶往秦国请求救援。楚昭王的母亲来自秦国，加之秦国善战，申包胥只有请求秦国。然而秦国却并未因联姻的关系而慷慨出手，拒绝了他的请求。申包胥不肯放弃，站在宫内墙下哭号七日，终于感动了秦国君主哀公。秦国出兵，方才救了楚国一命。这首《无衣》就是秦哀公命人唱给申包胥的。

从《无衣》的内容来看，此诗应该不是秦哀公所作，"为之赋"不一定是为他作诗一首，还有一种情形是为其演奏或命人为其演唱。《国语·晋语》中记载，晋文公来到秦国，秦穆公待之以国礼，在宴会上，"秦伯赋《采菽》"。《采菽》出自《小雅》，并非秦穆公原创，此处演唱是一种待客之道，传递的是一种政治意图。与之相似，秦哀公为申包胥演奏《无衣》，表达的也是一种政治寓意，即我秦国愿意视楚国为兄弟。"修我戈矛，与子同仇！"

《无衣》应该成诗于更早的时代。秦自保平王伐西戎而始国，早期是对周王室存有忠诚之心的。尽管王室已然衰微，但没有周平王的封赏，秦国还只是一个部族，更不可与中原大国平起平坐。所以，秦国的诗歌里看不到“王事靡盬”之类的怨言，因为秦国是要以“王事”来提高自身地位的。

在十五国风里，《无衣》一扫将士必哀怨劳苦的基调，是少有的斗志昂扬的军歌。也许是特殊的地理位置让秦人早已习惯了征战，只有不断抗击才能换来四方平安。因此征战是光荣的，是值得骄傲的。而终朝相伴的战友则亲如兄弟，比家人更亲切。秦人没有郑人的缠绵，也没有卫人的愁苦，他们相对较为务实简单，感情直来直去，不会牵绊在迷惘与儿女情思之中。然而《无衣》所歌唱的战友情又是从现实中而来，真挚感人，也为后世歌唱男儿兄弟之情的作品开了先河。

诗歌的要义在于所表达的感情是否真挚。在这一点上,《击鼓》与《无衣》虽然主旨不同，风格各异，但都将真挚发挥到了极致。每一句都敲打在心间，留下回味无穷的余音，一唱就是几千年，却仍然那么鲜活而生动。

蒹葭：《诗》之美者

关于《蒹葭》，论述已然不少，它的知名度足以撑起半部《诗经》。作为“诗三百”最具影响力的代表作之一，在流传的长度与广度上都让一般诗作不可企及。从古至今对于《诗经》的传播和研习上，无论是艰深的学术著作，抑或是浅显的诗文赏析，《蒹葭》都是重中之重。其可深可浅的品读方式赢得了阅读者的交口称赞，也衍生出了许多文学周边。

正如《诗经》中大多数诗一样，古人对《蒹葭》的主旨也有很多解释，讽刺自然是不可避免的一项。倾全力保周平王东征的秦襄公不幸中招，成了被批判的对象，理由令人感觉不可思议。而在今人眼中，《蒹葭》是纯粹的情歌，主旨简单明了。但我想的不是考证它的主旨究竟为何，关于这一点且留给学术研究者去辨明。我所关心的是《蒹葭》为什么会广为流传，且传唱不衰。

我想，首先在于它语言表达上的通俗易懂。《诗经》令今人望而生畏之处主要在于词汇的艰深。虽然许多词汇在成诗的年代只是大众语言，但时代变迁，语言变化太大，它们已在日常生活中消失，甚至在书本文字间也变得难寻觅。因此，表达上原本简单明了的诗文就罩上了一层神秘面纱，变得艰深而晦涩。但汉语的变化具有其他语言所不能比拟的传承性，不是所有的词汇都消失在人们的视线之中。那些保留下来且词意并未发生较大变化的，决定了诗歌本身的传承度。《诗经》中有很多这样的例子，像“窈窕淑女，君子好逑”“执子之手，与子偕老”一类的诗句就可以穿越千年鸿沟，直接站在任何一个时代的读者面前。它原始的姿态无需变形或异化，只在展现的一刹那便可令我们会意神往。

《蒹葭》正属于这一类：

> 蒹葭苍苍，白露为霜。所谓伊人，在水一方。
> 溯洄从之，道阻且长。溯游从之，宛在水中央。
> 蒹葭萋萋，白露未晞。所谓伊人，在水之湄。
> 溯洄从之，道阻且跻。溯游从之，宛在水中坻。
> 蒹葭采采，白露未已。所谓伊人，在水之涘。
> 溯洄从之，道阻且右。溯游从之，宛在水中沚。

依然是传统的三段式，当我们阅读第一段时，几乎毫无障碍。无需注释也可一读到底，不用标音也能朗朗上口，且合辙押韵。第二段与第三段中偶尔出现一两个生僻词，但总体而言不影响诗的阅读，也不扰乱对诗意的体悟和把握。按照《诗经》的书写传统，后两段一般为第一段的复沓，除了个别词汇的替换，整段含义都是第一段的重复。因此，当读者触碰《蒹葭》的第一段时，诗句就自然而然地形成了一幅天然画卷，宛若一泓清泉流入心间，从此长久地留在五官所能感知到的些微处，回味无穷。

通俗易懂是广为流传的第一要素，但不是传唱千古的唯一原因。时代在变化，文学艺术作品层出不穷，如大浪淘沙，一浪高过一浪。每个时代都有自己的追求与审美，凭什么一首远古时代的歌谣可以在每一个时代都活跃在浪尖之上？

儒家对《诗经》的传扬自然功不可没，也是最重要的主因。但被奉为教学典籍的《诗经》经历两千余年的洗练，并非每一首都已捕获人心。尽管教学中对待每一首诗的解读都是公平的，但人们对于文学作品的接受却自有一套规则，永远铭刻在心的一定是曾经最打动心灵的。《蒹葭》无需装点便可占得鳌头，它的特殊不会仅仅止于文字的通俗易懂。

《蒹葭》在读者心中书就了一幅画卷，这画卷被永远保留在文学的历史中。让我们先还原一下这幅画卷的景象：我们似乎看得到一个孤独的人，他正站在蜿蜒奔流的河水边，身旁是白茫茫似雪的芦苇。这是一个深秋的黎明，清冷的露珠在芦苇上闪着微白的光，凝结成一层淡淡的白霜。他的目光望向河水那遥不可及的彼岸，河上雾气朦胧，看不透世间影像。但他知道他恋慕的人就在那一侧，也许也在望着他，也许停留在河水对岸的某个地方，心中思恋着他。太阳东升，雾气渐渐消散，他再也禁不住思念的折磨，逆流而上去寻找她的身影。然而仍是不可得，再顺流而下继续追寻。他仿佛看到她了，就在河水中央，仙姿绰约，神韵悠然。他努力地奔向她，她却再次消失在视野中。带着失望，他反复地追寻，追寻中感受着哀愁与落寞。明明她就在眼前，为何却永远是那般不可触及！

诗人的爱总是缥缈无依，也许她是存在的，也许只是一种向往，一种心情。这样一幅画面生成在脑海中，那么灵动又那么熟悉。我们虽不是诗人，也不曾站在河水边远望遥不可及的爱人，但我们却都有过思恋和追逐，无论对象是人是物或只是某个人生目标，因为心中的执念与爱，都变得那么美好，却如此难以追寻。世间的一切阻碍与艰难都是那不曾涉足的河水，冰冷、迷雾一样弥漫在内心深处。而我们所追寻着的，令我们神魂颠倒却忽隐忽现、时远时近。时常觉得只剩一步之遥，明明触手可及，却在伸手的一刹那如梦幻泡影。我们不免惆怅、懊恼，甚至情绪失控，但又有什么办法？只要心中存有那份爱与执着，就不忍放弃，不断地“溯洄从之”，百折不回，生死不悔。

《蒹葭》用文字营造了一种美。这种美空灵而飘逸，是一种可欣赏却不可拥有的美。这种美脱离了红尘俗世的浮华，触及了每个人内心深处最隐秘的那个点。共鸣是从外到内，再由内而外的。我们面对《蒹葭》的词句总不禁神往，仿佛走入另一个世界，但其实这个世界并不遥远，它就存在于我们每个人的内心深处。

《蒹葭》之于文学，在于开创了一种缥缈灵动的创作模式。人们因不满尘世的羁绊而向往超世俗的意境，然而这样的意境并不存在于现实中，仅仅是创作者的寄托和创造的理想世界。庄子在《逍遥游》中塑造了一个姑射山神人的形象，她“肌肤若冰雪，绰约若处子；不食五谷，吸风饮露；乘云气，御飞龙，而游乎四海之外”，气度恰似《蒹葭》中可望而不可即的伊人。而站在尘世中仰望追寻着她们的则正是饱受红尘之苦的凡夫俗子。曹植在《洛神赋》里将“伊人”的形象描绘得更为具体，笔触华美细腻，似将《蒹葭》改写成一篇散文诗：

其形也，翩若惊鸿，婉若游龙，荣曜秋菊，华茂春松。髣髴兮若轻云之蔽月，飘飖兮若流风之回雪。远而望之，皎若太阳升朝霞。迫而察之，灼若芙蕖出渌波。秾纤得衷，修短合度。肩若削成，腰如约素。延颈秀项，皓质呈露，芳泽无加，铅华弗御。云髻峨峨，修眉联娟，丹唇外朗，皓齿内鲜。明眸善睐，靥辅承权，瓌姿艳逸，仪静体闲。柔情绰态，媚于语言。奇服旷世，骨像应图。披罗衣之璀粲兮，珥瑶碧之华琚。戴金翠之首饰，缀明珠以耀躯。践远游之文履，曳雾绡之轻裾。微幽兰之芳蔼兮，步踟蹰于山隅。于是忽焉纵体，以遨以嬉。左倚采旄，右荫桂旗。攘皓腕于神浒兮，采湍濑之玄芝。

曹植对于“伊人”的形象有极大的发挥，但因时代原因，对词句的运用过于奢靡。洛神美则美矣，只稍嫌雕琢。但我能体悟，他所要营造的恰如《蒹葭》与《逍遥游》，是一种超世俗的渴望。洛神一如伊人与姑射山神人，是作者内心的寄托，所代表的并不一定是一个女子，美好的女子可以隐喻世间美好而难以获得的一切。这种仙女模式在后世文学发展中得到不间断地传承，而她们背后所隐藏的毫无例外是作者在尘世间的失落。

《蒹葭》之美，美在心灵对痛苦的感触。飘逸空灵只是一种外在形式，如果只执迷于此，难免会轻浮而失于质感。这种表面的空灵之下其实是沉重的心灵所担负的红尘，因有这份沉重那份轻灵则几为可贵。正如我们活在尘世间，才会对超凡脱俗存留向往。这一切的轻盈与空灵本就是人类的创造，是抵御挫折的一剂清凉散。

它永远留在你心底，是因为你在其中看到了自己。

玖

【陈风】

巫风荡宛丘

《国风》到了《秦风》，之后的篇章虽不乏佳作，但多少显得陌生了些。吴公子季札在鲁国听《国风》时对《秦风》之前都有较高的评价，而到了《陈风》，只说了句“国无主，其能久乎？”的确，此时距陈国亡国已然不远。

从《陈风》开始，《国风》的语言越发晦涩，所述的情感也有些令人匪夷所思，比如《桧风》的《隰有苌楚》就颇令人费解。陈国地处中原地带，虽然在建国早期得到了周王的优待，但终于随着春秋时代的结束，在进入战国时代的关口退出了历史舞台，消失在人们的视野中，只留下十首诗篇。但历史又是狡黠的，陈国虽亡，他的子孙却在齐国大有作为。日后田氏代齐，成了齐国君主的人就是陈国公子的后裔。

朱熹在《诗经集传》中说：“陈，国名。太皞伏羲氏之墟，在禹贡豫州之东。其地广平，无名山大川。西望外方，东不及孟诸。周武王时，帝舜之胄有虞阏父为周陶正，武王赖其利器用，与其神明之后，以元女大姬妻其子满，而封之于陈，都于宛丘之侧。与黄帝、帝尧之后，共为‘三恪’，是为胡公。大姬妇人尊贵，好乐巫觋歌舞之事，其民化之。今之陈州，即其地也。”其中“大姬妇人尊贵，好乐巫觋歌舞之事，其民化之”一句，为《陈风》做了注脚。《国风》中对乐舞的描写很多，但描写巫师的却不多，《陈风》中的首篇《宛丘》却为这难得一见的舞蹈场面作了一幅立体写生：

子之汤兮，宛丘之上兮。洵有情兮，而无望兮。
坎其击鼓，宛丘之下。无冬无夏，值其鹭羽。

坎其击缶，宛丘之道。无冬无夏，值其鹭翿。

巫风既然是周武王爱女所好，而王的爱女又是国君夫人，上行下效就是必然的。陈国好巫之盛，似乎已然超越了普通生活，上升到了精神层面。《宛丘》就是这方面最好的示范和例证。

一个巫女在高高的平地上舞蹈，舞姿想必是妖娆的，否则看她舞动身姿的人不会如此忘我，全情投入。他一定特别执迷于她的舞蹈，否则不会春夏秋冬地守在旁边，将这位巫女的表演全程记录。然而，反复阅读诗中的描述，疑问也就不由得跃入脑海。

巫女的舞蹈究竟如何？

诗中说到“击鼓”和“击缶”，猜测是没有弦乐器而纯粹依靠打击乐器伴奏的舞蹈。这样的舞蹈一般具有强烈的动感节奏，舞姿也比较开放，想必不会是我们熟悉的那一类古典式，而是野性十足的。对比《邶风·简兮》中描写的万舞，一种大型表演类宫廷舞蹈，巫女的舞蹈似乎缺乏伙伴配合，可能是一种独舞。

服装是什么样子？

诗中未做明确交代，只说巫女手中拿着鹭羽制作的舞蹈道具。那么拿着这一类道具的舞蹈应该不会是穿着长袍，拖起水袖，身段婀娜婉转的那一类。巫女有特定的服装吗？我们无从得知。如果有，我大胆猜测是款式短小、色泽艳丽的。这样才符合巫的身份，也更容易吸引观众的目光。

巫女为何而舞？

诗人说她的舞蹈“无冬无夏”，这颇令人费解。夏日或许可以理解，但冬日严寒，在高地上舞蹈是件极其辛苦的事，不但难以获得愉悦，更容易患上疾病。无论是观众还是表演者，恐怕都不好过。这位巫女缘何如此坚决，不顾寒风凛冽甚至大雪纷飞，一定要在户外舞蹈？诗中未做交代，我大胆推测，舞蹈是她的工作，就像后世请僧人道士做道场或法事。在先秦时代的陈国，人们也许会请巫女或类似的人出来做一些灵魂超度或与天沟通之事，比如求雨或求子。巫的存在是因为人们相信他们有超凡的灵异功能，可以做到凡人做不到的事。而舞蹈就是巫女工作的方式，就像我们经常在影视剧中看到的那种：巫人穿上奇奇怪怪的服装，做出一整套诡异的动作。在我们看来匪夷所思，但这却是他们生存的本领。按照这样的解释，巫女“无冬无夏”的演出就可以成立了。

是谁有情？

比较公认的解释是，整首诗出自一个小伙子的内心，他默默地爱慕巫女，求而不得，感到“无望”。然而，于现实逻辑是否说得通呢？一个平常人家的小伙子怎么会爱上从事特殊职业的巫女呢？换言之，宛丘上那个穿着奇装异服、舞蹈怪诞的女子是如何惹动他的相思之情的？诗中仍然没有交代。

我们的社会中，大抵与宗教等相关的入行者都是方外之人，是少与常人聚在一处的。说这位巫女工作之外仍要回家种田，做阿哥的邻家女孩似乎是不现实的。这也就排除了两人本就认识的可能性，想必小伙子是在观看舞蹈时暗生情愫，但是这真的会发生吗？

无论如何，我总是不能够想象。可如果“洵有情”之人是舞蹈中的巫女，那么她又因何而无望呢？这又是一个难以解答的问题了。

也许为以上问题找出确切的答案已不重要，因为历史早已将真相埋入黄沙，留下的是一帧帧剪影。但这一点点印记已经足够令我们着迷，它为我们打开了一个新的世界，对先秦有了多角度多样化的认知。《诗经》并非只有“我有嘉宾，鼓瑟吹笙”的典雅，也非仅仅是“蒹葭苍苍，白露为霜”的缥缈，也有像《宛丘》这一类的白描，描写了一种有别于传统认知的另类生活。然而这种生活状态却确确实实地曾经存在过，并且存在了六百余年。

绝代妖姬

春秋时代的诸女子中，论名声最具争议、故事最为曲折跌宕的，除了卫宣姜，想必就是夏姬了。

与宣姜相似，夏姬也是诸侯之女。根据《左传》的记载，她的父亲是郑国国君郑穆公，母亲是郑穆公的妃子。夏姬出身高贵却也比真正的高贵略低了一格。也许因为她是庶出的缘故，郑穆公没有把她嫁给他国的公子，而是嫁给了陈宣公的孙子夏御叔，一个没有资格掌握陈国政权被安置在株邑的贵族。

说起郑穆公，《史记·郑世家》中记载了一段颇为浪漫传奇的故事：

二十四年，文公之贱妾曰燕姞，梦天与之兰，曰："余为伯儵。余，尔祖也。以是为而子，兰有国香。"以梦告文公，文公幸之，而予之草兰为符。遂生子，名曰兰。

郑穆公的母亲是父亲文公的妾，身份地位较低。在梦中遇到了自己的祖先赠送给她一枝兰草，并告诉她即将投胎转世做她的儿子，并说"兰有国香"。她醒来后将此事告诉了丈夫，得到了国君的宠幸，生下一个儿子取名为兰。然而公子兰的经历并不顺遂，当上国君前也颇经历了一番跌宕起伏。有其父必有其女，围绕夏姬，列国间又是一番血雨腥风。

胡为乎株林？从夏南！匪适株林，从夏南！
驾我乘马，说于株野。乘我乘驹，朝食于株！

（株林）

《陈风》中的《株林》是唯一一首与夏姬有关的诗，从数量上来说，远逊于卫风中围绕宣姜展开的描写和讥讽。从文学成就上来说，《陈风》比卫风差了许多，不但质量不堪比，数量也只是其三分之一而已。但无论如何，陈国的文学不能撇掉夏姬，夏姬对陈国的影响不亚于宣姜之于卫国。

《株林》与《鄘风·墙有茨》有相似处，都是指桑骂槐之作，运用的是暗讽。诗中提到了一个叫夏南的人，他是夏姬的儿子，全名为夏徵舒，字子南。一再高唱要寻找他的人们来到株邑的郊外，要在这里吃早餐。按礼制，诸侯国君可以乘马车，而大夫之车只能由马驹拉。他们一行人风风火火赶到株邑的郊外（株林）仿佛是要进行一场野餐，夏南就像他们忠实的小伙伴，等着他们到来后一起愉快玩耍。

《毛序》说："《株林》，刺灵公也。淫乎夏姬，驱驰而往，朝夕不休息焉。"

乘马车的是陈灵公，乘马驹车随他一同赶来的有两个人，分别叫作孔宁和仪行父。他们一路高声叫嚣着来找夏徵舒，但真正要见的其实是他的母亲。"淫乎夏姬"，是的，他们三个都与夏姬有染。

《史记·陈杞世家》记载："十四年，灵公与其大夫孔宁、仪行父皆通于夏姬，衷其衣以戏于朝。"国君与大臣不但共同玩弄一个年轻寡妇（夏御叔早亡），还穿着她的衣服在朝堂上于众目睽睽下嬉耍，其景象令人作呕。难怪吴公子季札说陈国"其能久乎？"陈国曾经三次亡国，这一次就亡在荒淫无度的陈灵公身上。

陈灵公、孔宁和仪行父在夏姬处饮酒，互相暗示对方是夏徵舒的生父，以此为乐。他们陶醉的当口，恼羞成怒的夏徵舒终于再也无法忍耐了，趁国君酒醉，一箭要了他的命。两位大夫见势不妙，逃向了楚国。

陈灵公如此羞辱夏徵舒，证明他虽贪恋夏姬的美色，骨子里却是鄙视她的，她的儿子也一文不值。为了报仇，夏徵舒也不客气，杀死国君后自己翻身当家做主人，痛快地搞了一个弑君自立。

然而夏徵舒的泄私愤却给陈国惹来了大麻烦。也许是受了孔宁和仪行父的挑唆，楚国以除夏徵舒为名讨伐陈国，不但让刚刚坐上国君宝座的夏徵舒丢了性命，更差一点撕毁承诺占领陈国。所幸春秋时代还是重面子讲礼法的时代，大臣一番晓之以理的劝谏让楚庄王打消了顺手牵羊的念头，重新立了陈国国君，总算让陈国又延续了下去。

然而，夏姬的故事远未结束。

《左传》中说她“杀三夫，一君，一子，而亡一国、两卿”，围绕着她，还会有更多的纷争。而陈国之乱不过是夏姬生涯的一个分水岭，乱前她的故事在陈国，乱后她的故事在楚、郑、晋之间，恐怕天下诸侯莫不知之了。

第一个来蹚浑水的，恰恰是打着清理乱臣贼子名号，兴师动众而来的楚庄王。

夏姬之美带有不可理解的神秘性，其特质在人见人爱，天下没有一人可以在她面前坐怀不乱。现实中的确不乏长相娇美的女子，也的确容易赢得更多的异性青睐，但百分百地收拢异性的爱慕，其实是少有的。即便是美丽的宣姜，真正心甘情愿为她出格的也只有卫宣公，她的未婚夫太子伋子并没有为她乱性。而与她再婚的卫昭伯则是迫于齐卫两国的政治势力才勉强答应，至少我们所能掌握的史料是这么说的。

更不要忘记“巧笑倩兮，美目盼兮”的庄姜，如此一个千古美人，是终生不得宠的。夏姬究竟有多美？我们不知道。但我们知道，接下来的故事狗血至极。

楚庄王的想法遭到了宠臣屈巫（即申公巫臣）的反对，他给国君的理由如下：

不可。君召诸侯，以讨罪也。今纳夏姬，贪其色也。贪色为淫，淫为大罚。《周书》曰：‘明德慎罚。’文王所以造周也。明德，务崇之之谓也；慎罚，务去之之谓也。若兴诸侯，以取大罚，非慎之也。君其图之！（左传·成公二年）

条理分明，引经据典，说得头头是道，听得楚庄王心服口服。孔子曾评价庄王：“贤哉楚庄王！轻千乘之国而重一言。”说明他尽管有贪念，但善于顾全大局，懂得适当克制。当有人劝谏时，能够及时悬崖勒马，避免了因贪欲而祸乱天下。从楚庄王复陈国及放弃夏姬这两件事来看，孔子的赞誉是比较中肯的。

楚庄王是贤君，却不代表他的臣下都是贤臣。惦记夏姬的可不止他一人，明面上公开在考虑此事的还有大臣子反。按理说，他与伐陈没有直接利害关系，讨一个寡妇进门应该不是什么过分的事。不管怎么说，夏姬已经失去了至亲，丈夫儿子都不在了，回娘家又没有一个好理由，何况她自己是庶出。此时的她无依无靠，找一个经济条件上等，身份地位也过得去的大臣做后半生的依靠，不但面子上过得去，生活也可以不愁了。然而，屈巫又出现了，这一次他对子反是这么说的：

是不祥人也！是夭子蛮，杀御叔，弑灵侯，戮夏南，出孔、仪，丧陈国，何不祥如是？人生实难，其有不获死乎？天下多美妇人，何必是？（左传·成公二年）

劝谏子反，屈巫另有一套。先从人品作风上彻底否定夏姬，将她丈夫夏御叔的死也归罪于她。屈巫这番话要比前番劝谏楚庄王的话狠得多，甚至到了人身攻击的程度，颇有添油加醋、极尽侮辱之能事之嫌。子反也是明白人，觉得这女人如此歹毒，犯不上把命送在她手上，于是痛快地放弃了。王也不纳，臣亦不娶，夏姬却不能孤独终老。在古代，女人是不能独立生存的，一定要投靠一个男人。也许楚庄王心善，不忍夏姬后半生无依无靠；也许他体谅一个女人在昏君佞臣间不能自主的难处，没有将丧国之罪加在她的头上，更没有让她承担儿子弑君自立的罪名；也许楚庄王还是爱慕美人，不舍得她白白死掉，总之，夏姬被他安排给了一个官员连尹襄老。襄老是一个老头子了，不久因征战死在了郑国。他死后，儿子黑要立即与小妈搞在了一处。但襄老父子只不过是这场狗血剧的小角色，大戏演到此，潜伏已久的主角隆重登场，将整部剧带向高潮，洒得观众一脸狗血。

他就是屈巫！

是的，屈巫终于露出庐山真面目。他从前的道貌岸然、巧言令色中都潜藏着一个目的：他要得到夏姬！

屈巫出手极快，直接走到夏姬面前告诉她：“吾聘女（我娶你）。”没有演练也没有左顾右盼，更不会找人商量，想要什么看准时机立刻出手。但行事不能莽撞，想要痛快得到夏姬可没那么容易，前面下了那么大一盘棋，最后一步也要排兵布阵。他一面安排夏姬归郑，一面暗中要求郑国提出以夏姬归国交换连尹襄老尸体的要求。果然，善听劝谏、信任屈巫的楚庄王又来找他商量了，毫无防范地落入了屈巫的圈套。屈巫当然力荐夏姬归郑，楚庄王应允，夏姬临行前煞有介事地说："不得尸，吾不反矣。"她当然不会回来，郑国也不会给她尸体，她要一个糟老头的尸体又有何用？她回到郑国，无非是等待屈巫的承诺，看来，这一次她也是认真的。

屈巫更认真。夏姬一方已按计划安排妥当，剩下的事都是他自己的了。关于接下来的一番行动，《左传·成公二年》中是这样记载的：

巫臣聘诸郑，郑伯许之。及共王即位，将为阳桥之役，使屈巫聘于齐，且告师期。巫臣尽室以行。申叔跪从其父将适郢，遇之，曰："异哉！夫子有三军之惧，而又有《桑中》之喜，宜将窃妻以逃者也。"及郑，使介反币，而以夏姬行。将奔齐，齐师新败，曰："吾不处不胜之国。"遂奔晋，而因郤至，以臣于晋。晋人使为邢大夫。

他先是得到了郑君的允婚，理论上搞定了"岳丈"。继而在楚庄王死后带着家人财宝跑到了郑国，与夏姬光明正大地结了婚。原打算带着新家到齐国去，却听说齐国新近打了败仗，有谋略且自视甚高的屈巫觉得齐国不配他辅佐，于是携全家到了晋国。晋国国君重用他，封他为邢大夫。

看上去是一出喜剧，然而他们的爱情美满了，却有许多人因他们的爱情而遭殃。楚庄王虽然死了，但当初被屈巫一番巧言而放弃夏姬的子反还在。眼见屈巫欺骗了自己又在晋国耀武扬威，子反恨得咬牙切齿，联合楚庄王少弟子重出手，屠杀了屈巫在楚国的族人，分了他们的财产。仍不解气，杀了与夏姬有染的襄老之子黑要，瓜分其财。远在晋国的屈巫知晓后写了封信给子反和子重，信中说："尔以谗慝贪婪事君，而多杀不辜。余必使尔罢于奔命以死。"短短几句，颇有屈巫风采。先是予以道德谴责，将包袱丢给对方，进而放言要狠狠地报复。

屈巫与夏姬生有一女，其女又生一子名伯石。《左传》记载，伯石出生时哭声如豺狼，因此被断定为狼子野心。不知是后人以果推因，还是时人一语成谶，长大后的伯石果真在晋国作乱，一点也不帮夏姬正名争气。

故事结束，但故事里的人物却没有随之消逝。整个故事下来，几乎所有人的思想行动都表述清晰，却唯独夏姬的内心从来没有被提到过。读史时我们常常看到这样的事，女人的面目没有她的名字清晰。她固然是主角，却如行尸走肉，被玩弄于男人的股掌之间，还要背负千古骂名。宣姜如此，夏姬更是如此。如果说《新台》可以让我们窥见或猜测出宣姜的内心，那么无论是《陈风·株林》《左传》还是《史记》，都只是将夏姬视为一个符号，一个妖艳乱性、祸国殃民的符号。更别说《列女传》这一类男权道德歌颂者视夏姬宣姜之流若洪水猛兽，看见她们寿终正寝，恨不得穿越时空来个手撕。史书不过是在借夏姬之事聊聊男人们的那些事儿，没有一个作者关心这个无依无靠的弱女子的内心。后世读者要么做吃瓜群众看个乐子，啧啧称奇；要么一副卫道士嘴脸狠批红颜祸水，以此为戒，对女人严防死守。

命如浮萍的夏姬，拗不过当权者的淫威，又不想做贞洁烈女一头碰死，能做的唯有屈从。不幸之中的万幸，无非是遇到一个愿意为她付出真心、值得托付终身的人。从这一点来看，夏姬是幸运的，尽管屈巫的手段具有争议，但对夏姬却是真情实意。表达直接，一旦承诺，不犹豫不反悔，信守了自己的诺言。屈巫是有勇有谋的能臣，可以保护她。她不必担忧再被人欺侮，从此可以安稳地生活，无需再为生存卖笑。夏姬是弱女子，但更是聪明人。屈巫就是她最好的归宿，她比谁都懂。

花前月下

花前月下、花好月圆，历来人们赞美理想的婚恋都以花月相衬，以花月作比。西方人赋予不同种的花以人文定义。红玫瑰是公认的美好爱情的最佳代表，已不仅仅在西方流行，全世界都为之倾倒。爱情在中国古典文学里是个尴尬的主题：一方面文人们要做出鄙视它的姿态；另一方面又无法逃脱人性对于爱情的向往，忍不住借文辞抒情写意。

在中国，花的确切定义往往都与品格挂钩，比如“晋陶渊明独爱菊”，而宋周敦颐“独爱莲之出淤泥而不染”，李清照赞桂花“何须浅碧深红色，自是花中第一流”，陆游以梅花自比“零落成泥碾作尘，只有香如故”。当然，花卉外形娇美，比喻为美人更直观。李白夸赞杨贵妃的“云想衣裳花想容”“名花倾国两相欢”都深入人心，是千古佳作。但在先秦，花却与人品无关，除了保留下来的与美人作比，如“有女同车，颜如舜英”，更多的则与婚恋相关。这样的例子很多，比如“桃之夭夭，灼灼其华”，是一首贺新婚的诗；“维士与女，伊其相谑，赠之以勺药”，是男女相恋的场景；“山有扶苏，隰有荷华”，是更微妙的男女间情感的互动。还有一种叫棠棣的花，也称常棣，后世不多咏唱了，但在诗经的时代却是小主角，多用来比喻兄弟情，比如“常棣之华，鄂不韡韡。凡今之人，莫如兄弟。”再有《论语》里提到的一句逸诗“棠棣之花，偏其反而。岂不尔思，室是远而”，似乎在诉说男女或夫妻的分离之苦，但也可以引申至一切离别情境。总之，《诗经》时代的花是人类感情的依托和表述，还没有上升至品格风骨的象征。

《陈风》里的《泽陂》就是情感类咏花诗的一分子，虽然不是最出名的，但文辞优美，有其独到之处。

彼泽之陂，有蒲与荷。有美一人，伤如之何？寤寐无为，涕泗滂沱。

彼泽之陂，有蒲与蕑。有美一人，硕大且卷。寤寐无为，中心悁悁。

彼泽之陂，有蒲菡萏。有美一人，硕大且俨。寤寐无为，辗转伏枕。

诗意与《关雎》有相似之处，说的都是一个人对心上人的思慕，而这思慕却难以转化为两情相悦，故而使诗人痛苦难眠。

诉说爱慕之情，痛诉单恋之苦的诗在《诗经》中不算新鲜。《蒹葭》一首就可以盖三百，更别说还有与之不相伯仲的《关雎》。单从这一点看，《泽陂》的题材不算新颖，思想的传递和表达既不如《蒹葭》缥缈空灵，也没有《关雎》典雅雍容，它似乎是一首还算不错，但并不出挑的作品。但打碎宏观之比较，查找细微之优劣，《泽陂》是自成一格的。

在《陈风》里，清新唯美的诗作不多。陈国重巫风，合理推测，这里的人对神神鬼鬼、迷离莫测的风格当很为崇尚。而陈国国君昏聩无能，几个大乱子闹得鸡飞狗跳，几度亡国。有这样的大背景，可以想见此地民风所滋养出来的文学表达缺乏宏大的气质，偏向晦涩艰深的情感和思维。因此，在不多的十首诗歌中，《泽陂》就显得那样与众不同：有《郑风·野有蔓草》中的清丽，有《周南·关雎》中的雅致，也有《秦风·蒹葭》中的迷思。而在此之上的是花卉运用的巧妙，将大自然、植物和人三者融合一处，形成一幅绝妙的画作。诗中有画，画中有花，花前有人，人中有情，立体、优美、意境高妙而不孤冷，凄美中透出动人的感伤。

诗中说到的三种植物，很值得聊聊。

蒲草是生长在水边的植物，样貌平平，看上去就像漫山荒草。在园林技艺发达的今日，野生水边的蒲草一点也不吸睛，甚至会让人心生反感，是美的破坏者。但在野生环境为主导的先秦时代，水边是大众活动区，水边的蒲草则好似今日园林中的花草点缀，具有相当的美感，又因常见，而令观者倍感亲近。蒲草虽软，但韧性强，已经悄悄地开始向人格象征方面延伸了。将蒲草与爱情联系在一起，很容易令人联想到爱情的坚贞以及对天长地久的美好期盼。蒲草是自然界随处可见的植物，而爱情是人类普遍的情感模式，两者都不稀有，因此更带出朴实无华之感。在《泽陂》中，蒲草的荒漫又似象征了思恋者荒芜寂寥的内心，看水边迷芜，恰似无法根除却折磨内心的情思，令观者更生一种凄凉之意。

关于蕑这种兰草，在《郑风》里谈过，是一种水边生长的大泽兰，其貌不扬，但朴实无华，喜闻乐见。因为那一篇里已经谈了很多，这里就不再赘述。且把注意力集中在更为重要的花卉上，那就是传唱千古的荷花。

荷花历史久远，在人类社会早期便已对它不陌生了。因为陪伴长久，感情自然不浅，它的美丽和芬芳长久地留在心里，而果实和根茎不但是美味，更是良药。从文学脉络上看，荷花的形象是在变化的。今人对荷花赋予的品格高洁的含义，源自宋代周敦颐的《爱莲说》。而更早一点的五代，在南唐中主李璟的词里，荷花具有凄婉的颓废美。"菡萏香销翠叶残，西风愁起绿波间"是对逝去光阴的咏叹和留恋。芳华已过，世界陷入孤寂和狼藉。再上溯至汉代，民歌里的江南开满莲花，翠叶一片一片如碧田，小鱼嬉戏水中，是欢愉的农家情调。最后回到先秦，荷花褪去高洁、褪去凄苦、褪去情怀，还原古远时代最纯粹的面目，依然透着芬芳。没有园艺的人工雕饰，开在烂漫的水泽边，带着野趣，与蒲草泽兰为伴，不奢靡、不粉饰、亦不矫情。李白咏"清水出芙蓉，天然去雕饰"，但词句本身已带着雕饰。《诗经》里的荷花是完全的质朴，更不会因与相貌平平的野草闲花为伴而减损风姿。相反，在这荒蛮的尘世，在伤心人的眼前，在一唱三叹的诗里，恰恰因为它的出现，一切都蕴满了芳香，蕴藉了美。

我相信有些诗歌是闻得到气味的。《蒹葭》里飘来的是泠泠水气，《野有蔓草》中弥漫着青草的清新，而《泽陂》透出的是荷、蒲、兰三者混合的花草香，淡而不寡，清而不冷，雅而不远。

说完花前，接着来谈月下。

唐代诗人张若虚在长诗《春江花月夜》里问道："江畔何人初见月？江月何年初照人？"谁在人类历史上第一次见到月亮？这是永远没有答案的问题。然而在中国文学史上，第一篇朗照乾坤、净透人心的咏月篇章，是《陈风》中的《月出》。

月出皎兮。佼人僚兮。舒窈纠兮。劳心悄兮。

月出皓兮。佼人懰兮。舒忧受兮。劳心慅兮。

月出照兮。佼人燎兮。舒夭绍兮。劳心惨兮。

早期人类为了生存，不得不以群居的方式抵御大自然的袭击。因此，害怕孤独是在血液之中，传承自祖先的基因。在没有人工照明的远古的夜晚，漆黑是自然界万物所需承受的常态。但漆黑遮挡了视线，在不能认知的情境里，暗藏着危机、孤寂与寒冷。在这漫长的夜晚，除了手中的火把，唯有天上一轮孤月可以为世界添加一点光亮。它是天然的照明灯，也是陪伴人类熬过漫漫长夜的伙伴。伴随人类文明的发展，变成慰藉心灵的良药，寄托白昼下不能尽诉的忧思。孤寂寥落的月、寒光莹彻的光辉，好似不愿直视、不敢面对的自己。只有在夜深人静之时，借着遥不可及、寂静安和的月亮，才悄悄地反视布满嘈杂的心，听一听心灵的声音。

很可惜，这位中国文学史上的第一位咏月诗人没有留下名字，否则后世一定敬仰歌颂这位咏月诗的鼻祖。《月出》不但唱出了千万人内心共有的情愫，更在文学史上开创了一种望月抒怀的模式。后世咏月，除了对月亮本身的描写，多半都借明月抒发内心情怀。而抒怀中，怀人则是从《月出》中一脉传承，从对爱人的思恋扩大至包含各种情感的思人，乃至上升至对人类的关怀。苏轼的“但愿人长久，千里共婵娟”就是此类的极致。在寄托对亲人的思念之上，更抒发了对所有离别人的祝福，成为脍炙人口、传唱不衰的动人佳句。

《月出》的作者应该是一位年轻男子。当夜幕降临，月华初照之时，他独自仰望，心中思念着爱慕的女子。她的样貌是姣好的，因此称她为“佼人”。又似嫌不够，再用“僚”“懰（liǔ）”“燎”三字加以强调。这三个字都是形容女子娇美靓丽的上古词汇，现在已不再使用。《诗经》的创作手法，有层层递进、反复渲染铺陈的特点。《月出》正是使用这种手法，给人以一唱三叹之感。在夸赞爱人样貌娇美之后，诗人又具体描写她的动作体态，即“窈纠”“忧受”“夭绍”。三词前面的舒字形容女子的舒缓娴雅，再加上三词，一个典雅的古典美人袅袅婷婷地从月光中走出，向诗人眼前走来。然而，那终究是一个幻影，真正的她非但不在眼前，想必更是隔着遥远的路途。因而当诗人发现这一切只是幻觉时，不禁心生伤感，喟叹着心中的忧愁。

完美的感伤体借物喻人诗诞生了，为后世的咏月创作定了一个基调，开了历史的先河。尽管之前的《泽陂》是借花思人，咏叹的同样是伤感的思慕之情，但两者给人的情调却各有不同。《月出》中少了《泽陂》的清雅，咏唱者的情怀从直抒胸臆而变为喁喁细语。面对眼前的花草，水边的少女“涕泗滂沱”，而仰望明月的男子只是“劳心悄兮”。相比之下，女子的情感表达更为直接，月下的抒情者则较为克制。也许是两人的情感经历有别，也许是白日与夜晚的差别影响了情感的表达，《泽陂》情感汹涌，《月出》则较为压抑苦闷。然而两者都对后世产生了某种影响，所谓“感时花溅泪（杜甫《春望》）”，是临花洒泪的一种变体，而“今夕遥天末，清光几处愁（钱起《裴迪南门秋夜对月》）”则传承了月夜里的孤独与愁情，寥落在心间，寄托在天际。

谁料江边怀我夜，正当池畔望君时。
今朝共语方同悔，不解多情先寄诗。

这是唐代诗人白居易的诗作《江楼月》中的句子，在众多的咏月诗中，是对《月出》最直接的传承。尽管所怀之人不同，所承载的情感类型也有出入，但其表达方式以《月出》为底色，再添上作者的遐思。那个借明月思念的人，此刻也正在想着我，恰如千年前唱响的那一首《月出》。这首诗仿佛是《月出》的对唱，对那时月下寂寥的诗人做出回应。白居易就是那无名诗人最心心相印的知己。

隐士乎？爱情乎？

我反复阅读《衡门》，但对诗的主题却始终有个疑问。

衡门之下，可以栖迟。泌之洋洋，可以乐饥。
岂其食鱼，必河之鲂？岂其取妻，必齐之姜？
岂其食鱼，必河之鲤？岂其取妻，必宋之子？

《毛诗》中解诗的说法一再受到后世的质疑，且随着时代的发展与大众审美越来越远。关于《衡门》，《毛诗》的解读是"诱僖公也"。令人费解，即使查明史料，这种解释也不会为今人读诗带来多大的启发。关于《衡门》的主旨，另有两种说法，就颇值得思索。

朱熹在《诗经集传》中说："此隐居自乐而无求者之词。言衡门虽浅陋，然亦可以游息。泌水虽不可饱，然亦可以玩乐而忘饥也。"另有《韩诗外传》说道："虽居蓬之户，弹琴以咏先王之风。有人亦乐之，无人亦乐之，不可发愤忘食矣。"两种说法有一个共同之处，就是将《衡门》解读为歌颂安贫乐道的隐士之作。虽然此种的解读往往有道德附会之嫌，但也并非每首诗的解读皆如此。仔细分析以上释义，不能否认有一定的道理。

首先对"衡门"一词的解释，古人普遍赞成《毛诗》中的说法，即"衡门，横木为门，言浅陋也。"近人闻一多有城门之说，我们稍后再谈。如果按照前者观点，可以安居的"衡门"则是一处生活质量较为低下，家居环境也较为粗陋的地方。这样看来，的确比较符合古人对隐士的看法。关于"泌之洋洋"的"泌"字，也有两种说法，一种为泉水名，另一种稍后再谈。如果"泌"只是一种水流的简称，那么安居在泉边陋室中的人则颇有些刘禹锡在《陋室铭》中所书写的味道。然而，《衡门》中的这位“隐士”真的是一位安贫乐道的穷君子吗？

从后两段诗来看，我个人持怀疑态度。我觉得，能悠然自得唱出这样的歌词的人应该是出身高贵，享受过或有条件享受丰厚物质待遇的人，即贵族出身。

鲂与鲤都是鲜美的河鱼，今人依然享受其美味。鲂似鳊鱼，在今天江浙一带常以清蒸或葱油的方法烹调，味美肉鲜，口感滑嫩。而鲤鱼在北方则更受欢迎，糖醋红烧皆不在话下。今人吃鱼不是难事，但在春秋时代却非平头百姓人人可食。“齐之姜”与“宋之子”在诗中代指齐国姜姓与宋国子姓的女子。我们知道，姜姓是齐国国君和贵族的大姓，子姓则是宋国国君的姓氏。在春秋时代，平民无姓氏，“百姓”一词是从战国时代才开始流行的。因此，拥有姜与子两大姓氏的女子出身一定非侯即贵，绝不可能是普通百姓家的女子。那么，敢于唱出“谁说吃鱼一定吃鲂鲤，娶妻一定娶姜子”的人，会是普通下民吗？如果将场景搬到今天，生活在底层，挣扎在贫困线上的人们，会高唱“有家不必住别墅，娶妻何必娶娇妻”这样的句子吗？如果诗人真的是一位隐士，那么他多半是一位出身较高，但又对所处的现实生活不够满意，渴望逃离之人。他所咏唱的，是以物化的衣食住行来代替他所想逃避的环境，以及所渴望的较为自由宽松的理想境界。大富大贵的家庭，往往充满了尔虞我诈和世态炎凉，难免对小门小户人情简单的人家存在一定的羡慕。而身居上层阶级，尽管有锦衣玉食，但却也不免为更复杂的人际交往和烦冗的道德礼仪所束缚，进而感到苦恼。此时，就也不免会想象着拥有一处水边陋室，虽然生活粗糙简单，但简单中别有一番自由的快慰，是心灵的渴盼。

春秋早期，文化还是贵族垄断，未曾向平民阶层传播。而所谓“隐士”，本身是一种文化概念，或者说是有一定文化程度却无法改变现状的知识分子的一剂催眠剂。初衷是良好的，但现实中往往不能实现。《卫风》中同样有一篇赞美隐士的诗，其意境和思想与《衡门》迥然不同。

考槃在涧，硕人之宽。独寐寤言，永矢弗谖。
考槃在阿，硕人之薖。独寐寤歌，永矢弗过。

考槃在陆，硕人之轴。独寐寤宿，永矢弗告。

（考槃）

诗中描绘了一位独居山中的世外高人，心胸宽广，自得其乐。同样是避世隐居之人，卫国的隐士显然气派潇洒得多。不但居住在山水间，且形象伟岸，道德品行堪称典范，全无半句酸腐之言，让仰慕者念念不忘。《衡门》只是传递了一种逃离世俗的愿景，而《考槃》则将这种愿景上升到可实现的境界。但同样的，这位硕人也是贵族出身，如不然，只能是人们心中的想象了。

当“隐士”的说法在后世被逐步否定推翻之后，新的解读方式应运而生。自然而然的，爱情的主题便出现了。

闻一多先生在《风诗类钞》中将“衡门”解读为城门。如果是这样，那衡门就不是居住之所，而是如“东门”一样，是幽会之地。而关于“泌”与“饥”字，《先秦诗鉴赏辞典》中的解释为男女幽会之地，“饥”则隐喻男女性欲的饥渴。那么，如果这是一首爱情诗，让我们看看是否说得通。

一对青年男女来到衡门约会，泌水喧嚣奔腾，象征了身体里躁动不安的荷尔蒙。两情高亢处，男子大声喊着：谁说吃鱼要吃鲂鲤？谁说娶妻要娶贵族？我就是爱你这灰姑娘！

听来十分慷慨激昂，但我们要先弄清楚男子的身份。他可能是一个穷小子吗？我认为可能性极低。春秋等级森严，即使在今天，打破阶级出身的婚姻也是不多见的。即使有了，多半也会出现各种问题。如果女子嫁入豪门都要被嘲讽的话，那么穷小子想娶白富美则更为主流价值观所不齿。加之男性的自尊，底层的男子是不会说出类似于我偏不爱白富美之类的话的，因为根本也不具备这样的资格。以不具备的资格来彪炳自身的价值则是件可笑至极的事，更遑论在恋人面前作为誓言。而这位青年男子如果是贵族出身，则比较符合当时的社会情况。贵族间的通婚本属正常，男子与那些贵族女子同属一个阶层，是有资格选择或是不选择的。但也许他看中的并不是富贵和门第，而是其他一些符合他个人审美和价值观的东西。因此，面对眼前的女子，发表这一番感叹，不但是正常之举，也会赢得佳人的喜悦与尊敬。而眼前这位女子，如果不是平民出身，也多半是中下层贵族家庭的女儿，与姜姓子姓大贵族是不能比肩的。恋人的话抬高了她的地位，增加了她的存在感，怎能不使人愉悦？

以上的想象情境似乎也极有可能发生，比如《郑风·出其东门》里那个“虽则如云，匪我思存。缟衣綦巾，聊乐我员”的贵族男青年，就是爱上了一个比自己出身和地位低的女子，美女如云中只爱她一人。在古代，男性的选择总是多于女性，爱上一个女人并把她带回家是件相对容易的事。

隐士与爱情，两种说法都有其道理。《诗经》的诗多半众说纷纭，但对《衡门》我却认为两者都说得通，也都可以想象其场景。今人读《诗》大可不必背上读经的思想包袱，以为不深挖出一些高深莫测的道理便是误读。一部伟大的文学作品应当经得起任何时代的锤炼，可以在时代变换中赋予新的解释和评注。只要它的着眼点是永恒不变的人性，无论怎样多变都是万变不离其宗，永远有传承的价值。

东门情歌之爱在陈国

先秦时代的城门是青年男女们常常光顾的地方，而所有城门中，最有名的要数东门。虽然不同国家的东门是有别的，但其作用却是相似的。除了防守之外，也是他们幽会之所，是最早的情人墙。

郑国人与陈国人都热衷东门，且有诗歌传世。但比较起来，郑国人含蓄婉转，感情藏在心里。但陈国人就不同了，读了《陈风》中三首与东门相关的情诗，会发现陈国人的开朗活泼与热情外放。有话绝不憋在肚子里，不但要说出来，更要唱出来：

东门之池，可以沤麻。彼美淑姬，可与晤歌。
东门之池，可以沤纻。彼美淑姬，可与晤语。
东门之池，可以沤菅。彼美淑姬，可与晤言。

（东门之池）

东门之外的护城河畔，聚集了一群青年男女，他们来这里的主要目的是沤麻。想要将麻制成布料，首先要在水中将其浸泡。而麻料是先秦时代重要的布料，各阶层都有穿着，只是做工粗细上有很大的区别。因此，沤麻就是当时的劳动者最常做的一种工作。沤麻是辛苦的，因为浸泡会产生恶臭。但相聚却是愉悦的，因为大家正处适龄期，需要交流汇聚。平日里为生活辛劳度日，哪有那么多闲工夫幽会调情？将情感交流融汇在日常劳作中是最简便也最省时有效的做法，且可以借着劳动观察对方的人品性情和动手动脑的能力。

一大群人聚在护城河边，场面一定是热闹的，有说说笑笑的，有交头接耳的。所有人的表现都暴露在天光之下，众人面前，想传递情感就不可能似郑国人那样低低切切，喁喁细语。你说什么别人都会听到看到，不如大胆释放，既表达情感，又可娱乐气氛。因此，聚在一起劳作的男女，唱起了对歌。

这样朗朗天空下、淙淙流水畔高声对唱的情景很容易让人想起广西的对歌以及那脍炙人口的刘三姐的故事。在现代人的世界里，保留对歌传统的地域越来越少，且主要不是汉族人多生活的地区。在儒家统治不断强化的相当长的一段时间里，载歌载舞的日常习俗长久地在汉族大聚居地域被削弱。在西洋文化到来之前，甚至可以说是只属于少数民族的行为方式。但在几千年前，汉人的先祖，在中原文化的腹地，曾经也是载歌载舞的。特别是在陈国，歌舞不局限于公侯府邸内的表演，在市井间也随处可见。宛丘上婆娑起舞的巫女就是陈国境内一道亮丽的风景，而东门外护城河畔的对歌则是陈国动人的声音。

对歌是白日劳作的一部分，但谈恋爱不能只凭简单的对歌。大众面前的歌声传递的只是暧昧，要表白心迹，必须抽出时间来单独见面。约会是必要的，约会的地点，一定是东门。

东门之杨，其叶牂牂。昏以为期，明星煌煌。
东门之杨，其叶肺肺。昏以为期，明星晢晢。

（东门之杨）

陈国的东门真是块风水宝地，有流水还有高大茂盛的树木。年轻人约好了在这里见面，白天不能说的话此刻说个痛快。时间定在黄昏，古时的黄昏比现代意义上的要晚，已经看得到星光。在有情人的心里，星光那么璀璨夺目，恍若漫天明珠。耳畔是树叶随风舞动的飒飒声，头顶是星云密布的灿烂夜空，小伙子与姑娘行进在赴约的路上，赶往东门，那里有美，也有对未来最美好热烈的期待。

《东门之杨》虽然形式短小，但用词简洁优美，意境明快，充满动态立体的美感。与《郑风》相比，它弱化了人物的内省和自观，将视角更多地投到周遭环境上去，从而以外物反衬内心，将景与情巧妙融合。既是生活画卷，也是情感描摹，更具有与众不同的地域特色，令人耳目一新。

这天晚上一对恋人都说了些什么，诗歌并没有告诉我们。但也许，他们约定了下一步的计划。春天祭祀的节日就要到了，劳作可以暂停。何不趁着良辰美景，一同到集市上去逛逛，做一次愉快的短途郊游。于是，我们看到了这样的情景：

东门之枌，宛丘之栩。子仲之子，婆娑其下。
榖旦于差，南方之原。不绩其麻，市也婆娑。
榖旦于逝，越以鬷迈。视尔如荍，贻我握椒。
（东门之枌）

又是东门，劳作或是不需劳作，生活的大部分时间要消耗在东门。东门为什么这样吸引人？这首诗终于给出了完整的答案。这里有高大的白榆树（即枌）和柞树（即栩），有开着紫花和白花的锦葵（即荍qiáo），有可以漫步的原野（南方之原）。著名的宛丘也在这里。联想到《宛丘》中的巫女，东门外的活动又丰富了一层。再加上东门外的杨树与护城河，还有夜晚灿烂的星空，东门是尘世上最自由浪漫的地方。

小伙子如约赶来的时候，他的恋人正在宛丘的柞树下舞动身姿。她的舞姿可比巫女还美？至少在有情人眼中比任何人都美上千倍。她娇媚的模样就像夏天里开得鲜艳的锦葵之花。小伙子在宛丘下咧嘴笑着，忘情地看着，身体也不由自主跟着伴奏的鼓点动起来。也许他终于踏上宛丘与姑娘一同翩翩起舞，也许姑娘跳完一支舞便跑下来与他结伴。良辰美景易逝，定要抓紧好时光。美丽的姑娘伸过自己的一只手来，五指张开，里面是一把红彤彤的花椒。这是姑娘回赠给他的信物，红色表达的是炽热的爱。告诉他，从此后愿与你永结同心，白头偕老。

三首东门情歌，描写的都是中下层劳动者的生活与爱情，却都是欢愉的、唯美的。缺少锦衣玉食却并不缺少丰富多彩的生活细节。没有杂佩琴瑟，却有冶丽的舞姿和悦耳的歌唱，最情深处是一把普通的花椒。出身不在高门，姑娘却仍然是娇美贤淑的；房舍固然简陋，但头顶是华丽星图。陈国人的热情与奔放都在这短短的三首诗里，引出千年后读者的缕缕遐思，无限神往。这一幅幅生动的画面洋溢着欢悦之情，让读惯了凄苦哀戚之词的人，心上增添许多轻松和美好。

拾

【桧风　曹风　豳风】

人之草木，孰与无情？

《隰有苌楚》是一首语意奇怪的诗：

> 隰有苌楚，猗傩其枝，夭之沃沃，乐子之无知。
> 隰有苌楚，猗傩其华，夭之沃沃。乐子之无家。
> 隰有苌楚，猗傩其实，夭之沃沃。乐子之无室。

苌楚是羊桃，也就是我们常吃的猕猴桃。它还有个洋名，叫奇异果。我一直误以为这种水果是舶来品，看来我大错特错了。我只吃过其果实，却未见过它生长的样貌，从诗中判断，它在湿地中生长，枝叶随风飘摆，想必样貌不俗。但这时的猕猴桃，应该尚处于野生状态，非人工栽培，就像桃李，都长在大自然之中，没有种植在果园内。

先秦诗歌常常喜欢以物起兴，物多半为花鸟一类。桃是较常见的，无论是新婚还是忧国，都想到了这种花美果香的植物。而提到猕猴桃的却只有这一首。当诗人见到洼地里的猕猴桃时，他想到的是什么呢？酸酸甜甜吗？营养排毒吗？都不是。他的感悟非常奇特：

> 乐子之无知／家／室。

你没有感知，没有家室，可真好啊！言辞恳切，充盈着羡慕之情，这就令人费解了。人类的天性是惧怕孤独的，是渴望爱与温暖，渴望陪伴与合作的。而这位诗人，站在猕猴桃前，想到的不是与大家分享美食，而是羡慕它孤独无依，这难道不奇怪吗？

傅斯年评价说："感于人生艰难，不如草木之无知。"如果是这样，诗人因何而感到艰难？古人的看法倒是较为一致，《毛诗序》与《诗经集传》都同意是国民不堪忍受国君的重赋，感叹人不如一株草木。这样的分析比较符合逻辑，至于是否果真如此，我们并不能知道。但有一点可以肯定，这位诗人的确遇到了人生中难以承受的重压，内心十分悲苦。面对婆娑的猕猴桃枝叶，他非但不能产生食欲，竟然自愧生而为人，此情此景，想来也令人悲叹。

如今的人，也许对这样的心境体悟更多。与古人相比，今人在生活中所遇到的压力必然更多且更复杂。每日的工作，不停地加班，永远挣不够的钱，为结婚和繁衍所需准备资产和不动产，年龄每增长一岁，烦恼就多了一层。当年过三十，上有老、下有小，孩子的奶粉费、入学费，父母的医药费，家中的房贷车贷等，堵在眼前时，也许早年那些对美好爱情、幸福婚姻的憧憬与渴望都渐渐被磨平在琐碎嘈杂的生活之中。当那一刻深感不堪重负之时，难免在心头暗念：为什么要结婚呢？还是单身好！

对于植物来说，繁衍是自然而然的事，无须注入情感，也没必要为养育担忧操劳。它活得简简单单，一代又一代以单一的方式复制着前辈的生命，千百年来几乎没有任何变化。而享用着它的果实的人们却早已不是几千年前的那些，生活成本越来越高。对大多数人而言，这一代人所承受的生活压力是他们上几代人的总和。那个只要没天灾人祸，能喘气活着便知足的时代早已过去。现代人不但要活着，还要活得有尊严、有滋味，要吃好喝好，要受精英教育，要跻身上流。在你眼前，总有一个更好的生活状态，总有一个更高的目标和要求，也总有一个过得比你愉快轻松的人。为了改变现状，为了家人的未来，不得不拼命向前，而拼命使人劳累，精神疲乏，追求生活，却也对生活失去了耐心。

但是《隰有苌楚》却并未因此而更闻名，它依然默默无闻地跻身于一百六十首的《国风》中，说着看起来令人费解的话。也许当我们面对文学作品时，脑中的逻辑是与现实有区别的，又或许我们想要逃离的其实正是我们不能分离、每日所需的。那么，《隰有苌楚》将仍旧是一首语意奇怪的诗，它不讲爱的痴迷，也不说生的悲痛，没有喜忧，似无情感。而在这一切的背后也许掩藏着不能为人道的悲哀，可是，并不一定会有人愿意听。

譬如朝露，去日苦多

孤独、苦短和没有归属感是古人诗词中常见的三大主题。

心灵惧怕孤独，也惧怕找不到归属感。

那么生命短暂呢？人人都想长寿，但理论上讲，生命越长久，所遭遇的苦难也会越多。可是，仍然没有人想早死，即便是老人。

《曹风》中的《蜉蝣》，将这三大主题全部囊括：

> 蜉蝣之羽，衣裳楚楚。心之忧矣，于我归处。
> 蜉蝣之翼，采采衣服。心之忧矣，于我归息。
> 蜉蝣掘阅，麻衣如雪。心之忧矣，于我归说。

蜉蝣是一种虫子，朝生暮死，生命极其短暂。从诗中描述来看，这种昆虫的翅膀纤薄、明亮，具有一种自然的美感。而美都是易逝的，诗人看到蜉蝣美丽的翅膀，想到它短暂的生命，难免会感叹人生短暂。诗人心中是不快乐的，为着什么？他唱给我们听：我的生命找不到归宿。

也许他是一位士大夫，白麻衣是士人的穿着，尚不是葬礼上的常服。以雪形容白衣，颜色贴合，而又带着冷意，与后面的“心之忧矣”相连接映衬，更牵出多少苍凉愁绪。“掘阅”的意思较有争议，朱熹谓“未详”，周振甫解为“掘地而出”，即掘洞飞出。这个解释比较恰当。诗人站在野外，看见蜉蝣从地上猛地飞出，它的翅膀薄而透明，在阳光下银光闪闪。那一瞬间是美的，但这美却极其短暂，无非几个时辰，这种小生命便会坠落于尘土之上，化作尘埃。虽然明早仍旧有无数个蜉蝣生长，但诗人眼前的这一只却永久地告别了尘世。

那一刻，诗人想到了自己。

蜉蝣没有家，早晨掘地而出的那个地方，晚间濒临死亡的时刻已然再也找不到。像流浪于红尘间的男女，不知何处是可以回归安栖的地方。曹国的诗人为何感到人世迷茫，心无所依？古人说是国小无依，但总觉牵强，一个人感叹生命苦短可以有任何理由，并非只为了国小一件事。即使身为士人，除却忧国忧民，恼人之事不会比平民更少。诗人为不知归往何方而苦闷，也许是个人际遇的不顺，就像每一个时代的人都会遇到的那样。又或许，这种感叹只是一种知识分子的情怀，固然矫情，却也不能说无病呻吟。

曹操的《短歌行》也有这一番慨叹：

对酒当歌，人生几何！譬如朝露，去日苦多。
慨当以慷，忧思难忘。何以解忧？唯有杜康。
青青子衿，悠悠我心。但为君故，沉吟至今。
呦呦鹿鸣，食野之苹。我有嘉宾，鼓瑟吹笙。
明明如月，何时可掇？忧从中来，不可断绝。
越陌度阡，枉用相存。契阔谈讌，心念旧恩。
月明星稀，乌鹊南飞。绕树三匝，何枝可依？
山不厌高，海不厌深。周公吐哺，天下归心。

虽说《国风》中的篇章都是歌谣，但显然曹操的《短歌行》更像一篇歌词。其中有两段出自《诗经》：“青青子衿，悠悠我心”出自《郑风・子衿》；“呦呦鹿鸣，食野之苹。我有嘉宾，鼓瑟吹笙”出自《小雅》开篇的《鹿鸣》。曹操以四字组句，本身就有十足的仿古味道。一开篇便感叹生命如早晨的露珠般短暂易逝，已然颇有些蜉蝣的意味。诗人心中同样充满忧思，他解忧的方法是饮酒。然而即使如此，仍然不能消去他长久郁结于心的苦楚。看到夜晚月光下的乌鹊，绕着树枝盘旋，不知它要停留何处？是诗人不知，抑或是乌鹊不知？也许都有。但乌鹊的无依是单纯而短暂的，离开这里便会忘记痛楚。而诗人的心之无依却是弥久的，无论走到哪里都被这情绪所围绕，是心底不能尽去的伤。

曹操的这首诗除了传承《诗经》，亦受到东汉诗人秦嘉的影响。

而秦嘉的诗中也看得到《诗经》的影子。

人生譬朝露，居世多屯蹇。
忧艰常早至，欢会常苦晚。
念当奉时役，去尔日遥远。
遣车迎子还，空往复空返。
省书情凄怆，临食不能饭。
独坐空房中，谁与相劝勉？
长夜不能眠，伏枕独辗转。
忧来如循环，匪席不可卷。
（赠妇诗）

秦嘉是汉桓帝时期人，做过小官，早亡。从仅存的五首诗来看，他不但颇有诗才，且深情重义，特别是对结发妻子感情很深。《赠妇诗》共三首，上面所引为第一首。细读之后，我们会发现，有许多句子和意象十分熟悉。“人生譬朝露，居世多屯蹇。忧艰常早至，欢会常苦晚。”此句影响了后世的曹操，而“忧来如循环，匪席不可卷”则化自《邶风·柏舟》的“我心匪席，不可卷也。”借此表明对爱情的忠诚。全诗可谓一面承前，一面启后。

诗在传承流转，那颗孤独的心也被代代继承。延至宋代，便有一位饱受尘世怆痛的诗人步入人生苦叹的行列，发出寂寥孤冷的感叹：

缺月挂疏桐，漏断人初静。谁见幽人独往来，缥缈孤鸿影。
惊起却回头，有恨无人省。拣尽寒枝不肯栖，寂寞沙洲冷。
（卜算子·黄州定慧院寓居作）

用情至深的人常常感受到比普通人更深一层的痛苦，苏东坡也因此成为千年前诗人的知己。此种用情并非仅在男女之情，而是倾注于世间万物的情思情怀，并将自身也融汇其中。《文心雕龙》中所谓“登山则情满于山，观海则意溢于海，我才之多少，将与风云而并驱矣。”因感万物而注目于世间微小的存在，譬如蜉蝣、乌鹊、孤鸿，都是诗人们内心的象征。而因自身命运波折，又会以外物来比拟自身，将情绪具象化，从而通过文字书写和文辞的组合传达出去。那些世间的微小是蒙昧的，并不懂得悲苦的含义，或许无法领略分毫，诗人不过将自己对人生的感叹寄托它们身上。而诗人的心从“于我归处”到“何枝可依”再到“拣尽寒枝不肯栖”，从苦闷到彷徨再到孤高，也是时代赋予诗人的不同气质。

《采薇》者，《东山》归

昔我往矣，杨柳依依。今我来思，雨雪霏霏。

以上四句，出自《诗经·小雅》中的《采薇》篇，已成千古名句。全诗固然不敌《关雎》《蒹葭》著名，但单以诗句来看，前两者所为人耳熟能详的，大抵不过四句而已。《采薇》全篇之所以不够著名，也许是因为主旨与爱情不相关联，也许是它篇幅过长，而结尾处的这四句，蕴藉了物是人非的苍凉与悲壮，却可以涵盖任何一种感情，不拘泥于某一时代或某一种生存环境。

我徂东山，慆慆不归。我来自东，零雨其濛。

以上四句来自一首叫《东山》的诗，出自《国风》中最后出场的组诗《豳风》。

豳音“宾”，朱熹说它是国名，但以今日之目光衡量，大概也只能算是一个部落名称。此地之所以出名，原因在于周王室。周武王死时，继位的周成王尚年幼。据说，辅政的周公旦为了激励成王，作诗一首，名曰《豳风》。再到后来，“周人又取周公所作，及凡为周公而作之诗以附焉。”（朱熹《诗经集传》）大概《豳风》就是以这样的方式从一首诗的名字而逐渐发展壮大成为一组诗的名字。如此看来，《豳风》与《王风》有相似处，都与周王室有关。但从作品基调来看，《豳风》当早于《王风》，故而少了些故国难再的悲情。

作为《东山》的开篇之句，我们可以看出，它的表意与《采薇》的结尾有几分相似。前两句说离别时，末两句道归来景。走时心情已显沉重，归来时遇雨遇雪，心境更加悲凉。“慆慆不归”表明离别日久，而从杨柳到下雪的季节变换也暗示着日月的迁徙。在这漫长别离的背后，隐藏着一颗悲苦而忧惧的心。

何为悲苦？如何忧惧？从诗文中可以看得清清楚楚。悲在不能归家，苦在征伐不停，三餐不备。

曰归曰归，心亦忧止。忧心烈烈，载饥载渴。我戍未定，靡使归聘。

（采薇）

薇是一种可食用的野菜，又叫大巢菜。既然是野菜，恐怕味道是比不得耕种蔬菜的。将士出征在外，饮食不可能如在家般规律，士兵常常没有粮食吃，只能靠挖野菜充饥。因此，他们对这种叫薇的野菜特别熟悉，它一年的生长状态，何时食用最适宜都被士兵们观察得清清楚楚并写进了诗里。借着诗歌作为载体，薇又不仅仅代表了饮食，且被用来代表时间的变换。“薇亦作止”“薇亦柔止”与“薇亦刚止”恰是一年光景，而这样的光景想必轮回了无数次，因为“猃狁孔棘”，他们“靡使归聘”。

猃狁是北方少数民族，即先秦故事里常听到的戎，汉代故事里不绝于耳的匈奴。在中国历史的大段时间里，北方游牧民族曾是中原挥之不去的噩梦。他们骁勇而野蛮，不善耕种，只靠抢夺周人的财产来丰富生活。他们时刻威胁着周人的财产与生命安全，但最让周人痛苦的是这样一种威胁的弥久不变的存在。即使可以战胜，也是短暂的，只要周人被他事转移了注意力，它会立即壮大起来形成卷土重来之势。仍旧是烧杀劫掠，令一心向往田园农耕的周人苦不堪言。对现代而言，与北方游牧民族作战的历史，我们最熟悉的是汉武帝前后那一段。但从《采薇》一诗来看，早在周王朝时期，战争便已打响，而这种战争给人民带来的伤害似乎远远高于周王统治区之间的内战。

再来看《东山》。“我东曰归，我心西悲”所到处是一场什么样的战役，我们并不清楚。只知道士兵是去一个叫东山的地方作战，并且“自我不见，于今三年。”东山在哪里？我们已无从知晓，更无法得知是与哪支力量作战。既然是周王东征，或许是与当时强大的商王朝之间的较量。从诗歌语言来判断，战争的痛苦不似《采薇》中那般磨人，但也足够令人精神疲惫。士兵想家的心是一样的，当想起几年未归的房舍，脑中出现的画面是这样的：

果蠃之实，亦施于宇。
伊威在室，蟏蛸在户。
町畽鹿场，熠耀宵行。

地里的菜成熟了，没人收获；毒虫爬满屋宇，无人打扫；院子里进了野兽，无人驱赶。夜晚萤火虫乱飞，大概也没人欣赏了。一幅凄凉的画面，即使是毫不相干的读者也会感到心中不安。而离家不能归的人，当他们想象着家乡变得如此糟糕时是一种什么样的心情？

不可畏也，伊可怀也。

他们并不觉得可怕，却更增添了一种怀恋。其忧惧所为何事？“不遑启居”“岂敢定居”。猃狁的战术与周人不同，他们不善排兵布阵，打的是游击战，短平快，抢一波就跑。平时起居不定，四处游走，很难捉摸动向以及下一步的作战目标，因为他们自己也不知道，一切都是率性而为。如此捉摸不透，与之作战的人自然会感到焦躁和恐惧。也许你刚刚感到安定，突然他就来了。也许你以为他会来，但他偏偏消失了个把月，让你白白操心一场。与猃狁作战的最苦之事是焦虑，焦虑会令人恐惧，恐惧使人生厌。“一月三捷”告诉我们与猃狁作战的不确定与频繁性。“王事靡盬”告诉我们这种不确定性与频繁性是一种常态，不会轻易结束，又或许永远也不会结束。

奔赴东山前线的士兵或许要好些，毕竟他们只离开三年，并且已经在回家的路上了。然而，一场意外的相遇却勾起了他心中隐秘的焦虑。

仓庚于飞，熠耀其羽。之子于归，皇驳其马。亲结其缡，九十其仪。其新孔嘉，其旧如之何？

原本回归的心情是较为愉悦的。何以见得？“仓庚于飞，熠耀其羽。”仓庚是黄鹂，诗人有心思观察它们在天空飞翔，想必已经十分放松了。黄鹂常常出现在风景优美的诗篇里，比如“两个黄鹂鸣翠柳，一行白鹭上青天。”有心情领略大自然之美又写下这样优美诗句的人，不会正处于焦虑和愁苦之中。回到东山归来的诗人这里，他看到了黄鹂高飞，甚至观察到了它的翅膀闪着光芒。光芒来自哪里？黄鹂并非发光体。来自太阳？不会。因为上一句诗人已告诉我们，现在正是“零雨其濛”，也就是烟雨濛濛之时。那么也就只有一种可能，就是来自诗人的心里。想到归家，心中快慰，眼中万物都自带光辉。然而，就在这一刻，诗人突然遭遇一个热烈的场景：“之子于归，皇驳其马。亲结其缡，九十其仪。”这是一场婚礼中的一环，诗人在路上见到了他们的迎亲队伍。队伍声势浩大，一路人马嘈杂，吹吹打打，热闹极了，但这热闹的场面却反衬出归家者的孤独。他一定被这场面吸引了，否则不会观察得这样仔细。想必他不自觉地停下来，盯着这一群人看，直到他们走远。而他的思绪却在这短暂的时刻产生了强烈的变化，“其新孔嘉，其旧如之何？”

新人是愉快的，结百年之好，充满了希望。那么已经结婚多年且饱受离别之苦的人呢？诗人想到了自己，我们也知道诗人此时的状况，但我们并不知道他另一半此时的状况，诗人也同样不知道。

“妇叹于室，洒扫穹窒”出现在前一段里，与“伊威在室，蠨蛸在户”一样，是诗人在外时对家的想象。也许是这样的，也许并不是，诗人不确定。特别是当他遇到这支迎亲队伍时，他更是不确定。而这种不确定给他带来某种焦虑：我的妻还好吗？她是否还活着？她是否已经是别人的妻了？即使她还在家苦守，我回去了，会不会已然物是人非？我们之间的感情依然如故吗？今后的日子会好起来吗？诗人的一句“其旧如之何？”是一个被猛烈抛出的硕大的问号。在本已预知发展方向的故事轨道上突然逆转，令读者心头一凛，然后——故事到此为止，没有然后了。

诗人最后回家了吗？家里人还一如既往吗？今后的日子又是怎么过的？再没有答案了。

行道迟迟，载渴载饥。我心伤悲，莫知我哀！

也许，就像那位吃了无数年大巢菜的士兵一样，再不敢想下去，他们的悲苦也并不一定会有人真正懂得。

附：

采薇

采薇采薇，薇亦作止。曰归曰归，岁亦莫止。靡室靡家，猃狁之故。不遑启居，猃狁之故。

采薇采薇，薇亦柔止。曰归曰归，心亦忧止。忧心烈烈，载饥载渴。我戍未定，靡使归聘。

采薇采薇，薇亦刚止。曰归曰归，岁亦阳止。王事靡盬，不遑启处。忧心孔疚，我行不来！

彼尔维何？维常之华。彼路斯何？君子之车。戎车既驾，四牡业业。岂敢定居？一月三捷。

驾彼四牡，四牡骙骙。君子所依，小人所腓。四牡翼翼，象弭鱼服。岂不日戒？猃狁孔棘！

昔我往矣，杨柳依依。今我来思，雨雪霏霏。行道迟迟，载渴载饥。我心伤悲，莫知我哀！

东山

我徂东山，慆慆不归。我来自东，零雨其濛。我东曰归，我心西悲。制彼裳衣，勿士行枚。蜎々者蠋，烝在桑野。敦彼独宿，亦在车下。

我徂东山，慆慆不归。我来自东，零雨其濛。果蠃之实，亦施于宇。伊威在室，蠨蛸在户。町畽鹿场，熠耀宵行。不可畏也，伊可怀也。

我徂东山，慆慆不归。我来自东，零雨其濛。鹳鸣于垤，妇叹于室。洒扫穹窒，我征聿至。有敦瓜苦，烝在栗薪。自我不见，于今三年。

我徂东山，慆慆不归。我来自东，零雨其濛。仓庚于飞，熠耀其羽。之子于归，皇驳其马。亲结其缡，九十其仪。其新孔嘉，其旧如之何？

拾壹

【小雅　大雅】

和鸣小雅，礼食春秋

在款待宾朋、燕乐嘉客一事上，大概中国人做得最为详致而周到。不但让宾客乘兴而来尽兴而归，且在宴请中发展出一套完备的礼仪，将诗乐与饮食巧妙结合，化而为一。这实在是自古人起的一项完美发明。

饮食礼大约起源于西周，于春秋时代达到了一个辉煌的顶峰。彼时人们将宴请分为三类：飨礼、食礼和燕礼。飨礼用在盛大的祭祀或与国家大事有关的活动中，而食礼和燕礼则较为亲民，类似于今天的酬宾型宴会。只是食礼以吃为主，佐以酒水饮品，而燕礼以饮酒为乐，少食或不食。

周礼规范下的宴饮究竟有何讲究？我们可以从《诗经》中领略一二：

呦呦鹿鸣，食野之苹。我有嘉宾，鼓瑟吹笙。吹笙鼓簧，承筐是将。人之好我，示我周行。

呦呦鹿鸣，食野之蒿。我有嘉宾，德音孔昭。视民不恌，君子是则是效。我有旨酒，嘉宾式燕以敖。

呦呦鹿鸣，食野之芩。我有嘉宾，鼓瑟鼓琴。鼓瑟鼓琴，和乐且湛。我有旨酒，以燕乐嘉宾之心。

（鹿鸣）

《鹿鸣》作为《小雅》的开篇，将读者从《国风》的人间百态、世情冷暖中引出。忽听悦耳的鹿鸣之声，霎时间天地生春，只一步的距离，便迈入了祥和之境。有主人招读者入座，鹿鸣渐隐，琴瑟声来，杯盘罗列、觥筹交错间似乎忘了从《国风》那一百六十首诗歌里体味到的辛酸。

《鹿鸣》是周代的宴请用诗，细读文本，诗中大概说了这么三件事：奏乐、赠礼、饮酒。因诗中未提食物的缘故，我猜测所描写的景象侧重于以饮酒为主的燕礼。三件事听起来简简单单不甚稀奇，然则在春秋时代，却是贵族生活重要的组成部分，甚至会影响到国与国之间的外交。

先说奏乐。宴席中有乐声为伴，乃至边吃边欣赏小型的文艺表演，于今日之宴会亦不鲜见。而也许我们并不知道，在春秋时期，如此配置已然出现，不但出现且已经相当成熟，并有一套严谨规范的演绎形式。

自宾客入门，奏乐便开始了。整个流程由迎宾始，一直延续到送宾结束。迎宾与送宾皆奏打击乐，也就是我们熟知的编钟。编钟虽然来自遥远的春秋，但那和悦悠扬的鸣声依然可以穿透时空的阻隔，引领我们迈入三千年前的一场盛大宴饮中。俎案与座席皆已摆好，酒爵置于案上，雕饰有鸟兽花纹的铜制酒壶摆于俎案一侧，排列有序。宾主行礼后纷纷入座，酒爵斟满，文艺表演正式开始。

先是从堂下走进四个乐工，两人执瑟，另两人手中空空，不知要做些什么。只见四人向主客款款行礼，执瑟人手指轻拨，便有泠泠之音环绕于堂。席上人皆看着乐工，默默听着，不多时，另两个空手的乐工便伴着瑟音唱起来：

呦呦鹿鸣，食野之苹。我有嘉宾，鼓瑟吹笙。

这文艺表演的第一乐章称为“升歌”，“升”字大概表示升入堂中，是一个动词。而歌的内容，除了《鹿鸣》，另有两首也都出自小雅。我们翻开《小雅》开篇的《鹿鸣之什》一部，便会看到排在《鹿鸣》之后的两首诗分别是《四牡》与《皇皇者华》。这也便是乐工们在堂上演唱的开幕三篇。

与《鹿鸣》不同，《四牡》与《皇皇者华》所唱内容为征服于外、战事不断一类的主题，遣词较悲凉，想来乐曲也会有些厚重。在宴会上唱如此凝重的歌曲，大概是警戒在座之人勿忘忧患，要思国思民、居安思危。三首结束，表演的第一部分便结束了，接下来进入第二主题环节：笙奏。

奏笙之人不升堂，乐工只在堂下奏乐，所奏篇目亦在《鹿鸣之什》中，即常常会被标注为“今已佚”的《南陔》《白华》《华黍》三篇。严格说来，这里的佚并非指唱词，而是乐谱。因为在当年，笙奏是只有乐曲而无歌词的。恰如今日之文艺表演，歌唱、演奏、舞蹈等交替进行，使人不至生厌。《南陔》《白华》《华黍》究竟是什么样的乐曲，今天已无从得知。我猜测，从悠扬祥和到悲凉沉郁后，大概应该进入一个平稳期。宾主间当于此时互作交流，音乐便只是一种陪衬，不宜太热烈或太低沉，舒缓清新为最佳。

三首乐曲奏完，时间当已过了许久。古人音乐一曲较长，宾主间此时想必已饮酒不少，话也说得极多，有些累了，需要缓缓精神。伴随这样的情绪上的变换，第三乐章拉开序幕。

这一乐章的形式，名叫“间歌”。郑玄注：“间，代也，谓一歌则一吹也。六者皆《小雅》篇也。”这里很明白地解释了“间歌”的含义，即演唱一首，奏乐一首，总共六篇。让我们来看看其中篇目：“按《仪礼·乡饮酒》及《燕礼》：前乐既毕，皆间歌《鱼丽》，笙《由庚》；歌《南有嘉鱼》，笙《崇丘》；歌《南山有台》，笙《由仪》。”（朱熹《诗经集传》）宋以前的排列，《鱼丽》排在《南陔》之前，收在《鹿鸣之什》部中，其他五篇皆归入《白华之什》。关于这种分法，朱熹却不以为然：“毛公分《鱼丽》以足前什。而说者不察，遂分《鱼丽》以上为文、武诗，《嘉鱼》以下为成王诗，其失甚矣。”文、武、成皆是周王谥号，为祖孙三代。朱熹的意思是毛公归类的时候本来是为凑数，不想后人牵强附会，以为《鹿鸣之什》里的篇章皆是周文王、周武王时期所作，而《南有嘉鱼》之后的是周成王时期所作。这样的看法在朱熹看来并不准确，于是将《鱼丽》调整位置，收入《白华之什》，排在《华黍》之后。

关于《鱼丽》，我们后面再做解读，且接着欣赏文艺表演。“间歌”一段有歌有乐，形式多样，篇目繁多，时间也较长，排在第三位，可谓全场演出的高潮部分。宴会已过大半，主宾酒酣耳热，精神略有困顿，身子也颇感疲倦，说不定早有人醉得不成样子，舌头都打结了。

相互吹牛说着大话，或是做着明早一准记不得的承诺。主宾已有倦意，表演也该由高潮渐入尾声，第四主题上演，那便是“合乐”。

进入最后环节，歌曲一改雍容典雅，抒情小调幽幽奏响，如缕缕春风飘入襟怀，化骨销魂。此种乐诗撇开《小雅》，将《国风》中的款款深情唱给在座之人。《关雎》的唯美，《卷耳》之悲情，《鹊巢》之祥和，令人回味无穷。“合乐”环节择《周南》三首，《召南》三首，六首唱闭，正式演出到此结束。

还有非正式演出吗？如果宾客意犹未尽，想听郑卫之声以尽兴，大概不是不可以的吧？

奏乐一项已经说得差不多，再来看赠礼与喝酒。《鹿鸣》中唱：“吹笙鼓簧，承筐是将。人之好我，示我周行。”便是讲赠礼一事。宴会上有所谓“献”与“酬”：“主人进宾之酒，谓之献。”“主人先自己饮酒，然后劝宾饮酒，谓之酬。”（《先秦礼制探赜》）想来古人认为饭前报清单是件粗蠢的事，于是赠礼便在宴会中穿插于“献”与“酬”中进行，形成了边吃边送，吃点送点的套路。一顿饭下来，天子达九献之多。在今人眼中，送礼常常是件头疼的事，那么在春秋时代，如此烦琐的送礼之仪，想必不仅仅是头痛，打扰了正常饮食，腹痛也说不准。但尽管如此，礼数不得不周全，半点马虎不得。若有马虎，不但面上难堪，更有可能破坏邦交，导致国家纷争。

关于礼物的内容，一般根据等级区分。涉及天子的，一定有玉，如无天子，布匹、兽皮、良马、华车之类也就足够了。主人赠送礼品的目的除了回馈来宾美意外，还有劝酒劝食之意，即不必拘谨，吃好喝好！作为对主人热情的回报，宾客在饮酒之后要大声赞美酒水醇美，如此才能充分表达感谢之意。而得到了宾客赞美的主人则可自豪地感叹：“我有旨酒，以燕乐嘉宾之心。”

酒喝得差不多了，主人馈赠的礼品已经摆满了庭院，《国语》中有“九献，庭实旅百”的记载，场面火爆。但有趣的是，这位行“九献”之礼的并非周天子，而是不服周的楚王。春秋以降，周室衰微，诸侯纷纷越礼，从近些年的考古发现来看，除了公开不服周的楚国，诸侯各国的礼节都慢慢松动，渐渐打破故有传统，直到战国时期各自为王。

虽然《鹿鸣》之中没有提到饭食，但从其他诗篇中还能窥之一二。前面提到的《鱼丽》便提到了餐桌上的美味：鱼。

鱼丽于罶，鲿鲨。君子有酒，旨且多。

鱼丽于罶，鲂鳢。君子有酒，多且旨。

鱼丽于罶，鰋鲤。君子有酒，旨且有。

物其多矣，维其嘉矣！物其旨矣，维其偕矣！物其有矣，维其时矣！

诗中提到了六种鱼，且有酒相伴，大约描绘的是食礼的场景，即以吃为主。虽说食礼中少饮而多食，但从诗篇的描述来看，酒水提供并不少，且主人自以为荣。“旨”是美味之意，必定是宾客收礼后对酒水给予了赞扬。

鱼类在春秋时代当属佳肴上品，从《诗经》中的记载来看，应该不是一般人随便可以吃的。《鱼丽》提到的六种鱼类，有些现在依然没有离开我们的餐桌，比如鲤和鲂（详见《隐士乎？爱情乎？》）。在春秋时代，鲤和鲂都是鱼中上品，《陈风》里即有“岂其食鱼，必河之鲂？岂其取妻，必齐之姜？岂其食鱼，必河之鲤？岂其取妻，必宋之子？”之句。“齐之姜”与“宋之子”皆为齐宋两国的国君大姓，以鲂鲤比之齐宋，更说明了两种鱼类的珍贵。还有“鳢”，今天称黑鱼，常用来制作酸菜鱼，鲜香爽辣，是极美味的大众菜肴。

春秋的贵族之食，如今已走入寻常百姓家，成为餐桌上的家常菜。所继承下来的，除了对美味的不可辜负，也有食物上寄托的美好寓意。在春秋，食鱼代表祥和友好，而在今天，有希冀财物丰满、衣食常足之意。烹饪手法及食用方法则更不用说，必定胜于古人百倍。

《周礼·春官·大宗伯》中有这样一句：“以礼乐合天地之化，百物之产，以事鬼神，以谐万民，以致百物。”吃是本能，而规整以礼便形成了文化。都说中国的饮食文化源远流长，国人对菜肴的丰富与多味往往引以为傲，但今日的饮食礼仪似乎逊色许多，反不及西方文化下的礼仪精致。也许是千百年来中国人对饮食的看法发生了变化，从精神享受渐变为实用主义，吃饱吃好是为王道，而遗留在餐桌上的某些陋习却给今人带来了不少的尴尬与苦恼，回顾先人时光，对那些精致的规则、烦琐的套路，却感到陌生而隔膜。

兄弟

兄弟一词在《诗经》中出现频率极高，每一次提及，都作为社会关系中极其重要的一种组成形式来看待，远远高于父子或是夫妻。孤独时渴望兄弟在旁，离婚时回家投奔兄弟，出征时与战友结为兄弟，总而言之，兄弟是一切社会关系的重中之重。可是，寄希望越多，失望也就越多，孤独时盼兄弟而兄弟不至，仳离时投奔兄弟而兄弟不养，这样的故事也很多。兄弟虽然在精神层面是一种寄托，但于现实中又往往是一种痛苦。

《诗经》中的兄弟有两层含义，其一指人伦关系的一种，即同父所生的与自己有年龄差异的男子；其二则扩大范围，指同姓的异国诸侯。在《国风》中，兄弟一般多为前者，但到了《小雅》，情况则有了些变化，两者皆有涉及。

《诗经》中以兄弟为主题的诗篇，最有名者当属《小雅》中的《常棣》：

常棣之华，鄂不韡韡。凡今之人，莫如兄弟。
死丧之威，兄弟孔怀。原隰裒矣，兄弟求矣。
脊令在原，兄弟急难。每有良朋，况也永叹。
兄弟阋于墙，外御其务。每有良朋，烝也无戎。
丧乱既平，既安且宁。虽有兄弟，不如友生。
傧尔笾豆，饮酒之饫。兄弟既具，和乐且孺。
妻子好合，如鼓瑟琴。兄弟既翕，和乐且湛。
宜尔室家，乐尔妻帑。是究是图，亶其然乎？

常棣是一种植物，花色嫩黄，常生长于野外，特别在春秋时期，是出征在外之人常会见到的。此诗以常棣起兴，便暗含了以常棣比兄弟的意味，后世便将常棣作为手足的象征来看。诗的开篇四句直奔主题，一句“凡今之人，莫如兄弟”冠盖全篇。我们常说“手足情深”，以手足来比喻兄弟，突出兄弟关系的重要性，其源头当来自于周代，最具代表性的文本便是此诗。而细读全诗，我们却会发现这其中也暗含着五味杂陈之叹。

虽然开篇中讲“凡今之人，莫如兄弟”，但诗中却将具体情形分为危难与安宁两种。在这两种不同的情形中，兄弟的作为以及对兄弟的看法却是不同的。

死丧之威，兄弟孔怀。原隰裒矣，兄弟求矣。
脊令在原，兄弟急难。每有良朋，况也永叹。
兄弟阋于墙，外御其务。每有良朋，烝也无戎。

以上三段紧随开篇提纲挈领之句，以危难之境为例，阐述了兄弟的责任以及存在的重要性。即在受到外来攻击等时刻，兄弟之间即使有矛盾，也会放下彼此嫌隙，共同抵御外敌，用现在的话说就是打虎亲兄弟。在这样的时刻，在人生中同样扮演重要角色的朋友，通常是信不过的，即“每有良朋，况也永叹。”

丧乱既平，既安且宁。虽有兄弟，不如友生。

紧接着话锋一转，危机解除，安定到来，无需共患难，只有同甘苦了，此时情形又是如何呢？“虽有兄弟，不如友生。”读至此处，不禁一惊，好不容易过上了好日子，怎么兄弟反不如朋友？但仔细想来，人生岂不如是？

我们常称道的自家人，往往是利益的最息息相关者，而人与人之间的矛盾大多来源于利益的不均。兄弟间的利益第一来源是父母，而父母在分摊自身利益时，往往受制于礼法、道德、法律、社会规约以及个人偏好等原因，无法做到公平公正。这个无法做到恰是兄弟利益纷争的源头和主要导火索。安宁和平的岁月，人们没有外忧，无需共同承担风险以求生命延续，因此个人利益就在一些人眼中显得至高无上。在古代，个人利益的最大承载就是家庭以及家族，朋友多为异姓，往往没有切身的利益关系，也便缺少致命的利益纷争，显得大度随和，少有矛盾了。朱熹评此诗“委曲渐次，说尽人情”，点评实在精妙！

从接下来的几章内容看，整首诗大概是在宴饮场合唱诵用的，也因此，诗中没有特别露骨的批判。然而，恰是这种隐而不露的笔法使整首诗别有一番意味。这番微言大义中，还隐藏着一段历史纠葛。

关于此诗的作者及历史背景，说法各有不同。方玉润引韦昭说：“周公作《常棣》之诗，以闵管、蔡而亲兄弟。其后周室既衰，厉王无道，骨肉恩阙，亲亲礼废，宴兄弟之乐绝。”方玉润以“丧乱既平”一句判定“非周公境地则不合”也是有些道理的。那么，“闵管、蔡”究竟是怎样一回事呢？

翻开《史记·周本纪》，司马迁为我们提供了一个历史背景的参考范本：

成王少，周初定天下，周公恐诸侯畔周，公乃摄行政当国。管叔、蔡叔群弟疑周公，与武庚作乱，畔周。周公奉成王命，伐诛武庚、管叔，放蔡叔。以微子开代殷后，国于宋。颇收殷馀民，以封武王少弟封为卫康叔。晋唐叔得嘉榖，献之成王，成王以归周公于兵所。周公受禾东土，鲁天子之命。初，管、蔡畔周，周公讨之，三年而毕定，故初作《大诰》，次作《微子之命》，次《归禾》，次《嘉禾》，次《康诰》《酒诰》《梓材》，其事在《周公》之篇。周公行政七年，成王长，周公反政成王，北面就群臣之位。

成王为周武王之子，周公即周公旦，武王之弟。武王死时成王尚幼，因此由周公辅政。管、蔡即管叔、蔡叔，在《邶、鄘、卫与卫诗》一文中已作详细解读。管、蔡二人不服周公辅政，连同武庚发动叛乱，后被周公平叛，重新分封。

前朝故旧难免有复国之心，加上新朝统治结构松动，联合作乱在所难免。至于周公是否真有挟天子之意其实并不那么重要，不过借口而已。当年讨伐殷商时，真正是“打虎亲兄弟，上阵父子兵”，一家人拧成一股绳，一门心思建功立业，为姬姓家族扬名立万、开天辟地。而如今天下既定，利益分摊之后，外部压力没了，内部不和谐便产生了。

邶、鄘、卫三地都不大，管、蔡也许当初就有所不满，只是碍于兄长武王在，不好发表意见。后武王去世，侄子年幼，难以服众。当年风头出得最多的周公旦此时又出来掌握实权，几个弟弟自然更加不服。于叛乱者而言，目的是要求利益扩大，于平叛者而言，既定利益不可变更，更苦于利益分割的艰难。有此背景，《常棣》中的兄弟便由单纯的血缘关系上升为同姓诸侯国之间的邦交关系。几个弟弟既已各有封地，所代表的就不再仅仅是自身，而是代表了一个部族，或者说一个国家。随着时间的推移，到了东周时代，社会关系变发生了根本性的改变。此时，同姓诸侯国为兄弟的概念已经成立，除了不能通婚外，也多少有些互相帮衬的寄托在里面。

沔彼流水，朝宗于海。鴥彼飞隼，载飞载止。嗟我兄弟，邦人诸友。莫肯念乱，谁无父母？

沔彼流水，其流汤汤。鴥彼飞隼，载飞载扬。念彼不迹，载起载行。心之忧矣，不可弭忘。

鴥彼飞隼，率彼中陵。民之讹言，宁莫之惩？我友敬矣，谗言其兴。

（沔水）

《沔水》出自《小雅·彤弓之什》，是春秋时代常被拿出来说事的一首，也非常符合这一时期的历史风貌。诸侯国好似不同分支的河流，然万河相汇，最终流入大海，寓意诸侯共同朝奉周天子。然而，“嗟我兄弟，邦人诸友。莫肯念乱，谁无父母？”则好似周天子无奈的心声，虽然诸侯表面上仍奉天子为尊，暗地里却各有打算，都想另立老大。周天子怕乱，但王势已衰，无力把控，所能做的也只是倡导大家和平共处，勿要与天子对抗。周天子的忧虑，最终因周的灭亡而消失。他的希冀没有变成现实，历史在运转，已经抛弃他了。

玲玲玉之音

清人方玉润在评《小雅·彤弓》一诗时说过这样一句话："其词甚庄雅而意亦深厚。"虽然只是评价一首《彤弓》，但这一句简洁的评述其实也正道出了《小雅》的特色。介于《国风》与《大雅》之间，《小雅》于内容上丰富多彩，既有帝王贵族的宴饮场景，也有黎民百姓辛苦忙碌的生活；有对统治者的批评和期许，也有对人间疾苦的体恤和反思。有生有死，有爱有恨，其文辞较之《国风》更为严谨，其内容较之《大雅》《颂》更通俗易懂，满溢着人间烟火气。

《国风》主要来自于民间歌谣的采集，再经过一定的加工整理，加上少数的贵族创作篇章，编入《诗》中。而《小雅》则属于特定阶层的文人创作，他们有的来自上层贵族，有的来自朝堂上的高官，有的或许出自专职从事典籍整理撰写的文官之手。两者相较，《国风》情感浓烈，情节跌宕，是从心里直接唱出的诉求。而《小雅》则庄重含蓄，修辞典雅，情绪由放转为收，词句结构讲究铺排，描写上追寻深远的意境，景中有情，情中有遐思。虽然《国风》更加脍炙人口，对后世诗歌发展影响很大，但从创作手法来看，中国诗的写作技巧和追求的意境与《小雅》更为接近。

《小雅》如何庄而雅，一定须有诗为证。在"庄"字上，《庭燎》应是一篇典范：

> 夜如何其？夜未央，庭燎之光。君子至止，鸾声将将。
> 夜如何其？夜未艾，庭燎晰晰。君子至止，鸾声哕哕。
> 夜如何其？夜乡晨，庭燎有辉。君子至止，言观其旂。

庭燎是古代于庭院中点亮的火炬，是为照明之用。关于诗的内容，说法较为一致，从《毛诗序》言其“美宣王也”开始，历代都认为这是一首描绘帝王夜间因心怀天下而不能安眠，期待朝臣上朝的诗。如朱熹曾说：“王将起视朝，不安于寝，而问夜之早晚曰：夜如何哉？夜虽未央，而庭燎光矣。朝者至，而闻其鸾声矣。”朱熹的说法似有以宋之制度描绘周之礼制之嫌。至于周宣王是否真的为工作操心而竟至于不能安寝，史料中也未见如此兢兢业业的记载。不过，周宣王力图挽救被父亲周厉王所涂炭的江山是历史实情，西周得以在厉王之后延续，有他一份功劳。

抛开历史和政治，单纯朗读这首诗篇，不禁感喟于文字的优美、对场景描述的细腻、对节奏掌控的精准。短短一首诗中，有色、有音、有景、有情，看似白描，实则意蕴藏于其中。开篇以设问起笔，又或是两人一问一答，此法在“诗三百”中不多见，方玉润评其“起得超妙”，所言不虚。作者以此手法将读者引入他意欲描绘的景象：夜幕沉沉，四下静谧，庭中火光明亮。忽然，远处似传来马蹄銮铃之响，起初若有若无的，渐渐竟响得近了。那是君子的马车，他驾着自己的座驾，赶到庭院中来了。

仍是一问一答起首，可以感觉到，较之方才的问答，时间已向前推移。然而夜幕仍未退散，朝阳不见半点踪影，庭院中依旧火光辉映。此处的“鸾声将将”改为“哕哕（huì）”，朱熹言其“近而闻其徐行声，声有节也”，十分精妙。君子是持重守礼的，言行举止、出行坐卧都需要有礼仪规范，故其所驾之马车也是“徐行”而来。声音带着特有的节奏，体现出了君子的风度和威仪，这是古人对高尚者的一种审美和道德上的要求。第三段又是一问一答，这一次，时间终于接近黎明，天快亮了。未再描述銮铃之音，想必君子已经将达庭院，从听觉转为视觉，诗人看到了君子车上挂着的旗帜。也许，天空已现鱼肚白，庭中火炬渐渐微弱，天光中看得见君子的四马之车。庭中人翘首而望，期盼君子正如期盼一个繁华的盛世和百姓的幸福生活。

君子是《诗经》中非常常见的形象，亦是周代文化中特别看重的道德楷模。在前面提到的诗篇中，我们已经看到了多个完美君子的形象，体悟到了他们在周人文化与生活中的重要性。在《小雅》中，君子的形象更加高尚，是治世之能臣，是国人的希望。诗人对君子的期待和向往自有一种诗化的情怀熔铸其中，雅致弥深，比如《白驹》：

皎皎白驹，食我场苗。絷之维之，以永今朝。所谓伊人，于焉逍遥。
皎皎白驹，食我场藿。絷之维之，以永今夕。所谓伊人，于焉嘉客。
皎皎白驹，贲然来思。尔公尔侯，逸豫无期。慎尔优游，勉尔遁思。
皎皎白驹，在彼空谷。生刍一束，其人如玉。毋金玉尔音，而有遐心。

白色的马驹令人观之喜悦，白马这一意象于古今中外皆是美好的化身。西方有“白马王子”，王子骑白马而来，英俊潇洒；中国则有驾白马车的君子，道德高尚，品行高洁，令人观之忘俗，心生敬仰。有君子在旁，自然期望永久相伴，可以时刻领略他高妙深邃的思想，让自己的心灵受到净化，得到启迪。若诗人是君王，则更期望得到君子辅佐，将天下治理得井井有条，使百姓富足，国泰民安，这是一个统治者的美好愿景。

然而，诗中所写的君子竟要远离，令人遗憾不舍。朱熹的评述极为传神：“贤者必去而不可留矣，于是叹其乘白驹入空谷，束生刍以秣之，而其人之德美如玉也。盖已邈乎其不可亲矣，然犹冀其相闻而不可绝也。故语之曰：毋贵重尔之音声，而有远我之心也。”君子要远去，或许是诗人还不够高洁，不堪与其匹敌，如《诗三家义集疏》中所评：“失朋友之所作也。”又或许如朱熹所言：“留其苦而不恤其志之不得遂也。”诗人不能体谅君子心中的苦楚，更不能有所帮助，故君子的远去是不可挽留的。尽管他试图用园圃里的野草留住那漂亮的白马，但君子最终还是要走的。诗中弥漫着哀伤，但却不炽烈，是幽幽诉说，切切期盼。如此含蓄的表达，是诗人的矜持也是对君子的尊重。末段中，诗人将君子比作美玉，殷殷念着“毋贵重尔之音声，而有远我之心也。”然而终究是徒劳的吧？君子乘上马车，白驹向远处奔跑，诗人留驻原地依依惜别，心中惆怅切切，挥手作别时，天边只留白马之影，马嘶如诀。

静中写动、触景生情乃是中国诗的独特手法。特别是发展到宋代的词，通篇描绘庭院山水之态，似无一处道人之怀抱，却处处道出怀中幽诉，可谓高绝。在《小雅》中，如此笔法已然出现，最佳者当属《鹤鸣》：

鹤鸣于九皋，声闻于野。鱼潜在渊，或在于渚。乐彼之园，爰有树檀，其下维萚。它山之石，可以为错。

鹤鸣于九皋，声闻于天。鱼在于渚，或潜在渊。乐彼之园，爰有树檀，其下维穀。它山之石，可以攻玉。

“它山之石，可以攻玉”已成千古名句，蕴含了古人的哲思。而《鹤鸣》的原旨却似无意于阐释人生哲理，更不屑于道德说教。通篇诵读，我们只看到一处园林美景。美丽的仙鹤在远方鸣叫，它悦耳的鸣声传于四野，达于天地之间。鱼儿在水中游来游去，园中种植着檀树，还有一种叫穀的树木。朱熹谓穀为“恶木”，与檀相伴，想必是园中植物良莠参半之景，便也蕴含着人间有善恶交错之事。诗人在两段结尾均抛出以它山之石来打磨此山之玉的想法，似乎是在暗示所处世道的晦暗和无可救药，需要从他处寻得良人、求得良方，才能得到解决。朱熹谓：“此诗之作，不可知其所由，然必陈善纳诲之词也……鱼潜在渊而或在于渚，言理之无定在也。园有树檀而其下维萚，言爱当知其恶也。它山之石而可以为错，言憎当知其善也。由是四者引而伸之，触类而长之，天下之理，其庶几乎！”朱熹在治学上极为严谨，不知道的总是直言不讳，并不故意逞强。此处他虽称看不透诗的来由，但他的理解和分析却独具思辨力，可作为本诗一种解读。

如果把《国风》比作似玉的美石，虽则晶莹光艳，却仍略欠打磨。那么《小雅》则可谓琢磨精细的美玉，庄正而不失情韵，典雅而蕴藉光华。如大家闺秀，仪态端方，行走间传来佩玉相击的玎珰玲珑之音，音韵和谐，节奏有度，是古人对美的至高要求。悠悠千载，《诗经》那质朴的语言、典丽的修辞、悠远的意境始终陶冶着爱诗的人。这些已从容走过近三千年岁月的诗篇还将以它独有的步伐继续向前，一代又一代的人不断更迭，但《诗》永不消亡。

思公子兮未敢言

《国风》中常见的一些主题《小雅》中同样可见，并且往往唱诵得更深入，感情更沉重。譬如对征夫的悯怀，对手足的感喟，既有《国风》般发自内心的抒情，又有知识阶层对这一主题的升华和反思。但征夫与兄弟都不是《国风》中最脍炙人口的主题，我们之所以对《诗经》念念不忘，有相当一部分的原因是源自其中对爱情的描写、咏叹以至唱诵。《小雅》如此接地气，是否也有类似主题？有倒是有，不过爱情在《小雅》中极少露面，公认的描写爱情的诗篇只有《隰桑》一首：

> 隰桑有阿，其叶有难。既见君子，其乐如何。
> 隰桑有阿，其叶有沃。既见君子，云何不乐？
> 隰桑有阿，其叶有幽。既见君子，德音孔胶。
> 心乎爱矣，遐不谓矣？中心藏之，何日忘之！

当然，最早的解读里是不会将此诗与情爱挂钩的。比如《毛诗序》中说："小人在位，君子在野，思见君子，尽心以事之。"听起来是那么回事，但细究却不通了，既然"思见君子"，且要"尽心以事之"，又为何要"中心藏之"，且自问"何日忘之！"想要侍奉君子还需要藏在心里，不敢说只盼着忘记吗？大概是后世研究者慢慢觉得确有不通，于是在解读上逐渐开了口子，比如朱熹，虽然仍认为此诗为"喜见君子之诗"，却加了一句这样的话："《楚辞》所谓'思公子兮未敢言'，意盖如此。爱之根于中者深，故发之迟而存之久也。"更"补刀"道："所谓君子，则不知其何所指矣。"

朱熹有了这样一番话，又以屈原《九歌》中的诗句作比，解读就不再拘泥，足以引发读者的遐思了。我们不妨也看下朱熹引用之句的原诗，因篇幅较长，仅取一个片段：

帝子降兮北渚，目眇眇兮愁予；
袅袅兮秋风，洞庭波兮木叶下；
登白蘋兮骋望，与佳期兮夕张；
鸟何萃兮苹中，罾何为兮木上？
沅有茝兮醴有兰，思公子兮未敢言。
（湘夫人）

这一段词是湘夫人所唱，表达的是对湘君的情意。湘君与湘夫人是夫妻关系，妻子对丈夫表达的感情大概不会是民众思念君子出仕的那一种。而朱熹偏偏以湘夫人所言与《隰桑》作比，暗含的意思也许是我多想，夫子不便言《雅》中亦涉及情爱，恐有伤风化，故作春秋笔法。

到了现代，无须再为礼法避讳，余冠英先生说："这首诗是一个女子的爱情自白。"我觉得十分贴切，恰有些《郑风》中低低切切、娓娓道来之情态。而文风较之《郑风》诸诗更见温婉含蓄，诗人的表达更趋于内敛，甚至有自伤之嫌，倒的确是文人诗的表现特征。

从诗的结构来看，属常规创作手法。开篇以植物，即湿地中的桑树起兴，先赞美桑树枝繁叶茂，借以比喻君子，也即心中所爱之人的样貌气韵。桑树在《诗经》中常见，如《卫风·氓》中有"桑之未落，其叶沃若"以赞美桑叶的繁茂，并比喻热恋时的欢愉和少女的鲜媚。《鄘风·桑中》一诗也有"期我乎桑中"一句，点明男女幽会之所。"桑中"虽为地名，但很可能是因种满桑树而成其名。可见，至少在民间，桑树、桑林与青年男女的日常情感是分不开的。

在《隰桑》中，我们发现女子的心思有些彷徨，她对君子的感情不是纯粹的乐观，而是满蕴着忧愁，"欲语又停留"的那种。反推一下，或许君子对待她的态度并不热情，造成她这一客观的心理反应。而君子又为何不够热情呢？或许是他虽有情却未能察觉女子亦有此心，或许是他碍于礼法不便表达。当然也有一种比较悲剧性的可能，即这位君子对诗人并无爱意，故而并无热情可表。不管是哪一种，从两者的表现来看，他们都出身较为上层的贵族家庭，受礼法的束缚较多，管教也比较严格，言行举止不能随意。与《国风》中那些可以自由约会、出双入对的青年男女们相比，这一对则处处有不便，不敢贸然行事。也正因此，心中有爱的女子倍感煎熬。她思念他，却不敢告诉他，见到他时甚至不知是该表现出喜悦还是忧愁，左也不是右也不是。对方又迟迟不做回应或表态，女子一方被情感折磨，只能发出喟叹："心乎爱矣，遐不谓矣？中心藏之，何日忘之！"

爱一个人爱到恨不得忘记他的程度，可见当事人已被折磨得不轻。她心中是有委屈的，炙热的情感无处释放，固然他千般好，但总不能偿她一番心愿、一片真情，大抵似有些不尽人意。也许这正是《雅》中对君子的一种描绘，是文人心中君子的标准样板：不热烈、不主动、懂分寸、守礼数。与此相匹配的，女子也是文人心中的一种理想范本：矜持、含蓄、克制、内敛。《国风》中的质朴、热辣、张扬完全不见，只存一缕淡淡幽香，若有若无，从文字间旖旎穿行而过。

周宣王：大厦将倾

古人对家中的男嗣十分重视，若生了男孩，常被说为“弄璋之喜”。璋是一种上古玉器，象征着权力和威严，并非简单的君子如玉之意。至于为何要称为“弄璋”，这要追溯到《诗经》中的一首长诗。因篇幅较长，先引用其最后一部分：

乃生男子，载寝之床，载衣之裳，载弄之璋。其泣喤喤，朱芾斯皇，室家君王。

乃生女子，载寝之地，载衣之裼，载弄之瓦。无非无仪，唯酒食是议，无父母诒罹。

两段对男女婴孩不同对待的叙述，基本奠定了后世两千多年里差别对待家中儿女的理论依据。家里生了男孩，将他放在卧床上，给他穿上华美的衣服，给他玩弄美玉，期待他成为有用之才；若生了女孩，便置之于地，用小被子包裹，让她玩弄纺锤，教导她顺从，不给父母添麻烦。从天差地别的对待和教养方式上看得出一尊一卑，固然古代社会未必样样照做，但社会整体上对男女的差别对待已经形成了。

这首长诗名为《斯干》，是《小雅》中名气较大的一篇。全诗结构严谨规整，布局非常讲究：

秩秩斯干，幽幽南山。如竹苞矣，如松茂矣。兄及弟矣，式相好矣，无相犹矣。

似续妣祖，筑室百堵，西南其户。爰居爰处，爰笑爰语。

斯干是个生僻词，“斯”即此，而“干”是溪涧的意思，朱熹解释为水涯，大意是指这条溪流。南山即终南山，在陕西境内，已然享有盛名。“如竹苞矣，如松茂矣”形容的是新落成的宫室，“其下之固，如竹之苞，其上之密，如松之茂。”（朱熹《诗经集传》）如此说来，一栋高大华美的建筑依山傍水，环境宜人，居住舒适，主人自然希望一家人和和美美，没有纷争。

接下来，诗中交代了宫室的格局和功能：

约之阁阁，椓之橐橐。风雨攸除，鸟鼠攸去，君子攸芋。

如跂斯翼，如矢斯棘，如鸟斯革，如翚斯飞，君子攸跻。

殖殖其庭，有觉其楹。哙哙其正，哕哕其冥，君子攸宁。

这三段描写告诉我们，这座宫室有广阔的前庭，高大的柱子，宫室可以遮风避雨，可以免除鸟兽虫鼠的侵扰，君子住在宫室中会得到安宁祥和的生活。到这里，我们大致明白主人“君子”是个不同寻常之人，这种不同寻常并非来自品德，而是来自他尊贵的身份地位。接下来，诗中告诉我们这位君子在宫室中做了什么：

下莞上簟，乃安斯寝。乃寝乃兴，乃占我梦。吉梦维何？维熊维罴，维虺维蛇。

大人占之：“维熊维罴，男子之祥；维虺维蛇，女子之祥。”

君子做了一个梦，梦中见到熊和蛇两种猛兽。也许梦中的情景让他感到不解或是恐慌，于是请人来占卜，结果这是一个吉祥之兆：熊象征男孩，蛇象征女孩，君子将得到子嗣，实现他心中“似续妣祖”的愿望。这之后便是本文开篇引用的部分，作为全诗的结尾。方玉润对《斯干》评价颇高，认为“借梦作兆，文笔奇幻”，“生男生女，两大段对写作收。与篇首聚族承先，迢迢相应。非独卜后之昌，亦见文章之美。”君子、宫室、祖先、美玉、君王、华章，这些元素配合着规整优美的诗句组合出一幅贵族家庭的生活场景。也许不禁要问，这位身份尊贵被人赋诗赞颂的君子究竟是谁呢？修造宫室这较为寻常的举动又为何引来如此多的期盼和祝福呢？

《毛诗序》首开解读之先，认为此诗所道乃“宣王考室也”，即宣王修造宫室。对于这一说法，后世虽也有“宋元公赋《新宫》”（朱熹《诗经集传》）的不同猜测，但学者们还是倾向于《毛诗序》的说法。虽然并没有贴合严谨的史籍依据，但大家之所以愿意相信，大抵因为宣王的故事的确可以作为本诗的一种解读。

宣王是谁？西周自文王起共十三代君王，宣王排在第十二位，看起来属末代君王之列了。

的确，周宣王是西周王朝最后的挣扎，是覆灭前的回光返照。他的儿子周幽王继位十一年之后，西周宣告结束。

然而西周的衰亡并非始自幽王，也不全是宣王的责任，这故事还要从第十一代君王周厉王说起。

《史记》载："王行暴虐侈傲，国人谤王。"《国语·周语》中也有类似的记载，可见周厉王的执政方式相当糟糕。面对君王的残暴，贤臣召公多方劝谏，然而厉王非但不听，反而去堵批评者的嘴，用杀戮解决批评者。久而久之，"国人莫敢言，道路以目。"周厉王为此沾沾自喜，对召公说："吾能弭谤矣，乃不敢言。"厉王以为听不到批评的声音便可以生活在无忧无虑的太平盛世里，却不知就在天子脚下，民众们已聚集起庞大的力量，"三年，乃相与畔，袭厉王。厉王出奔于彘。"

不听劝谏的周厉王被赶出了都城，逃跑时十分狼狈，连儿子都顾不上。太子静逃到召公家里，国人闻言赶去要人。面对危局，召公大义凛然，向暴动的众人说："昔吾骤谏王，王不从，以及此难也。今杀王太子，王其以我为仇而怼怒乎？夫事君者，险而不仇怼，怨而不怒，况事王乎！"（《史记·周本纪》）召公誓死捍卫王室，保住了太子静，他的代价是交出了自己的儿子，让亲生子做了太子的替死鬼。这个故事听起来有那么几分熟悉，后世的传奇剧《赵氏孤儿》或许参考了这一段历史吧？

太子静此时还是个孩子，召公便代周厉王尽父亲之责职，将其养大。太子静在召公家生活了十四年，成人后被扶立为新君，便是周宣王。可见，在周宣王继位前，西周已然亡过一次，"诸侯不享"的局面开始出现。若非有忠臣守护，也许西周便止于此，提前进入春秋时代了。

关于这十四年的政治局面，史学界存在多种说法，《史记》的记载为召公与周公两位大臣“共和行政”，这一说法历来被视为正统。当然，正统也时常受到挑战，比如唐代张守节的《史记正义》中援引《鲁连子》的说法就与《史记》大有不同：“卫州共城县，本周共伯之国也。共伯名和，好行仁义，诸侯贤之。周厉王无道，国人作难，王奔于彘，诸侯奉和以行天子事，号曰‘共和元年’。十四年，厉王死于彘，共伯使诸侯奉王子靖（静）为宣王，而共伯复归国于卫也。”按《鲁连子》的说法，“共和”并非两臣共同执政，而是诸侯追随卫国的共伯和尊奉太子静，直到周厉王死去太子静继位为止，共十四年。此外，还存在多种不同说法，不一而足。但可以确证的是，十四年后，周宣王继位了，祖宗的江山社稷在他手上得以延续。他成了国人的希望，那么他能够成为诸侯的表率，重振周室威名吗？

继位之初，大概是没有什么问题的。

> 宣王即位，二相辅之，修政，法文、武、成、康之遗风，诸侯复宗周。
>
> （史记·周本纪）

年轻的周王要继承先祖的遗风，重整山河。由此，不禁想到《斯干》的开篇，那个重新掌握王者之权的年轻人，修复了传承自祖先的宫室，正雄心壮志打算做出一番事业。他期盼着江山一如宫室般稳固，国人诸侯如同兄弟般和睦。“兄弟”一词我们在前文特别提到过，有专指姬姓诸侯国的含义。而在周厉王时，诸侯之心已然出现涣散，对王室表现出了不恭。宣王在《斯干》中所期盼的“兄及弟矣，式相好矣，无相犹矣”便在字面之上蕴含了更深的政治含义。为了彰显强大的信念，宣王授命大臣毛公将册命记录在铜鼎上，这便是赫赫有名的毛公鼎。

宣王开了一个好头，却没有坚持到底，很快他的诸多弊政便被一一记录进了史书。《国语·周语》中有多条关于他不当作为的记载，《史记》也将其记录在案。周宣王的失政有三：一为“宣王不修籍于千亩”，即“宣王不修亲耕之礼也”（张守节《史记正义》）；其二为“既亡南国之师，乃料民于太原”，即在与戎人作战失败后做了统计人口的工作。但在我看来，周宣王最失败的举措在于亲手撕裂了人和，也就是《国语》中所记载的“仲山父谏宣王立戏”：

鲁武公以括与戏见王，王立戏，樊仲山父谏曰："不可立也！不顺必犯，犯王命必诛，故出令不可不顺也。令之不行，政之不立，行而不顺，民将弃上。夫下事上，少事长，所以为顺也。今天子立诸侯而建其少，是教逆也。若鲁从之而诸侯效之，王命将有所壅；若不从而诛之，是自诛王命也。是事也，诛亦失，不诛亦失，天子其图之！"王卒立之。鲁侯归而卒，及鲁人杀懿公而立伯御。

话说有一年鲁国国君武公带着自己的两个宝贝儿子公子括和公子戏进京朝见天子。公子括是长子，按周礼应继国君之位。没想到周宣王一眼看中了公子戏，并以天子之权干涉鲁国内政，强迫鲁武公立公子戏为储君。虽然大臣进谏劝阻，但周宣王一意孤行。他的任性之举果然给鲁国带来了祸患，公子戏不得民心而被杀，鲁国人又立伯御为新君。周宣王闻听鲁国内乱非常不满，于是"伐鲁，立孝公，诸侯从是而不睦。"（《国语·周语·穆仲论鲁侯孝》）周宣王继强权干涉鲁国内政后又以战争的方式向鲁国施压，虽然最终摆平了危局，立了符合他心意的新君，但是造成的恶劣后果是他生前所未能估量到的。这就是"诸侯从是而不睦"。原本当初同情太子静的各路诸侯，眼睁睁看着继位后的周宣王肆意践踏诸侯的尊严，身为天子而公然违背周礼，这种任性跋扈的作为又与周厉王何异？鲁国是周公旦之后，是与周天子血缘最近的诸侯，周宣王尚且如此对待，其他各国的诸侯又将面临怎样的未来？父亲暴虐，儿子依然暴虐，诸侯们对王室失望了，仿佛冥冥中看到了这个统治家族正迅速奔向衰落。而自鸣得意的周宣王没能意识到后果的严重性，也许他还在为摆平了鲁国而骄傲，向诸侯们显示了周天子不可藐视的权威。也许他想借此告诉天下人，王室依然是强大的，天子的意愿不容违背。但这一次，他的算盘彻底打错了。

那个祈祷兄弟和睦、周室振兴的周宣王没有迎来他期盼的盛世繁华。尽管他听从了建议，任命鲁孝公"导训诸侯"，但很显然无法起到表率作用，诸侯早已离心。在位第四十六年，周宣王崩，关于他的死，张守节在《史记正义》里引《周春秋》的说法，称宣王是被暗杀的："宣王杀杜伯而无辜。后三年，宣王会诸侯田于圃。日中，杜伯起于道左，衣朱衣冠，操朱弓矢，射宣王，中心折脊而死。"杜伯无辜被杀，冤魂趁宣王行猎时报复，将其射死。这听起来有些神话的味道，未必可信。但传说自有它产生的土壤和原因，令人崇敬的君主是不会被杜撰如此结局的，故事本身已显现了世人对他的态度。已延续十二代的西周王室即将走入终结，周宣王怎么也不会想到，他殷殷期盼的弄璋之喜竟亲手断送了自己的家族。

大雅：周原的传说

很久很久以前，在中原以西的岐山脚下，这里荒无人烟，杂草丛生，渭水汤汤流过。有一天，一个族长率领他的族群来到这里，众人扶老携幼，脸上挂着汗珠，身体佝偻着，早已疲惫不堪。有人随手摘下路上的苦菜充饥，咀嚼间竟尝出淡淡的甜味，兴奋之余将苦菜分给同行的人吃。众人又饿又惊，纷纷尝起苦菜，果然是甜的。大家笑起来，拿着苦菜对族长说：留下来吧！这里的苦菜都是甜的！

族长立即请族中的祭师占卜，得到了好的结果。众人大喜，从此结束了长途跋涉，留在了这块土地上，筑造居室，从事耕作。因族群名周，这块古老而无名的土地便因此被命名为“周原”。

周原膴膴，堇荼如饴。爰始爰谋，爰契我龟。曰止曰时，筑室于兹。

（大雅·绵）

根据朱熹的说法，《绵》是“周公戒成王之诗”，是周人取得天下后，告诫新王铭记祖先、奋发图强的劝道之作。那个带领族人跋山涉水来到岐山脚下的族长就是周公和成王的祖先，史称古公亶父。

绵绵瓜瓞。民之初生，自土沮漆。古公亶父，陶复陶穴，未有家室。古公亶父，来朝走马。率西水浒，至于岐下。爰及姜女，聿来胥宇。

（大雅·绵）

诗中所说的姜女就是古公亶父的妻子太姜。《列女传》说她是“有台氏之女”“有色而贞顺”“太王谋事必于太姜，迁徙必兴”。《列女传》中对太姜的描述应当源于《绵》中的“爰及姜女，聿来胥宇”。

古公亶父跟随太姜来到岐山脚下，故而使族人定居兴盛于此，肯定了太姜的智慧和功劳。

古公亶父膝下有三个儿子，分别是太伯、虞仲和季历。《史记》说“太姜生少子季历”，没有提及其他二子的生母。但《列女传》却说：“太姜，太王娶以为妃，生太伯、仲雍、王季。”意即三个儿子都是她所生。虽然已无确切的证据证明孰是孰非，但根据后来发生的故事看，司马迁的记载当更为准确。

挚仲氏任，自彼殷商，来嫁于周，曰嫔于京。乃及王季，维德之行。（大雅·大明）

“挚仲氏任”，来自殷商统治下的挚国。任氏，来到周原做了古公亶父的小儿媳妇，生下儿子取名为昌，后世称她为太任。古公亶父喜欢昌，感叹道：“我世当有兴者，其在昌乎？”他的感叹引来了长子和次子的猜测，他们认定父亲将把族长的位置传给弟弟季历，因此做出了出走的选择：

长子太伯、虞仲知古公欲立季历以传昌，乃二人亡如荆蛮，文身断发，以让季历。（史记·周本纪）

《史记·吴太伯世家》记载：“太伯之奔荆蛮，自号勾吴。荆蛮义之，从而归之千余家，立为吴太伯。”因此，吴国一直自称是周之后裔。故事回到周原，古公亶父的贤德之名远播四方，“及他旁国闻古公仁，亦多归之”，“民皆歌乐之，颂其德”。周人在古公亶父的带领下繁衍生息，周原这块土地也兴旺发达。古公亶父死后，唯一留在父亲身边的小儿子季历继承了父亲的族长之位，成为领导周人的新一代领袖。

维此王季，因心则友。则友其兄，则笃其庆，载锡之光。受禄无丧，奄有四方。（大雅·皇矣）

王季就是季历，从《诗经》的记述中可以看出他是个友善兄弟、爱戴子民的人。朱熹在解读这一段时这样说：“以太伯而避王季，则王季疑于不友，故又特言王季所以友其兄弟，乃因其心之自然，而无待于勉强。”表面来看，朱熹在替《皇矣》一诗为季历继位作解释，却似乎隐隐透露出不可深究的秘密。于是回到古公亶父的妻子太姜，她究竟是不是太伯的生母，隐隐暗示了太伯不得不离开周原自寻生路的背后缘由。因宠爱某一个妻子，从而为她打破继承顺位的祖制，这在帝王家屡见不鲜。在绝大多数情况下，这样的做法都会引来糟糕的结果，是丧乱和亡国的前兆。但总也不乏例外，如果结果并没有那么糟糕，甚至产生了出人意料的好发展，那么当初的血雨腥风也就随之披上一层绚丽的面纱，变得光彩熠熠、令人神往了。

从后世周人的发展来看，古公亶父的做法固然任性，但结果不算坏。《史记·周本纪》记载："公季修古公遗道，笃于行义，诸侯顺之。"可见在季历的带领下，周人继续壮大，甚至有诸侯国赶来投奔。周人已经今非昔比，成为中原以西不可忽视的部族。

古公亶父和季历两代人的努力壮大了周族。但在周人诞生之初，当他们还没有发现周原这块土地时，这个族群曾遭受了无数次的欺压和磨难。他们被迫东奔西走，在别人的地盘上艰难谋生，甚至他们的祖先都是来路不明之人。

厥初生民，时维姜嫄。生民如何？克禋克祀，以弗无子。履帝武敏，歆。攸介攸止，载震载夙。载生载育，时维后稷。（大雅·生民）

《生民》讲述的是周人祖先的故事。根据《史记》的记载，姜原又写作姜嫄，"有邰氏女"，"为帝喾元妃"。帝喾位列"三皇五帝"之一，在上古史中是响当当的一号人物。有一天，姜原发现自己怀孕了。按照常理，受孕生产应该让姜原感到欣喜，何况她的丈夫是人间典范，生下的儿子必是英才。然而，姜原没有感到丝毫喜悦，她的内心是忐忑不安的，因为她的儿子不是丈夫的骨血。

根据《生民》的记载，姜原出去祭祀时踩了天帝的脚印，因而怀孕。《史记》则记载为"见巨人迹，心忻然说，欲践之，践之而身动如孕者。"因这样的奇遇而受孕自然是不正常的，不正常的事通常令人不安，因而感到不祥。当孕期结束，姜原生下了一个儿子，惶恐的她根本不敢抚养，只得将新生儿"弃之隘巷"。

也许这个孩子真的是神人之后，当他被母亲遗弃之后，奇迹发生了！

诞寘之隘巷，牛羊腓字之。诞寘之平林，会伐平林。诞寘之寒冰，鸟覆翼之。鸟乃去矣，后稷呱矣。实覃实訏，厥声载路。（大雅·生民）

这一段读来非常晦涩，《史记·周本纪》中有更直白的叙述：

马牛过者皆辟不践；徙置之林中，适会山林多人；迁之而弃渠中冰上，飞鸟以其翼覆荐之。姜原以为神，遂收养长之。

被抛弃在隘巷的婴儿成功躲过了马牛的踩踏，姜原不罢休，想把孩子丢入山林，却恰遇林中有一群人。无奈之下，姜原将孩子抛在冰上，不想一只大鸟飞来，用羽翼覆盖住婴孩。也许孩子真的是神的后代，故而能够成功躲避大自然的伤害，但我更愿相信是姜原看到飞禽走兽犹有怜悯之心，为自己的无情而感到羞愧，最终将孩子捡了回来。那么，这个让母亲如此惊恐而不惜残忍丢弃的孩子，他的父亲究竟是谁？踩天帝脚印而生子毕竟只是一个传说，美好的叙述之下掩盖着让一个女人恐惧的秘密。孩子的父亲并非自己的丈夫，这足以解释一切。至于其生父是不是神，又真的那么重要么？

这个被三次抛弃的孩子被取名为弃，最终还是回到了母亲身边。关于他成长的故事，记载很少，《诗经》和《史记》所能告诉我们的，只有他善于耕种这一点：

弃为儿时，屹如巨人之志。其游戏，好种树麻、菽，麻、菽美。及为成人，遂好耕农，相地之宜，宜谷者稼穑焉。（史记·周本纪）

弃的爱好成为他成人后的事业，他的技艺被尧所知，封他为农师。因耕种有功，特将邰地封赏给他以为嘉奖。《大雅·生民》中所说的“有邰家室”即指此地。弃从此有了自己的地盘和家业，也有了名号“后稷”。未知“弃”这个名字是否曾让他感到屈辱，如今他凭借自己的本事，以百谷之长为号，终于为自己正名。有趣的是，他的姓氏却继承了不是父亲的父亲，跟随帝喾“别姓姬氏”。

天有不测风云，后稷辛苦创下的家业未能顺利传承，他的儿子不窋（zhú）没有得到执政者的赏识，“失其官，而奔戎狄之间”。失意的不窋未能再回到故地，他的孙子公刘不甘屈居戎狄，“复修后稷之业，务耕种，行地宜，自漆、沮度渭，取材用，行者有资，居者有畜积，民赖其庆。百姓怀之，多徙而保归焉。周道之兴自此后。故诗人歌乐，思其德。”（《史记·周本纪》）公刘似乎能够感受到祖父背井离乡，寄人篱下的痛楚，尽全力恢复高祖传下的生活技艺，并将族人迁往豳地。“笃公刘，于豳斯馆。涉渭为乱。”（《大雅·公刘》）我们在《国风》中读到的《豳风》，便有描述此地生活场景的篇章：

五月斯螽动股，六月莎鸡振羽。七月在野，八月在宇，九月在户，十月蟋蟀入我床下。穹窒熏鼠，塞向墐户。嗟我妇子，曰为改岁，入此室处。

（七月）

公刘死后，他的儿子庆节在豳地立国，此后又传了七代。到古公亶父之时，虽然先祖的德业完好地传承下来，但周依旧是个较为羸弱的部族，时常遭受外族侵扰，抢财抢物，更要抢人。周人意欲奋起抗击，但古公亶父明白部族的实力不堪抵抗，若要传承祖宗基业，只能暂时退让迁徙，谋求壮大。于是，他们来到了这块“堇荼如饴”的周原之上，开启了部族的新时代。

在经历了几代人的经营之后，周族再也不是从前那个任人欺凌的小部落，新的聚居地周原也随着祖父两代人的经营而兴旺繁荣。周人的野心日益壮大，他们的眼光已不限于岐山之下，他们的事业也不止于埋头苦耕。中原再添动荡，他们的目光投向了那片肥沃的土壤。而这一次，大业将由周原的第三代继承者来完成，这就是西伯昌。

关于西伯昌，后世对他的另一个称谓更加熟知——周文王。文王历来被视作西周王朝的开国之君，位列西周十三代君王之首，在周朝八百年历史中占有非常重要的地位。在《诗经》中，周文王享有大量篇幅，有的记述其生平和德誉，有的为周王祭祖时唱诵的歌词。在周人眼中，周文王德才兼备，教化世人，既是创世英雄，也是谦谦君子。

大任有身，生此文王。维此文王，小心翼翼。昭事上帝，聿怀多福。厥德不回，以受方国。

天监在下，有命既集。文王初载，天作之合。在洽之阳，在渭之涘。

（大雅·大明）

文王似乎一出生便承受天命，不但行事小心翼翼，命里有福有德，连样貌都与凡人不同。张守节在《史记正义》中引《帝王世纪》说“文王龙颜虎眉，身长十尺，胸有四乳”，着实令人敬畏。《雒书灵准听》更说他生有“日角鸟鼻”，未知是否有些欧式面孔。《史记·周本纪》载，文王“笃仁，敬老，慈少。礼下贤者，日中不暇食以待士，士以此多归之。”可见他在继承祖父辈的治国之道时更注重了对人才的笼络。如果先人们辛劳耕作只是为了在周原这片土地上活得更幸福，那么文王吸纳人才的举动则似乎说明他已别有用心。周原虽好，但地偏而狭，显然不再能满足周族首领的野心，何况这还是一个时时听奉天帝昭示的首领。

帝谓文王：无然畔援，无然歆羡，诞先登于岸。密人不恭，敢距大邦，侵阮徂共。王赫斯怒，爰整其旅，以按徂旅。以笃于周祜，以对于天下。

（大雅·皇矣）

实力足够壮大的周族开始了扩张。在向东进发之前，周人在文王的带领下先摆平了周围的若干小国。“明年，伐犬戎。明年，伐密须。明年，败耆国……明年，伐邘。明年，伐崇侯虎。”（《史记·周本纪》）五个明年道出了文王在五年中的连续出击，每一次都得胜而归。这里的密须就是《皇矣》中那个“敢距大邦，侵阮徂共”的，不恭的“密人”。文王之时，周族已经可以斥责周边不服从归顺的小国，并以此为借口征伐，再冠以天命作为出征的理论依据。文王怒而发兵，是得到天地的旨意，是正义的化身。最后一年的“伐崇侯虎”则另有原因，是文王向其实施的报复。

闻西伯善养老，盍往归之。太颠、闳夭、散宜生、鬻子、辛甲大夫之徒皆往归之。崇侯虎谮西伯于殷纣曰：“西伯积善累德，诸侯皆向之，将不利于帝。”帝纣乃囚西伯于羑里。（史记·周本纪）

当文王在周原积蓄实力和美誉的时候，崇侯虎敏锐地察觉到了周族的壮大给商国将带来的威胁和隐患，故向商纣谏言须防范文王的势力。《史记》用“谮”字，表明作者此时站在周人一边，认为崇侯虎是在商纣面前说文王的坏话。其实，作为殷商忠臣，崇侯虎的话是尽职尽责的。从他的原话来看，他并没有任何诬陷或诽谤，“将不利于帝”并非耸人听闻，是值得殷商统治者警觉的。商纣迅速采取了行动，将文王囚禁在中原地区，以防止周族继续壮大而发生叛乱。文王在囚禁的岁月里并未消沉，除了“益《易》之八卦为六十四卦”这一重大文化贡献外，他通过向商纣进献“有莘氏美女，骊戎之文马，有熊九驷”等名贵礼品迅速获得了商纣的欢心。骄慢的商纣得意忘形地说出了“此一物足以释西伯”这样的话，并做出了“赦西伯，赐之弓矢斧钺，使西伯得征伐”这样愚蠢的举动。忠诚尽职的崇侯虎成了挑拨离间的小人，还被他出卖给了文王。为了进一步巩固商纣对自己的信任，文王不惜“献洛西之地”，并适时做出了“请纣去炮烙之刑”这样的善举。自此，文王的令名再次与商纣的残酷愚蠢形成鲜明对比，商纣得了财宝却失了民心。

当文王摆平周边反对势力的时候，又有人提醒商纣，而沉浸在自信狂妄中的商纣不予理会。却不知周族在文王的带领下走出了世代居住的周原，向东来到了丰，重新建都，“改法度，制正朔矣。追尊古公为太王，公季为王季。”文王不再是西伯昌，周族已发展成有建制的国家，文王身边不但“济济多士”，他还有一个骁勇善战的儿子——太子发。商纣并不知道，强大的商国正面临着最大的危机。

穆穆文王，于缉熙敬止。假哉天命，有商孙子。商之孙子，其丽不亿。上帝既命，侯于周服。

侯服于周，天命靡常。殷士肤敏，祼将于京。厥作祼将，常服黼冔。王之荩臣。无念尔祖。

（大雅 · 文王）

在周人看来，伐商是天命，商归附于周也是天命。可惜的是，文王有生之年未能看到天命的实现。在建都丰邑的第二年，文王离世，伐商大业留给了儿子发，也就是周武王。

周武王伐商的故事流传千古，并随着《封神演义》的传播而家喻户晓。伐商胜利后，武王分封诸侯，定都镐京，开创了西周王朝的新局面。周王室再也没有回到古老的周原，当第十三代君王幽王昏聩丧国后，王室再向东迁，留在了雒邑，而曾经的祖地周原早已被戎人侵占。为了笼络人心，周平王“封（秦）襄公为诸侯，赐之岐以西之地。曰：‘戎无道，侵夺我岐、丰之地，秦能攻逐戎，即有其地。’与誓，封爵之。”从此，周原的命运交给了秦人。秦襄公死后，儿子文公来到渭水河畔，占卜曰吉，遂正式经营此地。秦文公十六年，“文公以兵伐戎，戎败走。于是文公遂收周余民有之，地至岐，岐以东献之周。”（《史记·秦本纪》）周原告别了周族的祖先，将华美的历史埋于地下，在这块土地上继续孕育新的文明——秦。

如今，说起周原，大多数人会感到陌生，但若说起宝鸡这座城市，则会恍然大悟。周原的确切位置在“陕西省岐山、扶风两县北部东西约3公里、南北约5公里的地带”（《礼乐吉金》），自西汉起不断出土青铜文物，早已被誉为“青铜之乡”。20世纪70年代末开始，考古人员大规模发掘周原遗址，成果丰硕，让今人更多地走进那尘封三千年的历史，探寻祖先起源发展的足迹。

周人、秦人虽已远去，但周原仍在用文字、用器物、用残留在黄土地里的建筑地基，依依讲述着曾经发生在这里的古老传奇。